梦患者中短篇小说选 2022

错 位

MISPLACED

A Collection of Stories by the Chronic Dreamers 2022

王婷婷　应帆　常少宏　唐简

易文出版社
I Wing Press

MISPLACED

A Collection of Stories by the Chronic Dreamers 2022

ISBN：   978-1-940742-85-4

Published by I Wing Press, Inc. New York
Iwingpress@gmail.com

错位

梦患者中短篇小说选 2022

王婷婷　　应帆　　常少宏　　唐简

本辑策划：　　唐　简
内文插图：　　文章作者
装帧设计：　　王昌华（Logo 与封面背景由唐简提供）

出版：　　易文出版社·纽约
版次：　　2023 年 4 月第一版，第一次印刷
字数：　　163 千字

写在前面

2022 年，在工作之余或养家带娃的空隙里，"梦患者"依然在写，虽不是每天都写。

这一年，我们写得并不轻松。实际上从来就不轻松，只是这一年更加的难。

疫情给整个世界带来的变化，世事快速、魔幻般的变迁，战争，通货膨胀，经济、地缘政治格局的演变，地球人口达到 80 亿的新高，新冠毒株的不断变异，种种正在酝酿、蓄势待发的危机，等等，无不影响到每一个人。我们每个人的生活乃至价值观，皆受到深层的冲击，似乎记录年代应该冠以"新冠"二字，2020 年即新冠元年，2022 年则是新冠三年。忧患的三年。除此之外，还有对一切、一切的思考，包括对写作动力的重新考量，以及各自遭遇的不同程度的烦扰。在过程中认识、连接，再认识、再连接——包括认识自我。有些时候步履蹒跚，但不断地前行。所有这一切，不是一夜之间就完成，其实是"现在完成进行时"，即这样的实践是从过去某一时间开始，一直持续到现在，或者刚刚终止。因此，难，不容易。但实践有了结果。既坚持了，便成长了。

几位"梦患者"的作品放到一起，带来的效应是风格、内容上呈现丰富，且缤纷有趣，不单一。今年这一集，一如既往，收录的作品或是已被文学杂志发表，或是已经得到文学杂志接收，正在等待发表。一共 13 篇作品，虽无法做到完美，但篇篇可读，读来或有收获，毕竟每一篇，作者都投入了心血，集经历、知识、智慧、想象力、思想再创造，不为别的，为了倾诉，为了对写作怀有的热情。

这本一年前就定下目标的书，得以完成、出版，值得庆贺。实践导向必然之路。

感恩成长。

梦患者

目　录

王婷婷

　　明清小说研究和电影史专业，曾为记者、教师、编辑，2011年移居加拿大，自 2015 年开始创作。作品散见于《小说月报》《作品》《广西文学》《香港文学》《世界日报》等。

错 位

错 位

王婷婷

一

"你儿子拿到这块金牌相当于一只脚已经迈进藤校了，你们家英杰太优秀了，恭喜恭喜！"隔壁老王的这句话把庆功宴推上了高潮。孙昌建顿时觉得他拿出压箱底的茅台值了。他笑得合不拢嘴，不等人劝，把手里端着的那杯酒干了，嘴上谦虚着："小孩子没长性，谁知道以后。"江燕这几年浸泡在微信家长群里，终于知道藤校是什么意思，她也喝了一大口酒，眼睛眯成一条缝，咯咯笑道："我们在加拿大上大学就行了。"

他俩的儿子孙英杰才刚过 13 岁生日，刚刚在 CJGA（世界青少年挑战赛，加拿大青少年高尔夫协会主办）比赛上拿到了 15-19 岁组冠军奖牌。这是世界上含金量最高的青少年高尔夫比赛。他不但夺得了冠军，还创造了连专业球员也难得到的"一杆进洞"，更绝的是，他进的是"四杆的洞"，得到的是 double eagle，即双倍积分。那天，他的俄罗斯教练一把抱起英杰呜哇呜哇叫着旋转了好几圈。孙英杰拿着奖杯跳下领奖台后，直冲过来抱住孙昌建，哽咽着说："谢谢爸爸。"老孙同志的眼泪一下子就喷了出来，三四年了，一周四天早上五点起床接送陪，每年算下来差不多快三十万人民币的投入。值了！一切都值了。

那边厢，老王格外捧场，一半应酬话一半真的替他高兴，又守着江燕言之凿凿地说："北美特别重视体育，特长生只要成绩不太差，藤校抢着要，还给奖学金。你们拿到的是加拿大全国冠军，英杰的积分在整个北美排前五十名，藤校还不随便你们挑？"

孙昌建在一边听了嘴角忍不住笑都要溢出来了。他们夫妻俩这一整天都沉浸在喜悦中，心情一忽儿激动一忽儿幸福一忽儿豪迈。他们像所有中国人那样，克制着内心的喜悦，不会盲目乐观，但一定要理智地悲观。也像所有移民到北美这片地广人稀缺乏竞争环境的人一样，一年比一年简单而直接，或者叫钝化，从前是见人只说三分话，如今是视情况说五分或六分。他们的表情管理退化得厉害，谁都能看到他们眼睛里闪烁的得意和喜悦。

孙昌建深情地望着娱乐室沙发上和朋友们挤成一堆的儿子。侧脸的孙英杰额头饱满，头发浓密漆黑，发际线分明，鼻梁挺直，眉宽眼深，嘴唇忠厚，脸庞的婴儿肥在他眼里无比可爱。他小时候日子苦，长得村气，五官没一件像样的，儿子似乎集中了孙江两家十八代的基因优点，从小就好看，聪明伶俐，性格大方，乖巧懂事，每年三次成绩单，基本上都是 A 或 A+。对比大女儿满眼的 B 或者 C，甚至 C-，他觉得老天爷对自己不薄。

他出身农村，读中学时突然开窍，加上祖坟冒青烟，考了个本省普通学校本科，毕业时，有关系的同学都进了各种机关或者单位，而他只在一个民营企业里谋了份差事。老板小学毕业，看他忠厚老实，在本地也没根基，有意培养他，让他在那个江湖气十足的家族地产企业里学会和各种人搞好关系。和企业快速野蛮生长同步的是他明面上和私下里的收入。不该拿的钱拿多了，心就不踏实。钱越多，心就越大，饭局上听到几个大佬互相吹嘘把老婆孩子搞出国的事，他也心动，帮老板娘办移民时多问了几句，移民顾问就说他要办更不是问题，甚至比他老板娘机会更大，他不信，将了对方一军，没想到那两年加拿大移民门槛史上最低，好多刚成立的移民公司想积累成功案例就特别拼，才一年多就给他办好了全家投资移民加拿大中部的草原省签证。

更神奇的是，把老婆孩子送去加拿大蹲移民监，一年多后老婆带女儿回国过三周的春假，他在外地忙一个项目，只在接飞机的那晚给老婆敷衍了一次，她竟然又怀孕了。那一年，女儿十岁，老娘盼孙子盼得几乎要得病，在家里当着晚辈们的面都说过，如果外面哪个女人肯给她生个孙子她也认。生意场上的男人，在外面有点花花事儿在他们那个地方很正常，洁身自好反而招人厌，应酬多交游广阔，服务行业里一拨又一拨年轻漂亮、家境清寒、一门心思找靠山的女孩子生扑入怀。但他是个思虑周详的谨慎人儿，倒不是怕老婆，他一直是踏实忠厚的人设，如果在外面玩太花了影响职场发展，这个道理他懂，也看过不少前车之鉴。

老婆怀孕五个月的时候，说加拿大的妇产科医生几乎可以肯定是个男孩儿。孙昌建听到消息，一转身就回临沂老家陪着老父亲喝了三四天大酒。那几年是他人生中的高光时刻，事业顺利，外籍身份，中年得子。江燕没工作，在家里带孩子做饭还算过得去，虽然她心底里看不起他农村的父母和兄弟姐妹们，仗着自己过得最好，在他们面前傲得很，有时候说话不好听，家里淘汰的东西总紧着娘家。他不耐烦和女人计较这些琐事，在这个家里，他是顶梁柱，也是一家之主，老婆孩子父母兄弟都得围着他转，有些无关紧要的小事他也懂得睁一只眼闭一只眼。

在他儿子二三岁的时候，经济大环境一点一点变难了，躺着赚大钱的时代悄没声息地就过去了。房地产业蒸蒸日上时他是得力干将，集团利润减少，不得不收缩战线的时候，高管团队里三分之一的老板家族成员抱团排挤起外人，他变成了眼中钉和肉中刺。老板的摊子铺得太大了，女人、酒精和胡吃海喝掏空了他的大脑和五脏六腑，公司先是遭遇了老板二婚小舅子搞的内部大清洗，又被以税务改革为由查账好几次，职能部门的领导换届，形势一天比一天严峻。有失败总要有人背锅，项目失败不是他的错也算成他的错，明明知道是小舅子给他挖坑，但人家联手对付他，还能逃得过？老板毕竟是做事的人，还没昏庸到无道的程度，被搞得焦头烂额无法平衡时，只能牺牲他这个外人，遣散费不多也不算少，怕他说出去影响集团声誉，嘱咐他对外声称是出国团聚，大家面子上都好看。

江燕不满意："这些钱离财务自由还早着呢。咱们又不是只有一个女儿，儿子以后花钱的地方多了去了。你还不到五十就退休，是不是早了点？"孙昌建不想多说，说多了没好处。江燕心疼一年少了二三十万年薪，由奢入俭难，坐吃山空怎么办？

孙昌建提前退休后安心在温哥华住了下来，江燕却不习惯了。刚移民的那二年她太难了，考驾照、学英语、一个人带孩子，大事小事都只能靠自己，一开始她每天都要连环夺命 call 老公，遇到点事不是哭就是愁，后来，她认识了一堆上英文课的姐妹，有几个来了二三年的，凡事都有人商量，有人出主意，她逐渐独立了，找到自信了，被生活锻炼出来了。这几年，她习惯了自己掌控家里的事，男人过来待不了几天，啥事都要指挥指点，她一下子不习惯了。

思来想去，她决定听某人的意见，拼着老命苦读一年半考到了地产经纪牌照。女人的经济地位决定了家庭地位，她想夺权，首先就得自己赚到钱。她从前不是这样的性子，来了加拿大品尝到一个人面对崭新的世界的那种艰难和克服困难后的成就感，她逐渐发现自己挺适合和人打交道，中国人对房子天然的热爱和她买过四五个房子的经验碰撞出了不一样的自己。

从她开始苦读地产经纪课程，孙昌建对她的态度就不一样了。那是一种很微妙的变化，微妙到难以觉察，找不到确凿的证据，江燕自己也没意识到变化从何而来，她只是感觉到男人比以前客气了些，俩人视频时和她说的话多了那么一点点，语气温和了一点点。她习惯了山东男人对老婆爱答不理的风格，习惯于听从老公的意见。大概是隔着重洋，或许是她未来可能通过考试这件事让那个男人对竟然可以阅读一大摞英文资料的老婆肃然起敬，那头的家全靠这个从前啥都不懂的女人支撑，也或许是她发现有爱慕者带来的自信，他们俩的关系逐渐有了点相敬如宾的味道。孙昌建提前退休来温哥华长住后，他当司机接送孩子，出门买菜，有空了收拾前庭后院，没有应酬酒局，也没有社会圈子的男人就像被拔了羽毛的孔雀，被日常生活腌渍，被北美文化侵蚀，逐渐变成了一枚居家男人。

江燕刚开始做地产经纪过得很难，熬过头二年，赶上了国内移民数量激增，一个比一个有钱，小小的温哥华地产市场被炒得火热。江燕忙了起来，闲暇时间要到处参加聚会积累客户，慢慢地，他们家变成了女主外男主内。孙昌建适应得很快，他喜欢带儿子，儿子也喜欢和他黏在一起。加拿大的生活实在简单无聊，他也没啥业余爱好，只有接送孩子才能接触到外面的人，他把全部心思和精力都放在培养儿子上，一分耕耘五分收获，在新的领域他似乎找到了当年成为集团最年轻的副总经理的那种成就感自豪感。

他女儿很不满："你们的儿子是不是比我重要？"江燕嘴

快，不耐烦地怼："我儿子比你强一百倍，你看看你那个头发，干啥非要染成狗屎黄？"

孙昌建看不上老婆说话不过脑子，补了一句："没有的事。女儿和儿子一样的。只是你们俩年龄不一样，需求不同。手心手背都是肉。"

江燕和女儿动不动就吵架，一言不合就嚷嚷上了，她对孙昌建和稀泥的做法不以为然，眼睛里喷出"老狐狸"几个字，孙昌建假装没看到，哄走了女儿，对老婆说："你能不能好好说话？没事非要挑事。"

江燕不爱听这话，梗着脖子怼他："死丫头说你眼里只有儿子，你以为你几句好话有用？"

江燕以前对他不是这样的。江燕生完老大就没上班了，她在家里操持家务，跟着她同学邻居躺在美容院一边弄脸一边聊男人，那时候他不让江燕管钱，家里的花销一笔一笔从他手里过，那时候的女人温顺听话，耍点小脾气小性子的程度和次数会在某种范围之内。江燕怼他的次数越来越多了，有时候还戳到点子上，让他无从反驳。有时候他心里自嘲，当初选择移民，本想薅到资本主义的羊毛，没想到老婆却被资本主义改造了。

二

自从在春节华人联合会晚宴上遇到 Jerry 之后，孙昌建总觉得哪里怪怪的。他和 Jerry 不算陌生，可以说挺熟的。Jerry 是他国内一个朋友的朋友，他们从曼省搬到温哥华，在这里买了房子后第一个请的就是他。一是感谢他推荐了房产经纪，二是多谢刚去温哥华的头一个月，多亏了早登陆一年的 Jerry 开着车子带他们办事采购，帮了不少忙，他和 Jerry 挺谈得来。以前，他每次从国内过来都请 Jerry 一家人来家里聚一聚，他们一家人在 Jerry 家里过了在异国他乡的第一个有烤火鸡的圣诞节。后来，江燕和 Jerry 老婆还成了闺蜜，关系好到能带着孩子去他们家留宿，这几年她好像没提起他们夫妻俩了。当候鸟的后几年，每次过来呆个把月，江燕都说约不到他们吃饭，时间不合适，不知不觉好几年没见过面，也就淡忘了。

他惊喜地上去拍他的肩膀，Jerry 吓了一跳，本来谈笑风生的脸僵僵的，找不到话题聊的样子。孙昌建是生意场上混过的，热情洋溢地广交朋友早就变成了他与生俱来的性格和风格，他只当没看到对方的表情，亲热地拍拍 Jerry 的肩说，好久没见了，哪天有空来我们家吃个便饭，咱哥俩喝两杯。Jerry 的表情有点不太自然，说他最近瞎忙，又说以后再说，不等孙昌建把全套寒暄说完，他突然想起来似的说要去接孩子，回头再聊。孙昌建心里有点不舒服，吃晚饭的时候给江燕说："Jerry 那个人咋那样了，我请他有空来家里坐坐，他不咸不淡地说再说吧。我问他电话号码是不是换了，他说回头发给我，这都半天了也没发过来。这人怎么这样？以前挺豪爽的一个人，现在变得这么磨叽，不像个男人。"

江燕抬眼看了看他，迟疑地说："哦，可能这些年他越混越差就越不想和人接触吧？谁知道呢。"她夸张地伸长脖子看一圈，问："悦悦说要回来吃晚饭的，怎么到现在还不回来？"

"我怎么知道，这丫头又不告诉我。"

孙昌建看看身边的儿子，乖小子正专心致志地啃鸡翅，女儿痴肥还脾气坏，幸亏儿子性格好又争气，是他最大的安慰，特别是侧颜，棱角分明又俊朗妥帖，好多女孩子的妈妈们看到他就夸他儿子长得帅，学习好，还有礼貌。孙昌建不由得又看几眼宝贝儿子，心里突然一激灵。他想起 Jerry 的剪影，眉眼之间，特别是侧面，怎么和儿子那么像呢？兴许，好看的男人都是山峦起伏清秀氤氲那种。

"感恩节请 Jerry 一家人来吃饭吧？"鬼使神差的，孙昌建突然说。江燕的眼珠子瞬间变了色："你怎么突然说这个？都好多年没来往了。感恩节说不定英杰学校家长们会组织什么活动，咱们要多和家长们来往，其他没什么用的人少联系。"她说得有点急，脸蛋都红了，舌头有点打卷。

孙昌建没多想，他只是出于一个北方人注重社会关系的本能，当初人家帮过他不少，这个情分不能忘。再说，移民温哥华十几年了，他没遇到几个能深交的朋友，Jerry 那个人挺不错的，邀请他们来吃饭表示他这个人讲义气重情义，原本也不过随口说说，无可无不可的。他不喜欢江燕的口气，这个女人越来越强势。但他不想轻易挑事儿，于是，他用眼睛剜了一下江燕，沉了脸没说话。江燕兀自唠叨："我忙着呢，哪里有时间买菜做菜招待人，别瞎搞事。"孙昌建不耐烦她日益跋扈的嘴脸，回了一句："这是我搞事还是你在搞事？"江燕这才看到他的脸色不善，像是真的动了气，她的嘴巴张了张，低着头默默扒拉碗里最后的几粒米饭，扒拉不到嘴里还动了气，呼啦一下立起身就走了。

年纪大了，晚上总要起一次二次夜，孙昌建在百叶窗透出的月色里摸到洗手间的门，马桶上突然有人嗡着嗓子说："我在呢，等一下"，他想不到黑咕隆咚的还有人在马桶上坐着，浑身的瞌睡虫顿时掉光，差点尿了裤子。他吼一句："干嘛不开灯？"

孙昌建这个年纪，受点惊吓再也睡不着了，躺在床上等不到闹钟响就躺得心脏有些不舒服，他烦躁地把被子踢到脚那头，故意弄出点声音地穿好衣服，起床下楼去弄早饭。这几年，他习惯了早起给爷俩弄早饭吃完，天不亮就出门去球场训练。他不仅是司机，还要观察儿子的进步，记录他需要解决的技术问题，注意观察教练的脸色，判断上课的效果。半个小时的私教课后，孙英杰一个人练习，送孩子上学的路上，他给儿子复盘当天训练的要点、失误和他旁听的体会。自从退休来温哥华长住，陪伴儿子的他再次走上了人生巅峰。全国冠军的爸爸，整个加拿大有几个人？他和儿子从零开始，从比赛场上的冷板凳坐到现在的俱乐部明星队员 C 位，儿子的努力固然重要，没有他常年五点起床接送陪，要不是他卖掉国内二套房子都要请最好的教练一周三次私教课，仅仅凭孩子那点兴趣爱好是支撑不到今天的。

体育和艺术一样，谁都可以玩，谁都想试试。想依靠勤学苦练就能出成绩，那也太天真了。文体的欺骗性就在这里，没学过的人看着老师教练拿起来就玩，以为多高深的，在内行眼里，一招一式可透着水平高低。想遇到好教练单靠运气可不够，真正的好教练要挑学生，真正的好教练当然不便宜。贵的不见得都好，便宜的肯定都不行，学生和教练讲究一个缘分，也有一个气场合不合，脾气搭不搭的事。

如何培养一个体育娃，孙昌建是花了工夫钻研，请教了很多人的。这些都不算啥，仅仅他不计成本肯投入就已经打败 90% 的家长了。有个秘诀他不愿意告诉任何人：孩子取得成绩和赌博差不多，必须有孤注一掷的决心，也要有成了算运气输了认命的魄力，患得患失、计较性价比的家长太多了，哪怕是天才，没有几千小时的投入也看不出来是匹千里马。千里马常有，肯投入的父母不常有。

孙英杰日常训练的教练在大温高尔夫球教练圈子里数一数

二，遇到这个教练全靠运气，能让教练全心全意教靠的就是他这个爹的诚意和孩子的实力了。从前年开始，他们爷俩每个春假都要飞去澳洲的顶级俱乐部集训一个月，暑假则去多伦多参加各种比赛，找东部的知名教练单独指导。北美赛区赛事频繁，每一次比赛都是一次绝佳的训练机会，一场场实战打完，孩子总能获得点体会收获，机票酒店花钱如流水，肉疼归肉疼，想到这些钱砸在光宗耀祖的儿子身上，怎么都值得。

孙昌建早就不是只有点钱的土豪了，他现在的认知水平，绝大部分家长他都看不上了，他希望 Jerry 能看到他这些年的成就。当年 Jerry 开玩笑说他是国内"土豪"，他很不喜欢，记了很多年。他承认自己土，现在更土了，成天穿着 Costco 买的休闲服，头发是老婆给剃的，鞋子是儿子淘汰的，也不否认当年的他勉勉强强算得上入门级"豪"，可他不觉得自己是土豪。土豪都是些什么人？一些没读过大学的草莽，是那些在国内拿着钱横行霸道来这里狗屁不通的人，就知道瞎砸钱，虽然也都懂得投资教育，就像买奢侈品，只买最流行的款，不懂得欣赏设计的奥妙，不知道挑选适合自己的东西，只知道选贵的。他好歹是 90 年代的大学生，要不是家境贫寒，出生低微，他不会仅仅只是"土豪"，他会是"富豪"。

他们老孙家由他从农村跨越到了城市到了国外，即将由他儿子从中产阶级跨越到精英阶层，这是何等荣耀？岂是花钱就可以实现的？要不是他们家祖坟埋得好，还不知道要经历几代人的努力。有子如此，夫复何求？前半生顺遂，后半生得意，孙昌建太知足了。站在球场边远远看着儿子潇洒挥杆的动作，呼吸着户外清新的空气，心情无比惬意，孙昌建从自己的幸福出发，推己及人，很是同情手机里正在刷着的最近发生在温哥华西区、被碎尸一百多块的华人富豪苑刚。冒着无数危险，费尽心机捞了那么多钱，养了一大堆女人，五个私生子，据说想娶外甥女引来表姐夫激愤之下打死了他，还被大卸无数块、抛尸荒野。奋斗了一辈子，钱都被几个私生子的妈分走了，亲娘一分钱没有。不作不会死，好好的日子不过，想图个快活，没想到只图了死的痛快。

孙昌建觑着眼睛看手机里模糊的照片，保护未成年人的法律，小孩子们的照片都模糊处理过，依稀可见眉眼都不错。苑刚身阔体胖，样子不赖，儿子们都去指定机构验过 DNA，只有二个是他的种。有什么用？人死了什么都没有了。刷完别人的悲剧，用"操"这个字表达了他的惋惜鄙视可惜惊叹感慨，他抬头看自己玉树临风的儿子越看越喜欢。儿子的侧颜怎么长的？一点都没随了孙家塌鼻子小眼睛略微龅牙的基因，老天爷是他们家亲戚吗？在颜值可以当饭吃的时代给了他一个有颜值还有实力的儿子。

像 Jerry，那哥们儿帅，从年轻帅到中年，有什么用？来温哥华后一直没干过正经工作，十几年前做过贷款经纪，后来好像还给人清洗屋顶，看样子越混越差，没事业的男人身上没那股子自信的气场，空长一米八几，没钱就没气势，眼神闪烁，前言不搭后语，那点子帅不但没加分，反倒是皮相不可靠的负面典型。他小时候可能就像儿子这么帅吧。还别说，好看的男人和好看的女人一样，长得都有点像。

三

孙昌建追温哥华被杀富豪苑刚私生子打官司争家产的新闻进展追得有些走火入魔，梦到不知道什么人凶神恶煞一般来抢他儿子，说儿子不是他的种，要回去认祖归宗，说他孙家怎么可能生出来这么俊秀聪明的孩子。噩梦惊魂，醒来后梦里的对话、场景历历在目，比现实还要真实。一整天，他总是没来由地想起梦里的撕扯，脑子里反复回想起那几句话，他心神不宁到几乎喝不下水吃不下饭的地步。他本来想当个笑话说给江燕听，说出来也许心里就不堵得慌，二三天都没找到合适的机会。他睡得早，江燕睡得迟，就是一起在床上，也是各自在各自的被窝里玩各自的手机。他烦闷了几天，也就不想说了。

孙昌建被这个噩梦折腾得好多天睡不好觉。中年人了，连续很多天睡不好觉就浑身不舒服，心情就灰暗。他回忆起他姐感叹英杰生出来时快八斤，皮肤饱满五官饱满，江燕回国那天坐的胎，到生下来那天明明还未足月，可这孩子咋看咋不像早出生了三周。他姐姐还唠叨江燕怀孕时吃得太多，把孩子吃那么胖。孙昌建那些天很忙很激动，他姐姐只是出于生养过二个孩子、有经验的中年妇女爱唠叨的本能，随口说说而已，他当时没在意，此时突然一字不差地想了起来。

他心底突然鬼使神差地冒出一个念头，一个无法抑制的怀疑，这个念头越是压制越是顽强，以至于他妈病危，他像被什么人附体似地在回国的前一晚上去儿子房间里拿小剪子在他熟睡中毫无防备的后脑勺剪下来一小撮头发，蹑手蹑脚去厨房里拿密封小袋子装好，放进第二天去机场要穿的外套内兜。

孙母的二七，她的小儿子睡在她生前的床上哭得撕心裂肺，恨不得把手伸到地底下抱住老娘哭一场，给老娘说她最喜欢的最出息的最好看的最聪明的成绩最好的孙子不是她的亲孙子。

老太太 83 岁走的，在农村算是高寿了，这是喜丧，宴席上的客人说说笑笑，带着黑布袖箍的男人和头上有白纸花的女人们也跟着笑。孙昌建在老娘二七祭拜仪式上抱住墓碑哭得瘫倒在地上，谁劝都没用，好不容易拖回家后，不吃也不喝，只是脸朝墙躺着，一会儿哭一会儿发呆。他哥哥姐姐们伺候了好几年，心理上早就不再眷恋母亲，去世只是一个程序，怎么挤也挤不出眼泪，面上有些尴尬。只有自小负责带他的二姐心疼他，看瘦得脱了形，时常在他身边劝慰他自个儿身体要紧，老娘是享了他的福走的。他不想说话，只是躺着不起床，被姐姐们拽起来吃饭，拿什么吃什么，也不知道都吃了些什么东西，行尸走肉一般，直到临回加拿大前一天才回了魂，对着姐姐姐夫不住口地叹气，说的话颠三倒四，都以为他伤心过度，只好拿些节哀顺变啊活着的人要保重身体之类的套话劝他。孙昌建心里苦，嘴里更苦，喝多少水都冲不淡。

孙昌建回到温哥华后几乎不再说话，还搬去了客房。江燕觉得有点奇怪，老人瘫在床上一年多了，大部分时间神智不清，他早就有心理准备。他们夫妻俩甚至聊过婆婆走了之后要不要请大哥大嫂过来玩一趟，算是感谢他们给老娘养老送终的辛苦。去年，他自己还开玩笑说老娘这次住院不一定出得来，打算回去一趟看看，但儿子有一场重要比赛，在老娘和儿子之间，他犹豫了几天还是选择陪儿子去佛罗里达打那场锦标赛。今年再次住院，家里人说把寿衣一起带去医院了，做好了办事的准备。他临回国前江燕问他："下个月去美国的比赛我带儿子去？"他还说："我带儿子去，这个比赛太重要了，你哪里懂球，儿子发挥好不好你都看不出来。老娘这个岁数了，我有思想准备，办完事就回来。"但他办完事不回来，不声不响改了机票，她那几天要陪客人看房子，问孙昌建比赛能不能不去了，他不回微信，江燕就自作主张没让儿子去。江燕有些恼火："你娘死了就死了，你还真来劲了，我这是懒得跟你计较，谁知道是不是趁着回国天天跟那帮狐朋狗友喝酒。"

孙昌建回来后和谁都不说话，江燕有些担心，给儿子说："你爸还在伤心你奶奶的事儿，你去和你爸说说话。你爸最疼你，你去安慰安慰他可能有用。"孙英杰拿了一瓶养乐多放在孙昌建手里，说："爸，你喝吧，冰箱里还有。"孙昌建的心重重地疼了一下。养乐多是这小子的最爱，喝完了还会耐心地仰着头控到一滴都不剩。他把养乐多放到一边，摆摆手。英杰坐在他身边抠手，又叫他："爸，你想吃什么，我去给你拿。爸，你别伤心了，你去吃点东西吧。"孙昌建的心被重重地击打了好多下，五脏六腑都痛得抽搐。

孙昌建一个人闷闷不乐地在小书房里睡了一个多月，他早上不再送儿子去训练，下午也不去接，江燕看他那副鬼样子，只能气哼哼地忍耐。这一天，她特意做了焗龙虾，在晚餐桌上笑吟吟地给男人夹了半只焗龙虾道："老公，教练问了你好几次怎么还没回来，他今天早上又问小杰要不要去西雅图参加下个月的北美杯赛。我最近忙不过来，明天早上你送儿子去训练吧？再不去，教练会不高兴的。"

孙昌建不搭腔。

"儿子，你想不想参加那个比赛？"江燕问。

"当然想。这个比赛有积分的。爸爸，我想去。"孙英杰以为爸爸依然沉浸在奶奶去世的悲痛中，他最近很乖巧地自己训练，如果江燕不能接他，他就走路去搭公交车。

孙昌建想说什么。好些天没张口说话，他的嗓子凝滞干涩，语言功能退化。等他想开口的时候，在 SFU 读书的女儿和她妈又说起给她买一部小车子方便上学的老话题。孙英杰以为他默许早上送他，兴奋地欢呼雀跃："耶，这次比赛我一定要再打一次double，我喜欢爸爸送我去训练，爸爸能跟我聊战术。"孙昌建的心又疼了，嘴里苦得像吃了黄连。

江燕又和女儿吵了起来，她自然是老生常谈，说买车没必要，毕业了再说，家里两部车子够用了，那么大的孩子一点不懂事之类。女儿也有女儿的理由，她想要更多自由，每次借父母的车子都要被问用途、和谁、去哪里、多久回来，出门久一点就打电话催。车子和手机一样，谁都不愿意分享，她想要个自己的车，哪怕一个几千块钱的二手车也行。娘俩磨了半天嘴皮子，谁都说服不了谁，女儿气得扔下筷子，带着哭腔边蹬蹬蹬冲上楼边喊："你们儿子打一次比赛就花几千块，眼睛都不眨，我每天都要用的车都不给我买。只有儿子是亲生的，我是垃圾桶里捡的对不对？这么重男轻女，你们咋不捡几个儿子养，干嘛捡我？"

孙昌建以前是反对给女儿买车的。觉得没必要花钱是主要原因，说出口的理由是女孩子有了车子就野了，经常外出不安全，正当交往可以让父母接送，或者暂借，多养一部车实属浪费。女儿说她不是亲生的，这刺激到了孙昌建，不用验DNA，他百分之二百确定女儿是自己的。前几年，他姐姐把他女儿的几张照片安了相框挂在家里，他母亲非说大女儿不害臊，都有孙子的人了，把自己年轻时的照片倒腾出来挂上，羞不羞？他大姐说是侄女，他母亲就是不信，这件事，家里人笑了半年。不是亲生的，和亲姑姑能那么像？他的心脏又痛了。忽视自己亲生的，把感情、金钱、时间都投入到野种身上，即使已经知道不是自己的种，还在给他付私校学费，付教练费，用在他身上的钱是女儿的二十倍。这些年，被江燕这个挨千刀的女人当冤大头使唤，当傻瓜给别人养儿子，自己亲生的女儿要个二手车都不给。他怎么那么蠢那么笨那么冤，他这是倒了什么霉。

他突然好奇，江燕知不知道英杰不是他的种？如果知道，她怎么能理直气壮了十几年？她难道不知道？疑心都没疑心过？自己做下的事，自个儿心里不知道？

四

江燕发现自己怀孕的时候几乎吓死了，她掰着手指头左算右算怎么都算不清楚。家庭医生给她推荐的产科大夫是香港人，幼年移民加拿大，只会讲英文和粤语，江燕的英文日常聊天勉强对付，专业术语一个词都听不懂，妇产医生对江燕的所有疑问费劲地简略回答，中间还要用纸写下英文单词让她用手机翻译才能勉强对话。她问医生，怀孕的日期能不能确定，"不用那么确定啦"，她问孩子几周，"每个孩子不一样啦，有的会大一点点的"，她问预产期，"差不多一月份内吧，不一定的啦"。问不出来什么，她就想打掉算了。私下里问朋友在加拿大怎么操作，对方不由分说："打什么打，加拿大是小孩子的天堂，政府包医疗教育还有牛奶金，你才一个女儿，再有一个正好。恭喜你都来不及。"

问完这个朋友不久，两人就在家附近的华人超市遇见，这个朋友给她女儿说："你妈妈要给你生弟弟妹妹了，你想要弟弟还是妹妹？"女儿不高兴地答："什么都不要。"朋友不理会小女孩儿的怒火，继续逗她："有弟弟妹妹多好玩，对吧？"她女儿把手里拿的一盒蛋卷啪地摔到地上走开，她朋友兀自不以为然，安慰她："没事。小孩子都这样，等你生出来她就喜欢了。"江燕后悔自己着急，找了这么个二百五朋友倾诉，怪她从前没看出来朋友这么缺心眼。她勉强敷衍了几句，捡起女儿扔掉的蛋卷走开了。

她女儿小名叫悦悦，却从小不怎么喜悦，总是不太高兴的样子。他们山东人对女儿的期待不高，听话懂事就行。悦悦是个普通的小孩，没特别之处，也没让人糟心的地方，小时候大部分时间放在农村爷爷奶奶家或者在岳父母家里，和自己爸妈都不太亲，大部分时间在自己房间里做手工看 iPad。孙昌建夫妇俩嘴上说为了孩子移民，实际上他们只是赶个时髦，啥事都要比别人强，别人有钱了出国，他们自然不能落后，听说加拿大教育好，来了买个漂亮房子，送孩子就近上学，至于孩子的语言关社交关，他们俩是养了儿子才学着操心的。

这一天，悦悦反应比较激烈，回家关上门就在微信上找她爸说她不要弟弟妹妹，她讨厌弟弟妹妹。孙昌建好半天才明白说的是老婆怀孕，乐得什么似的，哄着女儿别瞎说，赶紧睡觉去。随即打电话笑着骂："江燕你这个混蛋，要是敢去打胎就别想进我孙家的门。你给老子好好养着胎，给孙家生个孙子。"

江燕那时候还没去考经纪证，只能依靠男人生活，她再也不敢想打胎的事，她反复琢磨，越想越觉得很有可能就是春假回国坐下的胎，也必须是。那个人谨慎，每次都用套，偶尔一次二次滑落，她都会去厕所蹲一会儿才出来。她在国内上了环的，出国前取掉后生理期就不准了，不见得那么倒霉。

她恨，也怨，怎么就鬼迷心窍喜欢上那个人了呢？他挺拔高挑，五官和谐又俊气，这些尚不足以吸引一个中年家庭主妇。刚来这里，只认识这个朋友介绍的朋友，他热心，和他们夫妻俩一见如故。他讲义气，觉得她一个人带着孩子在这里无亲无故挺不容易的，问他什么事，他总是细细讲怎么办，又是举例又是解释，当过老师的人就是不一样。她说要给墙上钉几颗钉子挂装饰画，他吃过晚饭就来给她钉。遇到洗碗机漏水，一大早过来坐在地上一边拆一边看视频研究，为了不让她多花钱，自己亲自动手搞到半夜。他替她拿的主意，说你去考地产经纪证书吧，时间灵活，自己的事业，又赚钱多。再说，女人有点事业好，以后腰杆硬气，不怕遇到什么事。他一个劲鼓励她考试不要怕，一点一点啃下来就好了。

她没什么文化，就读完了中专，要不是 ESL 班里结交了几个朋友，她也坚持不下来。拿到 ESL 六级证书她才知道自己不笨，不蠢，只是她不擅长国内的教育模式。他说你这么聪明，也很努力，大不了别人用半年你苦个一年，怎么都考下来了。她这辈子只听到别人夸她漂亮、样子年轻、皮肤白，她从来不知道自己除了作为一个女人本身以外的价值。考试前她紧张，他过来帮着复习，替她做笔记，像小学老师那样让她一条一条背给他听，送走孩子他就过来了，渐渐就熟了，熟了就随便了，俩人的胳膊腿还没碰到，静电噼里啪啦地炸开了。他开玩笑说："哎呦，咱俩还挺来电的。"她好些年没听到男人和她说俏皮话，一时没忍住，伸出手拉他的胳膊："看看还有没有电？"捏住他结实顾长的胳膊的那一瞬间她的浑身像通了电似的，也像被下了蛊似的，她声音发颤，把手放他腿上说："再试试有没有电。"

是她先扑到他怀里的，俩人在餐桌前，以极其怪异的姿势抱着，中间隔着两个椅子的两个扶手，分别硌开两个人的下半身，却分不开两人的上半身。他们的身体像是着了火，烧起来就扑不灭。

后来，等她送完孩子回到家，时常可以看到他的车子已经停在她家车库门前。他说是来帮她复习，她就抿嘴笑他真会假装，进了屋子，两个人迫不及待抱在一起，缠绵好一会儿，心照不宣地一起上楼，进门就一起滚到床上，滚来又滚去，有一次，他笑着说："可算知道颠鸾倒凤这个成语到底什么意思了。"她听不太懂这种文绉绉的表达，但她喜欢听他说话，文雅又动听，有时候说得她笑，有时候说得她浑身烫，有时候惹得她用拳头砸他，他就笑："人家说女人爱用粉拳，果然是这样，就喜欢你的小粉拳砸过来，我也喜欢你的小粉足，捏着真舒服。"和他在一起不知不觉就过了大半天，好几次她跌跌撞撞赶去接孩子时，整个校园里只有她女儿孤零零的身影在游乐场上攀爬。晚上，他俩在 QQ 上聊天，她说踩油门的时候脚发抖，他说我的手都在抖，米饭添了两次，吃饱就在沙发上睡了一觉，要不是惦记着你，我就一直睡到明天了。他问她晚饭吃的什么，嘱咐她晚上看一会儿书，一天啃一点点，几个月啃完没问题。他说你掉了好多头发，下次我给你带一种洗发水可以防脱发。

江燕和孙昌建从来没这样聊过天。他们像全天下的正常夫妻，说应该说的话，做应该做的事，过应该过的日子。别人说她命好，她也没什么可抱怨的地方。江燕和孙昌建是熟人介绍的，没谈恋爱就领了证，还没办婚礼就被睡了，睡了就算是一切落停。这一次既有初恋的缠绵也有外遇的激情，几个月来她什么都做不了，除了等他过来就是和他一起时光飞逝。她从来没试过给一个男人讲琐碎的话，也没听过男人和她聊鸡毛蒜皮。父亲和丈夫一样，和男人喝酒时是话痨，和女人没话讲。他会告诉她今天的云海很漂亮，我拍了照片发给你看，鹿湖有荷花，你想不想去看？你煮的饺子从来不会破皮，你怎么做到的？他会说你的腰摸起来瘦了点，是不是在减肥？你不减也很好，减了也好看，只要你别饿坏自己。他们俩想尽办法见面，有时候只有半个小时，匆匆忙忙摸一会儿就要去干活，越是这样，俩人越是饥渴难耐，见了面一秒钟都不浪费。

知道怀孕后，她哭了好几场，到底还是告诉他可能怀的是他的，又哭着说她老公不让她打胎，他们家到现在没个孙子，前几年盼孙子盼得老两口专门去了大佛寺拜菩萨，还给庙里一大笔香火钱。

他过了好多天才来看她，整个人暗淡无光，无精打采，像被武林高手挑断经脉，不但精气神是散的，骨架子都要散了。俩人之间再也不来电了。曾经他们干柴烈火，遇到就着火，每次都精疲力尽才下床找东西吃，有时候煮着饭还会再来电，有时候吃到一半也有电。他们俩呆坐在沙发的两头，中间宽广辽阔地可以盛得下太平洋。他们再也不敢贴紧了，仿佛已经怀孕的身子可以接着怀上似的。墙上的挂钟一秒一秒跳得很慢，一下一下的，每一下都很突然。

他坐了好一会儿，低着头起身就往门口走，嘴里嗫嚅着什么，她问："你说什么？"他吓一跳，回头说："没，没什么。"他回头的眼神再也没有神采没有精光，整个人是垮掉的，缩小的，眼神躲闪着她，不看她的脸。以前，他俩每次临别时都抱着咯咯笑着打赌看谁先撒手。这一次，江燕的脚沉得抬不起来。

从那以后，他们再也没联系过了。

怀孕七个月的时候，孙昌建带着他姐过来了，说是给她做饭，伺候她坐完月子，说是他老娘吩咐的。家里有客人，她逐渐忘记了往事，相信她肚子里是孙家的孩子。大姑姐说，她婆婆听说是个男孩儿，把自己的金手镯脱下来让她带过来，让大姑姐盯着她每天都戴着，那是老太太求人去庙里开过光的。江燕逐渐接受她是孙家大功臣这个事实，她很享受被孙家人伺候她的日子。她即将给他们家生下唯一的男孙，老天爷就是这么安排的，不会搞错的。儿子白白胖胖，眉清目秀，眼睛大大的，都说像妈妈，她也越看越觉得的确像她。

她拿到经纪证书时想起他说过，女人要有点自己的东西的，有没有是不一样的。他说的没错，孙昌建对她不一样了。生了儿子后不太一样，拿到证书后是另外一种不一样。那个人说过他老婆读书很行的，拿到了本地会计学证书，找到了一份银行客户经理的职位，算是进入了主流社会。他尊敬和佩服的口气刺痛过她的心。不过那种嫉妒和自卑是好事，要不然她也考不下来对她来说几乎不可能考过的地产经纪牌照。

她刚知道自己怀孕的时候不是没想过离婚。也就想了想。他是技术移民，国内什么都没有了。在这里贷款买了个房子，为了减轻压力，一半出租一半自己住。他做各种杂工供老婆念书考了几个证书，然后自己去考证，零七八碎接点活做，生活没问题，却也不宽裕。他要是离婚，什么都拿不到的。而她要是离婚，孙昌建不会让她拿到什么财产的。

江燕家里不富裕。那个时候，城市里最没本事的人才没单位，她父母就是那种小城市里的小商贩，她小时候，她父母先是在路口摆个小摊，后来租了个很小的门面房，她中专毕业的时候，他们家终于把杂货店搬到闹市区的菜市场旁边。她七八岁就是家里没工钱的长工，每天放了学先去店里替她妈的班，她妈回家做饭。她嘴甜，又伶俐，哪样东西在哪里，比别家便宜几分几毛她说得清清楚楚，她在店里，营业额比她妈高。周末和假期，她爸妈就指着她多挣点，顾不上关心她读书读得怎么样。江燕结婚前没谈过恋爱，她妈让她等着人介绍个条件好的，别理那些天天来店里晃荡的二流子，有好工作的男人才不会来这里，人家都是去大街上的商场买东西。

　　江燕听话，自己也看不上街上那群二流子混混。果然，她嫁了个有钱人，家安在了省城。后来，连济南本地人都羡慕他们家能移民去了国外，县城里的亲戚教育女儿都拿她做榜样。结婚这么多年，她从来没为钱犯过愁，她想都不敢想再回到小时候那种拮据的日子。

　　有一次，她带儿子去看城里的老爷车展，和他迎头相遇，他吓得好像江燕要捉他的奸，下意识做出随时要逃跑的姿势，身体歪歪扭扭地拧着说："啊，是你啊。好久不见了，好久不见了。"江燕记得他们俩起码有七八年没见过了，他怎么一下子老了那么多？看起来怎么没了从前的风采？她很庆幸自己打扮过出门的，手里拿的是刚买的 miumiu。虽然她也很慌，心跳得厉害。他很紧张地左右看："就你一个人吗？"她做出大大方方的样子答："我一个人带儿子来的。你呢？你一个人？"她不想碰到他太太。"你儿子？你生的是儿子？"

　　江燕突然意识到了什么，她紧张地张望，害怕在旁边做手工游戏的儿子这个时候跑过来。孙英杰的专注力很好，喜欢做手工。两个成年人喷射过来的灼热的目光影响了他的注意力，他皱着眉头看看妈妈，又低下头看志愿者帮他钉喂鸟的小木屋。

　　他只看了英杰一眼，很快收回目光，说："我，我还有事，对不起，对不起，我有事，有事。"不等江燕整理好微笑和语言，他脚步倒腾得飞快，专门往人多的地方钻，一眨眼就不见了。江燕心里酸涩了一下下。等到上床后闭上眼睛，她的心脏才一下一下地痛起来，脑子里一会儿空空的，一会儿满满的。原本轩昂挺拔的一个人，看起来矮了，眼睛虚虚扫过她站立的方向，手搓来搓去的看着很可笑。曾经迷恋过那股子干部家庭出身才有的自信坦然，喜欢他什么都知道什么都能聊，用词文雅贴切，如今，终于靠自己成为他嘴里夸赞的他太太那种职业妇女，他在她的眼里怎么就不再潇洒自如了呢？以前觉得配不上他，所以他怂了，退了，也就罢了。现在的她也可以经济独立，他会不会后悔？有没有后悔过？她这么多年从没想过去找他，何至于吓成那样，那么聪明漂亮的儿子，他看都不看一眼就跑。

他苍老了不少，以前做贷款经纪的时候西装革履，皮鞋锃亮，腰背挺直。这几年利率低，做贷款经纪赚不到什么钱，听说他又去做了保险经纪。这里长住的中国男人本来就少，保险这种事都是主妇定夺，女人之间好说话，男人做保险十个有九个抢不过女经纪。他一个大男人在这里不容易，看起来过得不算好。她心里痛，也有一丝庆幸。过日子过的是一日三餐、衣食住行。至于爱情，根本就是骗人上床时心甘情愿的泡沫，不值得冒险。

五

在蓬蓬头下冲了好久了，孙昌建还是不想出去，热水击打皮肤的快感差一点让他膨胀起来。他很享受身体被激活的感觉。这几分钟令他暂时忘记像癌细胞一样侵蚀了他好多好多天的痛苦挣扎。这些天他一直不看不理这个女人，他需要时间好好权衡。不搭理她，让她自己没意思去。她最好心虚，没脸面对他，痛悔忏悔，求他原谅，不，求他惩罚。而他要不要原谅？能不能原谅？这事他没想好。他已经快被憋死了，心里如同活火山，灼热滚烫的岩浆在肚子里怒吼。不能随便喷出来，不敢喷出来，实在是因为他目前的处境太被动。

这几年提前退休常住温哥华之后，国内的关系淡了断了少了，除了过年过节群发几句复制粘贴过来的套话，微信上他联系的基本上都是这边的孩子家长和几个球友，熟人少得可怜。这么多年，他的英文还是读大学时学的那一点点，和老外打交道的事基本上都是老婆去。家里的账单他不爱看，也都是老婆弄。离婚很容易，离完婚之后他恐怕只能回国了。老娘没了，国内的房子借给侄子一家人住着。他孤身回去，让亲朋好友知道自己的失败，尤其是知道儿子是别人的，他没脸见任何人了。不离婚也不行，他咽不下这口气，花了那么多钱养大的儿子不是自己的，怎么能忍？

转念又想起，去年江燕做了一单特顺利的买卖，是一对小夫妻打架，邻居报了警，警察进门的时候看到男人手里拎着一把菜刀，女人抱着二岁的孩子躲在厕所里哭，一米九的俩警察一把就把瘦小的男人薅到地板上，一脚踏上去手指头就给踩断了，二话不说拷起来就押走了。男方父母在国内到处托人，花了几万加币保释，放出来也不许回家，不能见孩子。后来，男人赌气离婚，降价也要卖掉房子分财产，女人也不含糊，说卖就卖，比市场价低五万，挂牌一天就出手了。分了钱，男人就回国了，据说 PR 卡也不要了。移民五六年，家底子都折腾光了回国。在加拿大可不敢打女人，英文不好容易误会，江燕嘴皮子溜，还能讲点英文，她要报了警，吃亏的肯定是他。忍，继续忍吧。在没想到好办法之前。

沐浴房的玻璃门猛然被拉开，一股凉风呼地过来，他不想睁开眼睛，不想搭理这个看起来挺安分其实一肚子鬼的婆娘。他的那里突然被攥住，不打招呼地被套住，被两只咸猪手捂在手里揉搓套弄，像对待毛绒玩具，丝毫不珍惜，一点没敬畏。他呆住了，扭着屁股想挣脱，无奈被攥住的命根子不敢使劲扯。他也舍不得扯回来，有种前所未有的刺激把他定住了。老夫老妻太久了，从未有过这样没皮没脸没羞没臊的揉搓翻弄。她到底是在帮他洗干净还是在给他做特殊部位的按摩？

他气得不知道怎么反应，这种被人反制住命脉的当口一时找不到突破口。他火了，一下子扔掉正经住家男人的人设，像对待某些场所的女人那样肆意而恣意，进而感觉到一种快意。一种因为移民而被迫循规蹈矩、道貌岸然的压抑在这种环境里得以蓬勃，获得释放。他把自家老婆当成外面的女人这种感觉又难受又痛快，就像曾经体验过的冰火两重天，带着罪恶感的快意有种说不出的快感，他几乎要原谅这个女人了。这个念头刚刚冒头就被他按住，他用更狂暴的方式报复身子下面的这个女人，她不值得怜惜也不配得到他的珍惜，既然这个苦说不出口，那就让她吞咽下那个东西吧。

江燕趴在沐浴房地上哇哇地吐，孙昌建冲洗干净自己，拿着浴巾摔门就出去了。江燕穿着吊带睡裙过来的，这一切是她设计的，却没想到程度超出她的经验。她的衣服湿湿地贴住身体，肩带紧勒着，似乎要把胃里的东西都挤出来。她张开口让水流冲刷口腔，一遍一遍地仰头接水，低头吐水。她的眼泪在水流中微不足道，就像她的苦和偷来的那点甜不足为外人道。她在婚姻里从来都不是弱势的一方，也不算是强势的一方。结婚二十多年，他俩算是一对和谐的夫妻。小矛盾有的，大冲突没有过。孙昌建事业成功不是没原因的，他那个人做事有分寸，比一般人会说话会办事，家里家外的事情安排得妥妥当当，能赚钱也会管家。孙昌建是大学毕业，江燕不过是个中专生。他一个农村人，好不容易考到济南，要不是看上她的模样，不会娶一个县城里没学历的女人。自从结了婚，没让她去打过工，也没让她受过苦，她爹妈都说她命好。他这样的好男人哪里去找？这几年，她赶上国内形势大好，新移民源源不断过来，大陆过来的经纪们逐渐打开局面，她赶上了最好的时候。要不是他在家里全职带孩子，好时候她能抓得住吗？

结婚多年形成的格局从男主外女主内调换了个儿，是一个漫长的过程。说长不长，说短不短，这个过程和儿子的年龄一样长。江燕承认，这个家的大部分资产是男人挣来的。儿子的奖牌和成绩单也是男人用心用钱培养出来的。两口子总要有一个人主动破冰，要不然日子怎么过下去？她被孙昌建的冷战逼出这一招来化解莫名其妙的冷战，没想到搞成了滚烫的喷发。或许是好事。江燕想到这里，心情突然好了，她有种还想要一次的欲望和冲动，这种感觉好多年没有过了。

孙昌建开回来一部蓝色的 mini cooper，进门就去喊女儿悦悦试新车。悦悦一蹦三丈高，尖叫大笑，给朋友打了几个电话，开着车子一溜烟就跑掉了。

江燕带客户看房子跑了一天，回到家冷锅冷灶，剩饭都没一口，只好自己煮了泡面吃，睡前无意中发现女儿不在房间，打了五六个电话才听到汽车停在门口的声音。她从室内监控显示器里看到陌生车子停在门口，开门出去看，悦悦跳出 mini cooper，喜滋滋地围着车子啧啧叹："妈，来看我爸给我买的车。就是我想要的蓝色，还是带闪光的那种蓝色。"

江燕返身上楼问孙昌建："你怎么说都没说一声就给她买了车。家里两部车子倒换倒换够用了，买那么多车干嘛，她有了车子怎么会安心学习？还没毕业就买车，学坏了咋办？"孙昌建在看 iTalkBB 上的中文电视剧，头都不回，吼她一句："我给我女儿买车，我乐意，你管得着吗？"江燕被怼得呆住。她左想右想，搞不清这个男人到底怎么回事。你妈死了又不是我毒死的,你奔个丧回来,一副全家人欠了你的样子拉了一个多月的脸,不管儿子了,花园的活儿不干了,饭也不做,碗也不洗。这是想干嘛?

搞不清对方的意图的时候,江燕决定咽下这口气,她不知道孙昌建是不是发现了什么不对劲。她嚷回去:"你们爱怎么怎么,我也懒得管。"说完她就回了卧室,避免炸了毛的男人说出更难听的话。

孙昌建一直没想出到底该怎么办。那个女人忙着赚钱和家务,女儿看他不高兴就避开。从前,他宠爱儿子的时候,儿子是傲娇的。如今,他不再围着儿子打转,儿子却反过来围着他打起了转。"爸爸,你要不要冰淇淋?""爸爸喜欢吃这个,妈你给我爸吃这个。"还说:"爸,你看我打的这个球好不好?爸,你累了去休息吧,我自己去练。"前几天他过生日,江燕假装忘记,女儿对新男友正神魂颠倒,只有英杰走了半个小时去给他买了蛋糕,写了卡片,笨拙地在厨房里煎牛排烤土豆拌沙拉,一个人对着他唱了生日歌,把切好的蛋糕塞进他手里:"爸,这是你喜欢的口味。祝爸爸生日快乐。"孙昌建哭了。孙英杰吓坏了,问:"爸,怎么了?"他的心痛得要裂开:"没事,爸爸感动的。你姐姐忘记我生日,你妈也忘记了,只有我儿子记着。我有个好儿子。爸爸很感动。"

这是孙昌建的真心话。这些年他疼爱儿子疼到骨子里,看着儿子就高兴,一点点小成绩就骄傲,他老婆要是数落儿子他肯定不爱听,次次都回护,在他眼里,儿子拼图拼不好是玩具买得不对。儿子跑步落后的时候,他心疼他心情沮丧,喘着粗气都要陪着他跑。他一个山东大男人从来不做家务的,带儿子这几年学会了做饭,学会的都是儿子喜欢的口味。他喜欢跟朋友聊儿子,回国见亲友也说儿子，连他妈都看不过去，提醒他别做太明显，现在不时兴说养儿防老的话，起码表面上一碗水端平，要不以后老了，闺女不情愿伺候你。

他付出了他能付出的全部感情。儿子就像他的初恋，像阿紫虐游坦之那般，再难受也怨不到儿子头上。他只恨江燕，也怕和她撕破脸当面对峙，她带着儿子去找奸夫，让人家白捡了他精心培养的好儿子。每当他在心里设想痛骂不要脸的女人和野种，他就会泪流满面。他怕一旦撕开这个秘密，也就失去了付出过所有的儿子。他不能想象没有儿子的未来，也不敢设想离婚后孤身一人返回国内从头开始。一旦撕破脸，他带着女儿生活，把这么好的儿子留给这个挨千刀的女人，按照加拿大的法律，这边的财产一大半给她，这比杀了他都难受。

煎熬了一个多月，像毒虫啃噬他的大脑和心脏那般痛苦的时间里，他更干更瘦了，面色黯黑，腮帮子瘪下去一大片，唯独两腮因为牙床咬合太用力凸出来一疙瘩肌肉。能屈能伸大丈夫，天知地知自己知道，这个秘密烂在肚里说不定可以沤成肥料。他那么多年在商场上打拼，要是意气用事，早就被踩进泥泞，在底层打滚煎熬。他几乎把脑浆想干，终于决定把那份亲子鉴定烂在肚子里变成大便拉出去冲进阴沟，洇入地底，就像从未有过。这么多年的心血和金钱捧大的这么优秀的儿子就是他的儿子，是他孙家的后代。

希望镇

希望镇

王婷婷

1

我知道妻子丽娟很不愿意搬到这个连大温地区都算不上的偏僻小镇上。自从我们结婚后，只有这件大事没拗过我，她的肚子里像憋了一个活火山，我和女儿动辄得咎，无论我怎么做小伏低都消除不了挑战她家庭权威带来的挫败感，也没办法消弭她远离市中心的烦躁，火山爆发的次数越来越多。我如果表示这里风景独好，森林环绕，大河奔流，她会生气，横着眉问："这些能当饭吃吗？能提供工作机会吗？"一说这种话，我就输定了。我知道，作为一个男人，如果不能给妻儿提供足够的生活保障，就不配谈论风景，也没资格享受青山绿水。

距离温哥华市 150 公里的希望镇被高山溪流草甸和峡谷环绕，和坐落于太平洋西海岸边的大温地区背山面海、视野开阔、时而丘陵起伏时而一马平川的风景很不一样，这个小镇在崇山峻岭的夹缝里，在几条贯穿东西的高速公路的山坳处铺陈开有限的怀抱和风姿。镇子中心横七竖八棋盘格状的窄小道路两旁大都是上百年到几十年前那种只有一层的、占地面积不大，现在看来有点矮小的房子。有的房子看起来保养得还好，有的大概已有很多年没有维修保养，像是风烛残年的老妪。

偶尔也有车辆在希望镇停留一会儿，看看美国电影《第一滴血》的拍摄地，在五分钟就能走完的主街慢慢走一圈，在寂寥的标志性雕塑木刻熊前拍几张照片。夏季周末时，会有大温地区的新移民去附近的废弃隧道观光后慕名来这里买支冰淇淋，不甘心就此结束短途旅行的游客会在镇中心那家快餐店点两只汉堡。如果有几个家庭结伴同行而来，能填满整个小镇，习惯了安静和沉闷的店家懒洋洋地看着这些不可能停留太久的陌生人从高速上下来，又从桥下盘上高速向西或向东而去。

因为远离都市圈，房价便宜好几倍，登陆后就拥有属于自己的独立屋，实现住别墅开越野车的梦想让我格外执着，甚至无耻地给女儿描绘了许多许多我想象中的美好未来，用她说的那句"我想去这里"说服了丽娟。那时候，我觉得这里的安静是我向往的恬静。

我们全家第一次出国就是登陆，下飞机后，我们在温东一家庭旅馆住下，顾不上倒时差就到处去看房子。一家三口能租到的独立出入地下室没有低于一千加元的，那股子阴暗潮湿的味道令我想起毕业后在上海杨浦区与同学合租的那间老公房。大温地区的公寓楼一居室至少要二千刀，合人民币一万二千多块，坐吃山空，我们这么多年的积蓄根本支撑不了几天就清空了。按丽娟的意思，在市中心租个最便宜的地下室住，把孩子送去附近的幼儿园，我们夫妻俩立刻去找工作，哪怕是洗盘子也好，一边攒钱一边看房子。

怀揣希望来到这里，如果去洗盘子，为什么要出来？丽娟说为了孩子。我不想让她知道我不愿意为孩子牺牲自己的一生。我的人生和孩子的未来不是非此即彼的选择，干嘛让自己活得那么悲情那么辛苦呢？但我知道丽娟会把这个想法当成我的污点从女儿三岁讲到三十岁，甚至讲一辈子。

家庭旅馆一天一百加元，一家三口三餐再省也要几十加元，看房子坐公交车轻轨虽然便宜，换算成人民币还是让我们心惊肉跳。女儿跟着我们忍饥挨饿地奔波了几天，眼看着小脸瘦了黑了，穿衣打扮从上海滩小淑女到东亚难民原来只需要三四天。她才3岁，不懂得表达，只是一遍遍问能不能回家，我们在外面跑得焦躁，吼了几次她就不再说话了，时而眼泪汪汪，时而沉默怯懦。付得起的房子又偏僻又破，邻居们虽然和善，有的太瘦弱有的太过肥胖，看着莫名其妙让人心跳加速，脑子里涌出许多美剧里贫民窟的犯罪场景。稍微像样点的房子，租金和我洗一个月盘子赚的钱差不多。丽娟先开始兴兴头头地跑，没几天就泄了气，只因为是她催着我们尽快登陆的，不好意思守着我抱怨，也不舍得拿孩子出气，挑加拿大的毛病就是承认自己决策错误，只好抱怨西餐，指责我走太快了走太慢了之类。我们这家子跑得人仰马翻，心浮气躁，不敢挑剔客户实力的新手地产经纪都耐不住性子了，不知道哪里讨了主意，推荐我们去看一定能付得起首付的希望镇的独立屋，给我们描绘出地广人稀的加拿大的世外桃源景象，如同沙漠中的海市蜃楼和甘甜的水井。

　　希望镇上有几栋六七十年前盖的房子，甚至有一间正好满一百岁的房子，网上的图看着还好，实地瞧着还不如住大温那边的地下室。就在太阳快要落到山峦那一面，我们不得不放弃这里离开时，经纪带我们去看了她列在单子上的最后一间。没想到，这是一所十几年新的房子，只有一层，三个卧室，有前庭也有后院。远处是青翠的高山森林，几百米外有一条溪流潺潺流淌，除了周围邻居破旧的房子有点碍眼，在落日余晖中，这一间的厨房中央岛台光鉴可照，白色橱柜洁净如新，和我们看过的那些五六十年前普遍采用的如今早已油迹斑驳木皮剥落的深色橱柜比起来，就像从棚户区走到了美剧里完美的中产阶级家庭。

丽娟嫌太远太偏僻，担心买了房子压力太大，她也不愿做主的机会和权利落到我手里，那会让她失去安全感，但她终究没拗过我几乎要吵起架来的坚持。

希望镇居民统共才三四千，大街上车少人更少。一百五十多年前，淘金客云集在此，逐渐形成了一个较大的营地，后来，北美最大的贸易公司哈德逊在 1848 年时来这里设了一个站点，那时，依托淘金和伐木两大经济，希望镇比小渔村温哥华要繁华。

"历史悠久和我们的日子有什么关系？我家还在千年古都洛阳呢，你说机会少发展落后，宁可在上海租亭子间，怎么都是你的理？"

"我刚才看到咱们左边邻居了，一个老太太，特老。看着不像白人。"我知趣地转移话题。

果然，丽娟一只手捏着抹布，一手撑着擦了半天地板的腰，皱着眉头道："如果那么大年纪的话，孙子都成年了吧，都说外国人不和子女一起住的，也不知道他们家有没有小孩子和妞妞玩。左右邻居一个小孩子都没有，妞妞到现在还没认识一个朋友。什么希望镇，没小孩子有什么希望？"

丽娟总有道理的。她总能把一切话题都归结于我不应该这样不应该那样上，这是她在家里越来越凶悍的理由，也是我总惹她生气的原因。我想让她开心点，但她说没有钱没办法开心。我学着煮饭打扫陪小孩，她也没高兴起来。用她的话说，只有足够的钱才能让她快乐。

我快快不乐地去前院整理植物。前屋主把房子保养得很好，对花园的投入并不大，院子里没什么规划地胡乱种了些不值钱的植物，草地上长满了野草，秃一块儿绿一块儿的，还有些凹凸不平。我们透支信用卡买了沙发和电视，去家具城外的回收站捡了两张还不错的旧床垫放在卧室地毯上，再简单置办了一些厨具，就算安顿了下来。

尽管如此，在院子里挖几个深坑，把前后院毫无章法的树木花木略微规划一下的劳作总会令我忘记屋子里的埋怨和批评，变得心情愉快。我不知不觉地哼起了《在希望的田野上》，这首小时候的流行歌曲和眼前的新家新世界再契合不过了。才唱了一半，隐隐感觉有些不对劲。就像武林高手，不需要真的听见或看见什么，直觉会告诉你附近的磁场发生了某种变化。我急匆匆地哼完最后一句"嘿，我们世世代代在这田野上奋斗，为她幸福为她增光，为她幸福为她增光……"，随着最后一句逐渐拔高的"为她幸福为她增光"，我停下挖树坑的铁锹，手杵着杆儿向四周巡视，我的目光在高耸入云的山巅停留了半秒，依稀可辨的松林，是我的诗和远方，也是我重新出发的地方。环目四顾至大约四点钟方向时，我憧憬幸福的眼神遭遇了一束冰冷的直射。

目光是一种无形的流动的可以被感知到的物质。大部分人的目光内敛，或者游移，或者闪烁，大多向周围发射出友善的信号。我这一生中遭遇过几次这种冰冷的、排斥的、带着点不屑和怀疑的目光，总会激起我本能的回击。兴许是人到中年了，也许是初来乍到的谨慎，我很快掩饰住反感，让眼底涌出友善。

"Hi，hello。"我来自礼仪之邦，理应先打招呼。

早上开车回家看到的老妪比我以为的老多了。到一定的岁数之后，年龄越来越模糊，我以为她大概六七十岁，但她的正面沟壑纵横，几道深深的横渠，间或夹杂几道弯曲的竖纹和几条散乱走向的皱纹，甚至五官都快要被年轮覆盖，我都怀疑她超过一百岁了。或许因为她的五官和欧罗巴人种的深邃不同吧，小眼睛塌鼻梁埋伏在岁月的褶皱中，几不可辨，只有嘴唇倔强地坚守阵地，带着绝不肯被掩埋被遗忘被侵蚀的强大意志。

我的笑容挂在脸上几乎要掉进树坑里时，她终于艰难地从喉咙深处挤出嘶哑的破碎又浑浊的声音，我依稀可以分辨出是"Where did you come from?"，口气冷冽，像从冰原下蹦出的字。

刚刚登陆二个月而已。众所周知，温哥华的华裔有30%之多，还有一个叫 Richmond 的城市 90%人口会讲普通话或者广东话。我是一个英文词汇量一万二的博士，看得懂专业书籍。但我被这句话问住了。空气凝滞了几秒后，我终于记起会话900句里最先学到的这句。

"I came from China. How are you? My name is Harry. Nice to meet you."

机械地说完了《900句》第一课内容后，我脱掉手套对着老太太伸过去我表示热情友善的右手。

她不是白人。但也不是亚裔。她比亚洲人高大，看得出年轻时的健硕，脸庞比一般人大一圈，长裙盖住了脚，我猜想她是印第安土著，或许有点欧罗巴血统。

她挑挑眉，叠放在肚子上的手轻轻抖动了一下，没伸出来。这让我有点尴尬。但我很快就换上了不介意的无所谓的表情。她看起来比我奶奶年纪都要大，老式女人不习惯和人握手吧。我这样想。我的手放回到铁锹把头上，做出打算继续干活的样子。

"Why you come here?"

这句话太不礼貌了。其实这句话的语义是没有倾向性的，但她的语调、表情和眼神令一句普通的问话变成了伤害。她太粗鲁了，这让我有些恼火，我的右手紧紧捏了一下铁锹木杆，左手重重地按住右手，我想说句什么，一时想不出哪句话合适，好几个句子在我嘴里翻滚，当大脑终于翻译出几个破碎的词汇时，她已经转身离去，她的背影清晰地表明她不是无意的、也不会感到羞愧，她快进门时甚至故意挺了挺有些驼背的腰。我气得呆住了，嘴巴似乎被黏住，胸腔里窜出来的话怎么都喷不出去，憋得难受。天空灰暗下来，树木花草也变成了难看的脏兮兮的绿色，空气稀薄得令我喘不过气来。

　　刚毕业时租住在杨浦区老公房顶楼上违章搭建的亭子间那几年，偶尔加班晚归，第二天早上，楼下阿姨会守在门口训斥我打开老式铁门的声音吵醒了她，喋喋不休地描绘被铁门嘎拉声惊醒后怎么都睡不着，刚有点睡意又被我冲澡的水声搅扰，害得她彻夜未眠，头痛好几天。我解释过、道过歉，拿着油壶给防盗门各处都灌了几遍，我小心地扭动门锁，慢慢地开合，轻轻地抽动插销，每一次晚归，开门都是我的一道坎儿，越怕出声，深夜里一丁点金属碰撞声越发清脆突兀。有一次，她在她家的防盗门内叫住正在快步下楼的我问："你们外地人干嘛都跑到我们上海来？蝗虫一样，搞得上海乱七八糟的。"

　　我早就憋了一肚子气想还给她，演练过多次的话倾泻而出："要不是我们外地人建设上海，这里还是小渔村咧，你不过是早来几天，难道你家八辈子前就住上海吗？我在复旦读的博士，是政府白送我户口留下的，等我买了房子就搬走了，你这辈子能搬走吗？"说完我转头就走了，心里砰砰砰直跳，害怕她跑出来撒泼，害怕她继续叫嚷不休，担心她晚上守着我还击，令我一整天惶惶不安，心脏一下一下地往下沉。"我一定要在这个城市里扎下根来"，我强迫自己默念了无数次，念到紧握的手掌酸痛。

　　后来，上海的房价像乘了电梯般飞涨，薪水一年一年不见涨，别说六只钱包了，搜刮干净两家人的八只钱包也买不起。我和丽娟从杨浦区看到松江，又看到嘉定，本来计划买两房单位就知足了，等看了两年房子，嘉定那边的二手一居室都买不起了。

加拿大欢迎移民，尤其是高学历的年轻人，我申请技术移民一共用了一年多就拿到了移民纸，签证办下来丽娟一刻都不想等，连夜收拾东西一边扔破烂一边大采购，着急就要飞过来，几乎一天都没耽误。听我的地产经纪说，最早下个月我们全家人就能收到永久居民身份证。我们是加拿大政府请来的人才。

这个老太婆有什么了不起的，不就是土著吗？住那么破的房子，这么偏僻的小镇，凭什么问我："你干嘛来这里？"

我躺在床上睡不着，翻过来翻过去的，浑身哪里都不舒服，脑袋里反复琢磨着老太婆说的是"你干嘛来希望镇"还是"你干嘛来加拿大"，她的表情和语气在我的脑海里重复了无数次，越想越生气，眼看一整夜睡眠就要泡汤，我只好搬出来心灵鸡汤来喂自己："不要理她，哪里都有烂人。不能为别人的错误惩罚自己。"

我没对丽娟说这件事。不想说。她要是知道了，哪里肯轻易放过这个数落我的机会？她买把鸡毛菜都要货比三家，跑十几家店都不一定选到她认为性价比最好的衣服，买房子这个终身大事丽娟如果没看几百个房子，她总觉得自己吃了亏，吃了大亏。这个房子是我坚持要买的，而她从来不觉得我懂论文以外的任何事。我不知道自己为什么在这件事上这么坚持，或许我对房子的执念和她是一样的，她要的是最划算的房子，兼顾地点价格学校，而我只想要一个能力范围内最舒服的家，无论在哪里。我们都渴望有自己的房子，有同一个梦想，但梦想的形式不一样，实现梦想的途径有分歧，梦想的样子也不同。我们似乎哪里都不一样，哪个问题都能引起争吵。我不肯让步，我坚决地坚持自己的意见，甚至是一意孤行地让房产经纪为我们，不，为我，去和卖家还价。丽娟让步了，她很不满意，但她还是高高兴兴地去律师楼签了字。如果丽娟知道我们有这么不友好的邻居，她又要生好久的气。

我的沮丧里也有一部分是为女儿，她才三岁，离开熟悉的地方来到这里，地广人稀，资源丰富，青山绿水，和她有什么关系呢？一切虚幻的好处还不如一个友好的同龄小伙伴。我们承诺她，搬了新家认识邻居就有小朋友了。搬过来二周了，我远远地看到过两个小孩慢慢悠悠地骑着儿童自行车在人行道上蛇形而去。妞妞还没有自行车。她好多东西都还没有。我们刚刚安定下来，只能添置最急需的，最必须的。比如食物，厨具和床垫。

远方的家乡有些模糊了。有些东西却格外清晰，比我在上海的十年里无数次回忆起的家乡都要清晰。我想起老家的那张八仙桌，用了二十几年依然簇新的桌子。妈妈爱惜东西，沙发靠背上扶手上，用大块布料覆盖住所有的地方，又铺了一层带夹层的靠垫、坐垫、扶手垫。实木深红色的八仙桌上永远罩着她亲自踩缝纫机做的桌布，三层布密密实实地踏上了方格，又斜着衍了对角线，把一个一个小方格变成米字格，外面还有一层塑料布保护桌布，因为便宜，容易坏，每年春节前都会换上新的花色，有时有凹凸不平的暗花，有时是大幅花鸟，有时纯白。我在这张桌子上吃了很多餐饭，做了无数本习题册，我和父母所有的对话都在八仙桌之间传递，我爸永远朝南坐，我坐在他对面，我妈有时候在我左边，有时候在我右边。他们在桌边喝茶聊天吃饭会客，也在桌上拣菜切菜。那张桌子还在家里，还在客厅的左边，无论我出门多少年，每一次回家它都在那里。只有见到那张桌子，才算是真的到家了。我在这样的夜晚想起了老家的八仙桌，想起桌上的热水瓶，保温杯，那只大学毕业典礼时学校发的纪念马克杯上印着学校的名字，我嫌丑，我爸说他要，从此那个杯子和桌子再也没分开过。

作为独生子的我执意要留在上海的时候，父母什么都没说，他们觉得不应该不高兴，哪里有阻拦孩子奔前程的父母呢？我突发奇想要移民，父母只是在电话里"啊？怎么这么突然？你咋不和家里商量商量？"到底也没说什么。听到我报喜，他们没有喜悦，有两次，叹了半口气就收了回去，像安慰我，更像是安慰他们自己地说："只要你好好的就行。"

千山万水地过来了，扔掉所有的一切过来了。虽然所谓的一切，只是两个人加起来还不到二万块的一份工作。那也是我们的所有。

看了看手机，深夜二点多了，我闭着眼睛等待睡神光临，胃底灼热，口腔湿润，脑子里想起上海的早晨，街角小铺里热气腾腾的大肉包和粢饭团，敞开的店堂里几乎每个食客桌上都放着一根粗胖的黄澄澄的油条。摩肩接踵的地铁站里鳞次栉比的小店铺，浦西的热闹，黄浦江边的大都市范儿和繁华喧嚣的热闹，曾经觉得太过喧闹的拥挤的地方都变成了想念。

妞妞看起来还算快乐。她一直是安静的小孩，和所有小孩子一样，只关心吃什么玩什么。小孩子喜欢新鲜的地方，在懵懵懂懂的年龄，还不会回忆也不会惆怅，很容易快乐。

失眠的夜格外长。我在黑沉沉的午夜里想到此时此刻彼岸的太阳正在头顶，和这边正好是 16 个小时的时差，像是颠倒的乾坤，每半天倒换一次。我回想起下决心离开的种种缘由，归根结底只因为我这一介书生、人类学博士，在人类社会里的价值养不起一个家。我没给丽娟说过我们刊物或许不再能苟延残喘，听说上面已经在讨论安乐死。我既够不上提前退休，也不再是随便找份能糊口的工作就行的年纪。有一次丽娟说，实在不行回老家，她表哥说可以安排我去职业中专教书，再过几年博士多了就没我的机会了。怎么能回老家？好不容易走了出来。老家回不去，上海住不起，移民就像是闯关东，只图机会多点，哪怕做苦力，也要找一个没熟人看见的地方做。

2

希望镇一共不到五千人，没有针对新移民的安置服务机构。丽娟又说起不该住这么偏远的话，如果住在中心市区不就可以享受这些免费服务了吗？我不想惹她不开心，开玩笑说这是不从俗流，逼迫我们自己解决问题。她不喜欢我的幽默，一晚上只和孩子说话，当我是空气。我们俩从什么时候变成了这样的夫妻？是从她怀孕时开始记家庭账本开始的吧。或许是从孩子断奶开始。买不买进口奶粉的讨论，最后总会归结到我的薪水好几年没涨过，在物价飞涨的时候等于年年降薪，连奶粉都买不起。

移民其实是她先提起的。有一段时间，她总说一个同学全家移民澳洲了，临别时大家凑份子送行，都羡慕那边的蓝天白云、大海碧波，福利好，教育免费，据说失业救济金足够全家吃饭，大不了吃救助，反正卖掉上海的小房子去那边能换一套大 house。我说那有什么了不起，澳洲和加拿大都是缺人才的国家，敞开大门欢迎人去，条件没有你以为的那么高。我的同学同事里好些人的孩子毕业后不愿意要绿卡，宁愿回国，如今中国发展得更好，机会遍地都是。丽娟白我好几眼，说："机会都是别人的，怎么没轮到你？你说的容易，你办一个让我看看。"

我上网研究移民条款并不是赌气。丽娟说的话让我心里一动，像是一只黑暗中徒劳地奔来奔去的老鼠，哪怕有一丝丝光亮，哪里有一点点比较薄的墙壁都会扑过去啃噬出一条路。无根无基又没一技之长的文科生，在上海连 50 平米的老公房都买不起，单位的家具用了二十多年，开不起会，出不起差，这几年的版面越来越难卖，每年都在讨论何时停刊，出去或许是我这辈子最后的机会了。

　　我搜了一圈资料给丽娟说，去了那边，孩子不用花钱补英语，将来也不用攒钱留学，看病不用钱，孩子的牛奶金顶我小半个月的工资，看起来很不错。

　　丽娟怀疑我不够资格，我搜出加拿大政府移民申请的页面，填了一份表格评估，我的条件完全够格。那几天单位正逢清闲季，我拿着手机字典，用了二天填好了表格，扫描了所有需要的文件。那些天，早已经熟悉到毫无知觉的清水衙门里的人浮于事、小小办公室里勾心斗角的苟且，突然变得难以忍受。下班路上挤出一身汗，回到租住的亭子间打开迷你热水器，在热烘烘的小灶披间里胡乱做顿晚饭胡乱吃几口，丽娟和女儿先洗澡，我只能坐在简易防盗门前迎接自然风，等到她们娘俩睡着，热水器里的水才热好第二桶。准备好了所有资料，我们俩默默地站在邮局门口，最后是丽娟走进去办理了挂号，走出邮局，丽娟说："我想吃黑森林，还想吃麻辣香锅，走吧，庆祝一下。"

　　于丽娟比我大三岁，36 岁生头胎，吃得有点多，胎儿巨大，却非要顺产，说产道挤压过的孩子肺活量更好。她嚎了十几个小时还生不下来，医生护士烦得要死，说你再不剖，孩子出问题我们不负责。这才剖了。又坚持母乳，乳腺炎痛得一边哭一边喂奶，发誓这辈子再也不生。我从那个时候开始怕老婆的，我没想到她有那么刚强果断的一面。六个月产假结束，得给孩子断奶，丽娟因为买不起进口奶粉哭了很多次，我很愧疚，如果人生可以重来，我不会结婚生子，我这样的废物不配。妞妞和丽娟睡卧室大床，等她俩睡下，我才能拖出床下的单人床垫睡在衣柜和床之间不到一米宽的空隙里。早上，在她俩起床前推回床垫，她们母女俩才能起床。岳母睡客厅沙发，总说睡得腰疼。说好的和我母亲一人带半年，我父亲小中风后母亲不能过来，我在岳父岳母和丽娟面前就像是犯了什么罪，欠他们一家人的情份，一辈子都还不完。那时候，我觉得换个地方生活，或许有机会让她们母女过得好一点。

初来乍到，好多事摸不着头绪，我的地产经纪拉我进了几个微信群，叫我在群里求助。同胞们很热心，有人教我去本地教堂认识新朋友，生活会方便很多，认识周围的人对孩子有好处。要不要受洗，不会有人追问。

第一次去教堂就有人热情地迎上来欢迎我们。我的英文磕磕巴巴，对方耐心地陪我聊了十几分钟。据说这是社交礼仪里初次见面寒喧的最长时限。

那位自称叫 Jason 的老先生带我去认识一位叫 Lisa 的女士，我猜大概是负责人。我不应该把她叫老太太，加拿大人认为 60 多岁才算是中年人。Lisa 没烫发，短短的直发贴着头皮，外面是浅栗色，发根处是浅栗色，脸庞柔和，笑容很温暖。她讲话特意讲得很慢很慢，说不清楚时，跑回屋子里找了张纸，写给我几个时间，让我带太太和小孩过来学学英文，认识点朋友，她说她会在这里等我。在加拿大认识的第一个白人就是 Lisa，她的笑容慈祥温暖，丽娟很喜欢她，妞妞喜欢 Lisa 给她的饼干，问我能不能经常来这里。

几个老先生老太太看到妞妞怯生生地站在我们身边，他们俯下身子和她聊天，她听不懂，不肯说话，他们一个词一个词地反复讲。有位老先生对我说，他下次会带上孙女过来陪妞妞玩，丽娟感激地扑过来对老先生说了一大串 OK，OK，we will come。看得出来，丽娟很努力地对他们展开她最灿烂的笑容表示感激。我想，也许举家搬迁的决定是对的，她们母女终有那么一天会对我说"多亏了你考雅思，我们才来到这里"，哪怕她们庆幸一次，对我来说，足够了。

　　和 Lisa 熟了后，我的职业病犯了，问她的籍贯，她说祖上是苏格兰人，来这里一百多年了，祖母是犹太人，外祖父母从德国来。她说她母亲能说很好的德语，可惜她只会讲英文。儿媳妇是第二代菲律宾后裔，外孙是黑头发，儿子一家人在新加坡，因为有菲佣，外孙的菲律宾话比媳妇儿讲的还好。她说她从兰里搬到这里服侍上帝，因为这里更需要她。我想起这几次活动时，她格外照顾一位坐轮椅的老先生，问她那位先生是哪里人，她说是当地人。我"哦"了一声，她补了一句，说他是土著，和你的邻居 Jane 一样。也许我翻译得不对，native people 在我们的语义中的确是本地人的意思。但这个话从 Lisa 口中说出来有种奇怪的感觉。

　　对我们来说，Lisa 就是本地人。而 Lisa 眼里，印第安后裔叫本地人。各种研究都认为，北美大陆上最早的人类是几万年前从欧亚大陆板块迁徙过来的蒙古人种。第二批人类是大航海时代从欧洲大陆过来的探险队，或者叫侵略者，殖民主义者。有人觉得自己的先祖只是拓荒者，他们用购买或者开发的方式取得土地，是他们让北美大陆成为二次世界大战中的乐土和避风港。或许 Lisa 只是随口这样一说，没有任何涵义。在这里，我只是一个既不能体力劳动也不会技术劳动的新移民，对这片土地来说，我的专业知识毫无用处，不如一个农民牧民。我的地产经纪玩笑说"加拿大最缺居家保姆和护理"。无论是我的故土故国还是这里，都不需要一个仅仅会研究文化人类学的人类。

丽娟说加拿大本地人又善良又淳朴，唯独邻居老太太看都不看她一眼，有这种邻居真是倒霉透顶。我说她是土著。丽娟鄙夷道："你不是说土著是从白令海峡追捕猎物过来的东亚人种吗？论起来，还算是同种同胞，还不如人家当地人对咱们友好。"

"按理说，他们才算是当地人。白人也是外来的。"

"得了得了，我可不想听你讲陈谷子烂芝麻的破道理。对咱们来说，欧洲移民就是本地人。土著就是野蛮民族。"

我不再说话。

来加拿大半年多了，丽娟除了在网上学英文就是在各微信群里打听哪里能打短工，她看不惯我疲塌懒散，更受不了坐吃山空，焦虑和焦急在她身体里像是炸药，一点点小火星就能点着。我不是不着急，初来乍到，哪里就那么容易找到机会，好不容易有个自己的房子，头顶有瓦，冰箱里有食物，在自己的房子里住着，何至于那么着急？丽娟最恨我有了房子万事足的心态，每个月的房贷和生活费全靠不多的积蓄，虽然两家父母倾其所有给了我们一点支援，但能不动用就不动用才能让她略微心安。

丽娟说我不像个男人。男人应该怎样？她说男人应该拼命赚钱。丽娟总是对的。

Lisa 说 Jane 大概八十多岁，丈夫去世几十年了。她摇摇头，微蹙一下眉，叹口气说："她很久没来教堂了，我应该去看看她。"

"如果你来这边，请来我家坐坐。"

我其实想说"可以顺便来我家坐坐",但我空有一肚子根本用不到的词汇,想表达最简单的意思却表达不清楚,Lisa 听了我的邀请特别高兴,她认真地记下了我家地址,说她下周五下午会过来拜访我们。

Lisa 介绍丽娟去本地一家餐厅打扫卫生,一周二次,20 块一小时,还能把餐厅里剩下的披萨带回家,一周 120 块收入精打细算,勉强可以买一周的食物。Lisa 答应我们有机会再帮我们介绍工作。丽娟电话预订那张一直不舍得下手的餐桌,催着华人的一个家具店尽快送货。对方说希望镇太远了,运费要加 500 块,三周后才能送货。如果可以自己去拉,这笔钱可以省下来。丽娟问清楚桌椅一共有五个箱子,正常 SUV 拉不了,她在电话里哭穷,诉说新移民的难,对方是同胞,热心地建议我们去租一辆货车,又详细给我们讲怎么租,说这样省一大半运费,又不会磕碰自己家的车子。我刚拿到驾照不到一星期,丽娟不放心我开车,更别说是一辆小型厢式货车了。但丽娟舍不得付 500 块钱的巨额运费,就说她再想想。她对我说:"人家只是来坐一会儿,没事吧,她知道咱们刚刚买了房子。"我说是的,她瞪我一眼。我说,如果你真的喜欢,那就让人送货吧,丽娟不耐烦地用筷子敲着饭碗说:"说得轻巧,你去哪里能赚到 500 块?"

我发了好几封求职邮件,只有两家回复我暂时不要人。我每天都刷各种求职网站,不管什么样的工作都需要点专业技术。来之前,我以为我能找到华文媒体的工作,打了无数电话,听到我住希望镇,就再也没下文了。我终于知道住在希望镇最没希望找到工作,事已至此,除了满心懊恼,我没有勇气承认自己在重大选择上又一次错了。如同我当初鬼使神差选了文化人类学这个专业一样愚蠢。

周五晚上照例去教堂聚餐，竟然看到中国人面孔，我们双方都很惊喜，虽然是从台湾过来的，但我们是同文同种的同胞，有一种不一样的亲切感。他们一家从卡城搬过来，讲起那边市中心的房子才卖了几十万，到这边只有希望镇能买到一样大的独立屋，反正先生刚刚退休，房子没有贷款，尽情享受悠闲的生活就好了。这边华人好像个个都是富豪似的，说起买房子就像买白菜，难得遇到经济条件差不多的同胞，我偷偷松了口气。

妻子跟他们抱怨这边送货费奇贵，家具更贵，台湾王太太就说温哥华富人很多，常常会搬家，很高级的家具一百块二百块有时候还会免费，你们还是新移民，干嘛什么都买新的，光税就要几百块。他们答应帮我们在网上蹲守，看到不错的家具就告诉我们。丽娟高兴极了，回家的路上一直讲这对夫妇人真好，认识同胞真好。丽娟开心，妞妞也高兴起来，我们家三口人很久没有这样有说有笑了。买新家具到捡二手家具，丽娟反而高兴了，这让我的心疼了一下，很快就被省钱的轻松感替代，也愉快了起来。

Lisa带了一个苹果派，还带了两个幼儿园的地址和电话给我们。她夸奖我们的房子，夸奖孩子可爱，赞叹家里洁净明亮，丽娟抱歉我们没买餐桌，只能在茶几旁席地而坐，Lisa很夸张地表示她很喜欢这样，笑说她记得小时候搬家，旧的儿童床都扔掉了，父母不想刷爆信用卡，去家具店拣了几个旧床垫给孩子们睡，她说她很怀念在床垫上跳跃的日子。Lisa太好了。像我小时候的邻居奶奶，慈祥可亲，常常塞给我一把花生一把瓜子，有时候给我一只烤地瓜。那种属于很久远之前的乡村的朴实和善良，热情和体贴，我们在Lisa主持的教堂里遇到了很多。我的无神论立场有点动摇了。我想，或许我们能够蒙受祝福和护佑，或许希望镇的希望就在我们心里，只要敬拜就打开了那扇门。

我的口语和听力比刚出国时进步不少，平日里苦于没人聊天，只能在超市里找机会问店员各种问题。去了几次教堂后，磕磕巴巴能聊天了。Lisa说话很慢，她会挑选简单的词汇，笑眯眯的眼睛鼓励我们讲话，听懂了拼命点头，听不懂的时候她会微微侧着脑袋想一下，努力地理解。她的耐心、热心让妻子和我，甚至妞妞变得放松而愉快。当Lisa起身告辞时，妻子邀请她下周来我家吃饺子。Lisa很夸张地表达了她的惊喜，很重地点头，掩住嘴说，我是不是可以吃到比餐厅里更正宗的饺子？感谢上帝让我们认识。

这天晚上，妻子兴奋地滚到我怀里，手掌摩挲着我的背，说："日子总会一天天好起来的。这里的人真好啊，希望咱们在希望镇的日子里充满希望。"

第二天，我的心情依然很好，主动去后院整理杂草，这是妻子催过我好几次的活儿了。

我出生在长江边一个县城的单位大院，从小没种过一棵植物，家里的几盆花轮不到我照顾。割草和修剪树篱这种活儿很陌生很新鲜。和这里的新生活一样，许多当地人似乎与生俱来的技能，外来移民需要从头学起，这有点难。但不要紧，我有思想准备。

"你是做什么的？"

一把苍老的声音在我身后响起，我很奇怪，后院篱笆外是树林，左邻右舍很少看到人，我家这条街上汽车都很少见。

我转身看看左边，再回头看看右边，再次遭遇那双被松弛下来的眼皮几乎要遮住的眼睛里射出的寒冷。她好像刚刚才从围栏那边冒出来。

"Hi，Jane，你问我吗？"

她不满地皱眉，说："我叫 Natata。"

我对自己的听力不那么自信，只好根据发音自己拼写。好吧。我说："Hi，Natata."她又问我："你是做什么的？"

"我是人类学博士。或许，我会去 UBC 继续读这个专业，或许去 BCIT 学个什么。我们刚过来，先熟悉熟悉加拿大再决定。"这番话我在教堂里讲过很多次了，已经讲得很流利，几乎倒背如流。每一个听到我这样说的人都会微笑点头，给我很多鼓励。

Natata 鄙夷地看看虚空的远方，再转过头看着我，慢慢地清晰地说："你以为加拿大有黄金吗？"

她的英文和 Lisa 清晰标准的美式发音不大一样，有点我们常说的大舌头，更多后鼻音。我听懂了，有些愠怒。第一次和她说话，我是懵的，被她打了个措手不及。在心里，我和她已经交锋了一百次。现在，我不再害怕说英文，也不怵和本地人打交道，不管是什么人对我无礼，哪怕她有一百岁，我都要还击。

"谢谢你。加拿大有没有黄金和我没关系，我不关心。"我的声音略微提高，一个词一个词地吐出来，除了字面意义，我的语气表情和眼神夹带了我所有能够表达的愤怒和不满。

她耸耸肩，侧过身体做出打算离开她家围栏的样子，却又回过头来恶狠狠地说："祝你好运。也许你应该去看看那个隧道。"

我气得双手握住铁锹把头呆立了一会儿，扔掉工具和手套从后门进了厨房。

丽娟不解地问："这么快就挖完了？"

我没忍住，把这一次和上一次遭遇邻居老巫婆的事说给她听。丽娟最近心情不错，反而安慰我："别理她，或许她有病。上次 Lisa 说起她的时候表情怪怪的，可能人家没好意思直接说她脑子有病。咱们来这里遇到的人都挺好的，她是个例。为她生气不值得。"

"我看这老太婆就是有病。下次再挑衅，我要更不客气。"

"对，别惯着她，人善被人欺。"

丽娟的体贴让我有点感动。她很少这样通情达理。或许我应该说，她很少站在我这一边。我曾经说过办公室主任势利，从来都斜着眼睛看我，一脸的刻薄悭吝，看到我对面桌子的上海土著，主任立刻变成一个亲切和善的好人。丽娟听完，也斜了一眼，那脸色和主任如出一辙，我以为自己看花眼了，没想到她又补了一句："你自己不行，人家凭什么对你好？"

外人的眼神顶多让我烦一下，家人的鄙夷就像是贴身刺穿心脏的暗杀，外面看着没事，血慢慢洇出来，我不想让丽娟看出来我的愠怒引出她更多难听的话，本能地拿出木呆呆的表情挂出免战牌。她偶尔的温情让曾经的积怨烟消云散，我想，我们在希望镇会有希望的。

3

Lisa 来吃饺子的时候带了一个原住民木雕作为礼物送给我们。她说希望镇上有不少第一民族，住了不少原住民艺术家，也有不少各国移民艺术家作家。她夸奖我们选择了一个好地方，这是最适合艺术家作家学者生活的小城。她叫我博士许，很客气也很体贴。她真好。

按照国外习俗，我买了瓶本地红酒，准备了几个小菜，丽娟包了一荤一素两种饺子，就着红酒，我有些微醺时，我说认识 Lisa 你们太好了。丽娟最近也在疯狂练英文，她看我有些醉意，替我说："我们非常喜欢这里，风景好，这里的人都特别友好。除了我们的邻居老太太有点不礼貌。"她的转折让我吃了一惊。丽娟的性格比我直爽，也比我强韧。我有时很服她这种脾气。

Lisa 不太吃惊的样子，问："是 Jane 吗？"

"她说她叫 Natata。"我说。

Lisa 放下筷子，低垂着银灰色的脑袋，过了几秒钟，她重新换上很夸张的笑容说："我很抱歉。听说 Jane 自从儿子去世后一直不开心，上帝保佑她健康。希望不要破坏你们的心情。"

告别时，Lisa 看到坐在前院的 Jane，大声和她打招呼，Jane 呆呆地看着她，一动不动，甚至眼珠都没转动一下。要不是她把脚从宽大的裙子里伸出来，我几乎怀疑她得了什么不能动弹的病。

Lisa 好脾气地对 Jane 说了几句祝福的话，朝我们和她分别挥手，坐进了她破旧的白色本田车里。

丽娟撇撇嘴道："看吧，我说对了吧，这老太太不太正常。可能白发人送黑发人受刺激了，看样子就她一个人住，也怪可怜的。咱别跟她一般见识。"

妞妞去幼儿园后，我们俩轻松许多，一人一间屋子，疯狂学英文。中午随便吃一口剩饭，下午我俩走路去接女儿，陪她到附近的小公园玩耍。有时候是我，有时候是丽娟，有时候一家三口去公园旁边的超市买点东西，再边走边聊着回家。日子悠闲从容，小城宁静安详，这种生活方式是新鲜的，让人丧失斗志的。我们按照计划，用半年时间学英文、寻找方向、陪伴女儿、享受生活。我们在希望的田野上奔向希望的未来。

我 Google 了一些加拿大原住民的信息，也看了些英文网页。我对丽娟说："加拿大早期欧洲移民没有大肆屠杀过本地原住民，他们对欧洲人带过来的天花没有抵抗力，死了90%的人口。大部分的土地是英国人和法国人从原住民手里买的。加拿大原住民有自己的保留地，实行自治，政府还给他们很多钱的。他们的福利是超国民待遇。哼，他们当初的人口总共不到一百万的样子，大部分土地都没人住。要不是欧洲移民，他们还在原始社会，哪能享受现代文明？人类历史本来就是一部侵略和反抗的历史，互相争夺地盘嘛，太正常了。侵略和被侵略者之间，胜利和失败之间从来都是奴役和被奴役的。在现代文明之前，这很正常。在加拿大的原住民是人类历史上最幸运的，他们是人类进入现代文明之后才被侵略的，所以没有杀戮，也没有灭绝他们，新移民从他们手里购买土地，一百多年了，一直补贴他们。啧啧啧，有什么不知足的？"

丽娟第一次同意我的意见，她比我还讨厌Jane的不友好。

"哦。对了，明天你送完妞妞记得买桶牛奶，都说加拿大牛奶品质最好，你也多喝点，那么便宜。"丽娟比我大几岁，有时候她像个小妈妈似地照顾我，用十倍的体贴照顾我们的女儿。她因为照顾我而获得批评我数落我的资格。我不能抱怨什么，她跟着我受苦了。

丽娟是国内一个211三本学校的会计生。怎么说呢，就是俗称的学渣，当初她很崇拜我，很快，她就流露出对我这个博士除了有张不值钱的文凭之外一无是处的失望。她的仰慕令我很快沦陷，两家人都催促我们尽快结婚，双方都怕过了这个村没那个店，担心好不容易到手的鸭子飞了。结婚后，她才知道我的月薪比她低，单位除了中秋节发盒月饼，端午节发盒粽子，春节发壶花生油，再没任何福利，她气闷了好久才算过去。她的公司也不大，节日一般是现金500块、春节发2000块，我拿着大红礼盒回家，她会不屑地说："还不如发一百块钱呢。哪怕一百块钱也行。"

有一次，老家一个亲戚到单位找我借钱，我卡里仅有一千多块钱，给他取了一千。亲戚站在自动取款机前不相信地看着我的余额说："我家老二不喜欢念书，我看也不赖，去深圳打工能赚五六千一个月，他每个月能存下来三千。"

丽娟知道这件事后很生气："你一个人类社会学博士看不出来你家这个八杆子打不着的亲戚永远不会还这一千块吗？你不能说你没带卡都被老婆没收了吗？装妻管严有什么丢人的？读书越多越傻，还研究人类呢，楼下那个下岗大妈都比你懂人类，比你懂社会学。钱被拿走了，还被人笑话一顿，你傻不傻啊？"

丽娟对原住民毫无兴趣，Jane 的乖戾与她无关，丝毫没影响到她的情绪，她并不知道我辗转反侧时脑海里浮现过无数次 Natata 的面容，否则她不知道会讥诮些什么。她好像觉得越是羞辱我，越是能激发我打拼的劲头。

或许不怪她。如果我年薪百万，她不用为金钱担忧，会成为西方电影上浪漫的娇俏的总是甜言蜜语的爱人。不知道为什么，获得她难得的体贴却让我想起这些事。我意识到这一点后，心里惭愧了一下。书生气就是这样，想得太多，做得太少，百无一用。

我提议去看看《第一滴血》拍摄地点，那个著名的一百多年前的隧道。

峡谷，激流，隧道，因为领队热爱莎士比亚而用他作品命名的隧道里，有一百多年前的铁路，早就废弃了荒芜的这个景点，几拨游客都是华人。而且还是和我一样的第一代移民。我们都有相似的穿衣习惯，走路姿势，外族人觉得长得都差不多的面容。

我们来这里才四个月，我已经可以从衣着、举止、表情准确分辨出华二代和华一代，甚至可以看出哪些年轻人是留学生、哪些是本地长大的华裔小孩。

大家擦肩而过时或者对同胞微笑点头，或者视而不见，每一拨游客都讲中文，都喜欢拍照，然后带着点失望驱车离去。说是著名的景点，十五分钟能走两个来回，慢悠悠读完一大篇介绍文字再拍几张照，一共可以消磨掉三十分钟。

我给妞妞讲（也顺便给丽娟讲）：这里的铁路是华工们修建的，因为地势危险，死了几十个华工。华工就是咱们中国人的意思。

"那，爸爸，你可别来这里修铁路。"妞妞关切地说。

"现在咱们中国人再也不用来加拿大修铁路了。那个时候的中国很穷，很多人是被卖到这里的，也有一些人在老家吃不饱饭才来干活。现在不会了。"

丽娟鼻子里哼了一声："不还是一样，这里的好工作还是轮不到咱们。"

回程的路上，妞妞问她妈妈，他们是怎么死的？丽娟敷衍她："可能是不小心掉进山涧里，所以妈妈让你一定小心，不要去危险的地方，离那种地方远一点。"

"别这样吓唬孩子，搞得胆子太小，什么都不敢做不敢尝试。"

"难道鼓励她冒险才对？万一出事怎么办？不去看山涧爬瀑布有什么损失？出了事什么都没有了，胆子越大越容易出事。当着孩子的面说这种话，她都不知道该听谁的了。"丽娟莫名其妙又心情不好了。

我不和女人一般见识，宁愿少说一句。她高龄生女，只有这么一个女儿。

丽娟最近精神高度紧张。她找到了一个读会计证书的职业培训学校，二个月就能拿到证书，在加拿大找工作必须有职业技能证书，大学毕业证书都不行，何况还是国内的 211 大学。学校离这里快 200 公里，每天往返回家住是不可能的。我们在网上论坛发出很多求助信息，终于找到一个单间合住单位。这又是一笔额外开支。她一个人去那边上课，没驾照，也没车，公交车月票不便宜，她查了地图，决定每天步行，就当是运动。离家在即，想到即将一个人面对陌生的环境，还不熟悉的新的国度，与人合住的种种不便，离开女儿的担忧，对我们经济状况越来越差的不满，林林总总，这几天动不动就发火，我无论说什么都不对。

我找了份在超市里整理货架的工作，最低时薪。这没什么，我做好了从头开始的思想准备才出来的，为了女儿有个更快乐轻松的童年，还为了这里免费教育医疗小孩牛奶金等诸如此类的福利。

Jane，不对，是 Natata，嘲讽我们华人是淘金客。一百多年前，华人偷渡过来或者被骗到这里为矿主淘金，为政府修铁路，做这个国家最苦最差的劳役，就为了赚更多的钱，为了吃饱饭。今天，除了少部分我这样的技术移民，大部分华裔移民都是投资移民，他们财务自由了，过来享受安静和田园风光，我们华人是加拿大的金主。她凭什么瞧不起我们？

这人啊，千万不要想起谁，人类的脑电波是一种能量，会产生链接，发送电波。好巧不巧，我一边在心里反驳 Natata 一边推着大纸箱到货架前，爬高上低、手脚麻利地整理货品，推车前站了一个人，我说"Excuse me"，那人不动，我抬头看人，更大声地说"Excuse me"，"me"这个词含在嘴里吐不出来，被Jane，错了，是 Natata 堵在口中了。

这是我工作的场所，所以我很努力地给了她一个最大的微笑，语气亲切地打招呼："Hi，Jane，how are you？"说出口我就后悔了。不知道为什么，Lisa才给我讲了一次这个老太太叫Jane，我就根深蒂固地记住了这个名字，或许这个名字太容易记忆。我慌乱地改口："Hi，Natata。"

她冷冷地看着我，没认出来似的，眼神并没有像以前看我时聚焦，明明直直盯着我，却没看到我似的，眼珠涣散清冷。她嘴里慢慢地清晰地对着我旁边的货架吐出一句话："你应该回你的中国。"

"谢谢。这不关你的事。"我在心里演练过无数次怎么怼她了。

"你会后悔的。"

"谢谢。我不需要你的忠告。"

这一天过得非常慢，仿佛每个动作都放大放慢了，成倍地消耗着我的体力，也成倍地折磨着我的心。我一遍遍地给自己做心理疗愈，一次次告诉自己别为了垃圾人生气，加拿大人淳朴友好善良，总是笑吟吟地，有礼貌也有修养。奇葩哪里都有。60年代盖的简易筒子楼里的上海老阿姨也是这样。越是底层越是狭隘偏激没教养。他们总是把自己生活的不如意发泄到更弱小的人身上，踩踏比自己还要弱势的人群来获得一点点快感。

4

周五晚上，我带着妞妞去教堂查经活动时，祷告时间比平常多了二倍不止，Lisa小声地和旁边的人说了句什么，其他人一副心照不宣的表情，唯独我听不懂他们之间的交谈，也闹不懂他们互相之间极快地对视一眼再装作不在意、小事一桩的掩饰。

选择人类学不是我的志向，也不是我的兴趣。我必须说出来，那是我的出生带给我的不公平。我出生在一个不富裕省份里最不起眼的小县城，父亲是老实的基层员工，母亲是工人，无权无势。我谨记穷人的孩子要学数理化，高考志愿填报的都是实用学科，通知书发下来，我却被西安一所学校录取。我没有报过这个学校。去学校招生办问，一个推一个，谁都说不知道，招生办主任在敏感时期的惯例是不露面。托人打听到他家地址，在门口蹲守了三天三夜也没见有人出入，这才知道人家早就有其他秘密住宅。我从大一就准备考研的功课了，经常去计算机系蹭课，大四时，我找了个计算机系的熟人请教，才知道专业课过线的可能性很小，报专业时忍着眼泪改成非热门专业人类学，靠着看了上铺兄弟上百本人类学书籍的底子，只求考上公费研究生。读了硕士读博士，读着读着，就像盲婚，逐渐培养起了感情。或许是因为换专业的时间成本和精力成本不可再生，也负担不起了。

我半被迫半自愿地爱上了这个专业，对各种人群的历史都要有兴趣。我对宗教没兴趣的，但这是可以接触到本地人的机会。除了练习听力口语，还能带着孩子一起融入社会。查经活动时，我介绍了自己家族的源头，请教他们的来历，得以知道都讲一口地道北美英语的加拿大人里有波兰后裔、德裔、塞尔维亚人、意大利人，也有原住民和苏格兰人混血，还有一个男孩子有四分之一菲律宾血统，我们都是外来人，我们是平等的。

他们早就变成了加拿大人，祖先们只存在于他们的血液中。多元文化并存，互相尊重，这是我们扔掉一切奔来这里的原因。新移民手册里这样说。

有人小声说了句原住民如何，被 Lisa 的眼神制止，表情是善意的，也是一个阵营里的人才会有的那种心照不宣。我感觉到这是因为我。Lisa作为教会内部人士，有教化（监管）教民的权利和义务吗？我暗自奇怪。那天，所有人都怪怪的，极力假装正常，更觉气氛古怪诡异。

临睡前刷手机，看到加拿大本地中文公众号媒体推送了关于原住民儿童遗骸的新闻。就在我们附近的一个城市，已经被废弃的原住民儿童寄宿学校旁边探测到了200多具儿童遗骸，最小的才五六岁。

我给丽娟说起这件事时，她制止我："别在孩子面前提这些事。"

孩子睡着后，我又对丽娟说起这件令我震惊且新奇的事，她嗯嗯两声，毫不掩饰她的漠不关心。她在刷小视频，五花八门的一些内容。自从智能手机普及，我们交谈的越来越少了。

丽娟关心国内新闻甚于加拿大本地新闻。虽然背井离乡离家一万公里，文化心理上她依然是中国人。加拿大只是她的肉身暂居之地，她对这里的文化历史掌故统统没兴趣。我也刷了一会儿微信，新加入的几个温哥华华人微信群里倒有人转发，文章扔进群里，和每天的海量信息一样，如同一朵微小的浪花，没有一丝涟漪。群里人热衷于聊种菜种花，处理二手物品，多少文章都被无视。只有明星出轨的消息才会让有的群热闹几天。

我知道北美的原住民已经有一万二千年历史了。最晚可以追溯到四五千年之前从亚洲迁徙过来的痕迹。近几千年，白令海峡不再是广袤无际的冰原，冰川逐步退后，曾经连接欧亚大陆和北美大陆的大陆桥淹没在大海里，亚洲人不能追随猎物经由西伯利亚轻轻松松跑过来之后，两个大陆之间在大航海时代之前一直是隔绝的，彼此不知道对方存在的。

但原住民的面容依然是亚洲人种的脸，除了脸比较大，身材更高大，咬肌更发达这些因为饮食气候而造成的不同，他们蒙古人种的脸庞，黑黑的直发，给我一种天然的亲切感。但不是Natata。

网上好多关于原住民儿童曾经被政府强制寄宿虐待致死的新闻，说是因为经费不足、教会严苛，加上政府监管不力，也有说政府故意睁一只眼闭一只眼放任教会和教职员工虐待、性侵致使儿童死亡率比普通儿童高六七倍，逃逸频繁发生，抓捕回来后惩罚加倍，一代甚至二代原住民家庭饱受骨肉离散的痛苦，幸存者终身活在严重的精神创伤中。直到 1965 年，在多方面压力之下，寄宿学校才逐渐关闭，最后一所学校 1996 年才关闭。我看得心里很难过，激愤起来。

丽娟用脚踹了我一下，我兀自给她念着网上东抄西抄互相抄的中文报道中提到的信息，她又用脚踹了我一下，不耐烦地说："别说这些事了，听着都心烦，那是以前的破事，咱们现在不会被宗教迫害种族灭绝就行了。我最不爱看历史，都是杀来杀去，你死我活打来打去的，别说儿童了，整个民族都被灭掉的多了去了，感叹得过来吗？我给你说啊，跟我合住的那女的给人家打扫卫生，说她只拿现金，不用交税，一个月能赚四五千呢。她说去超市打工一个月才一千多，她问我拿到证书后找到出纳的工作一个月能不能赚到五千，我问了老师，说平均工资 3000 左右。还不如人家做小时工的。哪里都是脑体倒挂。咱们在上海的时候，保姆一个月起码一万了，你才五千。我吃不了那个苦，要不然真想去做小时工。室友说找个住家保姆的活儿也行，不那么累，拿的钱不少，她不愿意做饭，可我也不愿意离开孩子。现在这样周末回家已经是极限了。哎，真想找个赚钱多还能带孩子的事儿。"

我的思绪被丽娟扯回到现实中，被她的焦灼烫到，我伸出手抚摸她的后背，说："你就安心上学吧，等你拿到证书找到工作我就去学制图或者电工，等我找到正式工作咱们熬出来了。"

她返身抱住我的腰，把脸埋在我的颈窝处，她鼻子里呼出的空气热呼呼的，我怀抱里的这个女人和小床上熟睡的女儿是我沉重的责任，也是我为之奋斗的动力。在这个陌生的国度，我们一家三口紧紧地互相依赖。

曾经，我想过好多次离婚，好多好多次。我厌恶丽娟的世俗和市侩，记恨她对我家人冷淡的态度，却要我把她的家人当成家人，让我视她父母为父母。她挑拨我和父母的关系，耍小心眼阻拦我家人之间的联系，暗示我父母自私，吵架时一定会说起我父母第一次见她不够热情的招待，某句话让她不舒服。这些琐碎的小事一点一点侵蚀了我的耐心。

后来，女儿出生了，我决定努力经营小家庭，挽救我的失望和痛苦，而丽娟因为女儿的出生变得宽厚了、宽容了，因为爱女儿而体贴我这个"无能的"丈夫，对我家人也客气了些。妞妞是我们婚姻的纽带和胶水。我俩为了给女儿更好的生活，不惜背井离乡吃苦耐劳。

或许丽娟是对的。我何必沉浸在别人的痛苦往事里，何苦为陌生的人群悲叹，我连独善其身都没做好，哪里有资格管闲事。在生活领域，丽娟总是对的，我从来都是错的。

我不想碰到 Natata。每次出门或到家前都警惕地看看她家门口。生活却充满了事与愿违，我假装没看到她，牵着妞妞的手低着头朝自己家走，故意指着路边的花草转移妞妞的视线，以免她跟那个老巫婆打招呼。

"喂，我需要你帮我做点事。"

我看着颤颤巍巍走到我跟前的邻居老太婆，她又重复了一遍，慢慢地、一个字一个字地又讲了一遍。我只好说"sure"，没有笑容那种。

"请你加油的时候给我灌两桶汽油。这是钱。"

她从口袋里摸索了一会儿，递给我一张绿色的崭新的 20 元纸币，让我等一下她。

当我从她手里接过两只洗过的牛奶桶时，我问："您还能开车？"

她不耐烦地看看我，很不情愿地点头："是的。"

我也不想和她多说话，拿着桶一边往家门口走一边说："我明天去加油站。"她很重地道谢后就转身离去，晃晃悠悠的样子令人担心。她为什么没住进养老院？加拿大的老人大部分都住养老院的，这个年纪还独居，也太奇怪了。

我和教堂里一位看起来不是很老的老人聊天，问他，是不是加拿大的老人院很难进，或者很贵。老先生说需要排队，他退休后就去登记了，估计排到他需要五年。他等了三年了，养老院说大概还有一年多他就有资格搬进养老院。他说养老院的费用根据收入按比例交，退休金高的老人会去高档养老院，一般收入和低收入就进政府的纯公立养老院，收入很低的人几乎免费。老人很为自己国家自豪，他说，我们加拿大是全世界最好的国家，有全世界最好的福利制度。你们来到加拿大，这是最正确的决定了。

我说我的邻居快九十岁了一个人独居，看样子生活自理都很难。老先生摇头说不可能，绝对不可能，政府不会这样。我说 Lisa 认识老太太，她告诉我邻居快九十岁了。老先生问正在给大家沏茶的 Lisa 是不是这么回事，Lisa 笑说，是的，但是 Jane 不是不能住养老院，她不肯去。她对一圈好奇的脸吐吐舌头，小声说，她说她可以，虽然我不那么认为，但她过得不错，我每周去看她一次，她有个亲戚隔几天去帮她做点事，政府社工定期去看望她。

"加拿大是个自由的国家，我们得尊重每个人的自由选择。"

我真希望她哪天想通了自己去住养老院，有这样一位邻居真的好烦。

丽娟很喜欢 Richmond，她在视频里说那边都是移民，本地人很少，几乎不需要英文，倒是可以学点粤语，有很多早期香港移民喜欢在那个城市养老。我说，如果住在一个不需要说英文的地方，我们干嘛背井离乡来这里？在国内不就好了？丽娟不耐烦，让我把电话给女儿，她只想和妞妞说话。

5

起初，睡梦中我以为家里的鸣笛水壶响了。迷迷糊糊中我反应过来，上海的家里有一只鸣笛烧水壶，买了很多年，结婚也没舍得扔，一直在用。做博士论文时喜欢半夜写论文，丽娟清晨烧水吃早饭，我常在梦中听到鸣笛，有时候翻个身继续睡，有时候被吵醒后索性起来吃个早餐看会资料再小睡。那是一段幸福的新婚时光。笛声忽近忽远，我几乎要爬起来去厨房关火，猛然惊醒，那只水壶早就在离开上海前挂到闲鱼上算做沙发的赠品给处理掉了。在希望镇上的新家，我们用的是电水壶，水开之后自动弹起，是没有声音的。

是救火车的声音，一辆接一辆地从家门口开过去了。我伸手关上窗户时觉得远处的光亮不像晨曦，更像是落日余晖，只映红地平线的一个点。困意完全消失了，我终于搞明白那一片在着火，刚才接二连三的救火车笛声就是去那里。不知道是民宅还是仓库或者商铺，真倒霉。

送妞妞到幼儿园时，家长们凑在一堆聊天，和往日嘻嘻哈哈寒暄似乎不同，他们像是在讨论什么，还挺严肃的。

大概昨晚的火灾有死伤吧，西人的同情心有时候比较泛滥。我也很同情遭遇失火的人，但我们亚洲文化是喜怒不形于色。我们应该入乡随俗，为了孩子不被孤立、不会被视为奇怪的群体，我假装不着急离开，想看看有没有合适搭讪的家长问问情况，以示关心社区的态度。我们镇很小，和大温地区的城市各族裔新移民居多不同，这里的人互相之间都很熟，有些甚至好几代人都是邻居或者亲戚。

有个小朋友妈妈对我微笑点头，看着她的目光从她儿子身上挪开后，我已经展开了微笑打算和她说话，但她急匆匆走开，把我的笑脸晾在那里。

我搬了几车货物码放好之后到超市后院的角落里喝咖啡。几个同事一边开着千篇一律的玩笑，一边用从未出现过的那种忧郁的眼神看远方。昨晚没睡好，我有点疲倦。如果是我的母语，即使我不听，旁边的话语也会扑进我耳朵里，或者说钻进我的大脑里。而非母语，必须刻意地去听才能听到。我累了，不打算和往常一样聊天气聊土豆总理最近去了哪里。

我还是听到他们说起孩子和寄宿学校。我问："加拿大还有寄宿学校吗？我都没听说过，小孩子也能寄宿？"

他们突然沉默了，奇怪地看着我，又互相看了看，都不说话。有位大叔从嗓子眼里干咳了两声对我说，："哈瑞（我的英文名Harry），教堂被烧掉了。教堂，那个一百多年的教堂。"

"啊，怎么着火了？"

他们纷纷站起来打算去干活，白胡子大叔也跟着他们走了。

我无聊地拿出手机刷微信，一眼就看到了一篇公众号文标题为《希望镇百年教堂被烧，数百孩童遗骸牵出历史悲剧》的文章在好几个温哥华生活群里。我连忙打开，很快扫读完。

我们镇失火的教堂是人为放火，被人在半夜里浇了汽油后点火的。

多可惜。教堂就在镇子东头，我们去参观过，不大，也不豪华巍峨，反而有点寒酸，尖顶的十字架好像是新换的，外墙只是白色油漆，和一些著名教堂用石头，起码用青砖垒成的豪华不一样。丽娟很失望，觉得又小又旧，没花玻璃，也没壁画，我说西部开发得晚，从东到西用了几百年，最后到达西部的基本上是伐木工、淘金工人，东部开发得早，那时候还是奴隶制，欧洲战乱时，很多工匠过来赚钱，不少欧洲大陆的贵族和冒险家来北美大陆拓荒发财，有了钱之后自然想复制出自己家乡的教堂，等开发到西部，天主教已经衰落，这个伐木工们的社区教堂不算简陋了。

我很喜欢那个原汁原味的小村庄教堂，与富丽堂皇的大教堂有不一样的味道。

我接了妞妞步行快走到家门口时，看到几个警察在我家附近，妞妞不怕，拉着我的手要过去。我本能地想离他们远点。警察就意味着有麻烦。妞妞的幼儿园组织过孩子们去警察局参观，和警察们拍过照，她也摸过枪，拿回家一张站在警车旁边和几个咧嘴大笑的很亲切很热情的警察们的合影。

有警察冲着我们走过来，我抓紧了妞妞的手，她感觉到我的紧张，身体僵硬地靠近我。身高超过 190 公分的年轻警察笑着问我是不是住在这里，我指了指他身后的房子，他点点头，微微一笑，问我在这里住了多久，社区怎么样。我说我们刚来加拿大不到一年，搬到这里不过半年多，他拿出纸笔记录了下来，我问他，发生了什么事，他摇摇头，没说话，侧过身体让出人行道给我。远处几个警察严肃地看着我，我拉着妞妞的手快步走回了家，直到关好门我才长长地出了口气。真够倒霉的。

丽娟也看到了我们镇的新闻，我煮饭的时候她和我视频说起这件事，口气是新奇的，带着点兴奋的，事不关己只管吃瓜的兴奋，我烦躁地说："警察都到咱家附近调查了，你笑什么笑，昨晚我在家里睡觉，可是妞妞能给我证明吗？"

"怎么会跑咱家？都问了你什么问题？你有没有好好解释？你要是说不清楚就要求找翻译，千万别随便说话。电影上都说了，你有保持沉默的权利。哎呀，你打听打听为什么警察找你问话。"丽娟急了。

好不容易才安抚了丽娟毫无理由的瞎着急，简简单单的肉片炒西兰花却被我炒焦了，妞妞挑食，味道对还不肯好好吃饭，有点糊锅的菜她更不会好好吃。我快手快脚切了一只西红柿打了两颗鸡蛋再给她炒了碗番茄炒蛋，幸亏这道菜她百吃不厌。

妞妞问我警察叔叔为什么来，我不想多说，打开电视找了个动画片给她看。妞妞吃完饭继续看动画片，我躺在沙发上刷了几篇文章，总算搞懂教堂被烧是怎么回事。

接二连三在加拿大境内发现的原住民寄宿学校里的遗骸已经有一千多个了。这些上上个世纪开始，一直到 1996 年才完全关闭的所谓学校，由于疏忽、虐待等系统性强制措施，死亡率是普通儿童的六倍，更有大批没有被登记的死亡。原住民们积压的仇恨被这件事点燃，我们镇上这一座教堂是被烧毁的第六座。

这时，丽娟打视频电话问我有没有去看烧毁的教堂，是烧干净了还是烧掉一部分，情况怎么样。说着说着，她突然问："为什么听到警车声？是你那边的还是我这边的？我怎么听着像你那边的？"

果然，我家附近又来了警车。我拿着手机趴在窗户上看到警车停在旁边房子前，几个警察站在 Jane，不，Natata 家门口。我好奇地走出去，看到两个警察正夹着 Jane 从房里走出来。Jane 穿着一件很长的长裙，有点隆重的那种款式，一件华丽的披肩裹住她的上身，她脖子上的孔雀石项链硕大又鲜艳，稀疏的发髻上系的是贝壳做的发箍。她打扮得像是参加婚礼，或者是她自己的寿宴。我从未见过本地人穿得这么华丽正式，也没见她穿戴过像样的衣饰。她像是早就准备好了。

丽娟在手机里问我："为什么抓那个老太太？"我压低声音让她别再说话了。

七八个警察，四辆警车。附近的邻居们都出来了，我假装自然地拿着手机摄像头对着人群让丽娟满足好奇心。

邻居们都往这边走过来，警察站在两边形成一道人墙阻挡住人群。几个老人围住一个头目模样的警察小声说着什么，他们摇头摆手地用身体语言表示着什么，我猜不出他们说了什么。Jane 走得很慢很慢，一边走一边看着四周的一切，押解她的警察很耐心，站在她身边随着她的目光打量她熟悉的一切，带着复杂的表情，像是在保护她，又像是来请她出山。

Jane 的目光对上我的目光，我下意识想回避她炯炯的眼神，但不知道为什么我无法转动眼球，和她对视了几秒之后，她移开目光，很留恋地或许也可以说是很欣赏地看看我家的房子，一点一点地她又看向另一座房子，仔细看每一个围过来的邻居，面无表情却带着万语千言似地看每一个人的脸。

我从未见过这么安静这么缓慢的逮捕现场，一点声音都没有。这个世界像是被什么神秘力量吸了音，安静极了。丽娟在一百多公里以外的地下室里都被这种安静镇住了，一丁点儿声音都不再发出。

Jane 终于走到警车旁边，有人打开车门，那个人像对待自己祖母那样弯下腰搀扶着她慢慢地跨进去坐好，高大的女警察俯身替她系好了安全带。女警察对 Jane 很温柔很小心。

警车开走了。没开警笛，安静地一辆接着一辆开走了。邻居们默默地站在那里看着远去的警车，没有人说话，也没有人离开。很久很久之后，人群沉默地散去。

第二天茶歇时，我听到有个人说汽油泼得很仔细，所有的门窗上都泼到了，用完的牛奶桶就在旁边草地上扔着。我突然想起 Jane 给我两个牛奶桶让我灌上汽油，如果是她干的，我不就是协犯吗？还是提供犯罪工具和犯罪材料的罪犯。我吓得手脚发抖，心脏砰砰砰乱跳。

我跟主管请了假，去幼儿园接了妞妞去她最爱的麦当劳吃了晚饭，回到家，我给她打开电视让她看动画片，这才浑身瘫软在沙发上，一身又一身虚汗出个不停。妞妞看烦了，自己关了电视过来找我，看我闭着眼睛，她一声不响地坐在我脚边玩起给娃娃喂奶换尿布的游戏。我努力地、费劲地、反复地安慰自己：我不知道她要做什么，我只是帮忙，我不知情。

6

收到我们一家三口崭新的枫叶卡那天，丽娟破天荒提出去餐馆吃饭，庆祝我们拿到新身份证，成为加拿大永久居民。我们都很高兴，就连妞妞都手舞足蹈地捧着自己的枫叶卡傻笑了半天。她不懂为什么，她只是觉得爸爸妈妈都喜欢的东西一定很好。我什么都没说，假装很开心，丽娟没看出来我有心事。周日晚上，我送她上了长途巴士才松懈下来。

我们抛家舍业来到这个新大陆，我们放弃了自己的语言文化家族朋友，和一切一切，我们期待更好的生活。我们在自己的祖国是安分守己的老百姓，来到这里的途径合法，主动学习新的规则，努力适应新生活，我绝对没有犯罪动机，更没有犯罪意愿。我如果知道 Jane 要汽油是去犯罪，我不会帮她的，无论她怎么说，给我多少钱。搜索了好久，我终于确定我这种行为不是协犯。如果我是，卖打火机的超市也是。

我为自己的胆小懦弱感到羞愧，从沙发上爬起来问妞妞要不要喝牛奶，想吃什么水果。妞妞说想吃蛋糕，我把冰箱里剩下的所有蛋糕都拿给她。她的喜悦让我心情好了许多。

丽娟到出租屋了，临睡前发了几句牢骚说，这些原住民真烦人，都多少年过去了还不依不饶的，总理都道歉了，还下半旗了，他们拿着那么高的补贴，可以什么都不做，干嘛还捣乱呢。我心里有愧，她说什么我都说是啊对的。如果丽娟知道我干过那么没脑子的事就麻烦了。会很麻烦。她的唠叨会让我的精神崩溃。

我说我和妞妞要睡了，你也早点休息。我不喜欢丽娟这种论调，她读书少，只顾着眼前的生活，她对原住民曾经的历史一无所知，也毫无兴趣了解。她在乎原住民因为血统身份天然拥有更多福利，她还没开始纳税，就已经抱怨自己将来要交的一点点税莫名其妙给了莫名其妙的人。我只敢在心里反驳她原住民曾经遭遇过种族灭绝、种族迫害，强迫原住民信仰天主教说英文，虽然不是在肉体上消灭这个种族，却是在文化上精神上灭绝一个少数人口的被占领土地原住民。所以，仇恨是必然的，报复是必然的，补偿和谢罪当然也是应该的。

王婷婷　　**69**

丽娟不会认同我的意见的。不管能不能听懂，她早就不认同我的任何观点了。从什么时候开始的？并不是无迹可寻，我清楚记得是从我们俩结婚开始的，从她的工资比我高一千多块之后开始。她好多次从鼻子里哼出声说："多读了七八年书，到头来还赚那么少，送外卖的初中生从 18 岁赚到 29 岁，起码也能在老家买套房子了。"

　　她小声说的，无意引起争吵的那种抱怨。她说了好多次，每一次都像是半开玩笑，你如果认真就会变成小心眼，小气鬼，脾气差。而我因为羞愧，因为在校园里被驯养多年而养成的懦弱习惯，任由她一点一点扩大地盘，耐心地持续地试探我的自尊心，零敲碎打地打击我，结婚不过一年多，家里的大事小事再也没有我说话的份儿了。

　　直到她想移民，逼着我考了雅思，递了申请，由于我的资格而实现梦想，她才主动地、恩赐一般地把一家之主的位置假装让给我坐了几天。结婚这么几年来，只有来希望镇买房子是听了我的。可能这件事会是日后抱怨几十年的罪状吧，家门口的教堂被烧掉，咫尺之遥的废弃校舍里埋葬了一百多个儿童的尸骨。

　　希望镇再也没有什么希望了，丽娟如果多读几年书，她会这样说。但她说："看看你选的这个地方，竟有这种不吉利的事。"这句话让我很难受。

　　我不是难受她对我的态度差，也不是对希望镇的希望幻灭。我突然对自己在这个国家必须用英文生活，适应这里的规则，并且让孩子从小接受这里的教育变成地地道道的加拿大人这件事产生了怀疑。

　　原住民是被迫同化，而我们是自愿主动过来同化自己。他们的伤痕是他们民族的烙印，我呢？我们这样迫不及待地过来洗掉自己原本的烙印，是在寻找希望？什么样的希望？

丽娟会嗤笑我这些不着边际的想法，她也听不懂我想表达的意思。大家都说外国好，很多人羡慕出国的移民的，她也要人羡慕。

我不否认我也想要更好的生活才答应移民的。已经这个时候了，再想值不值、对不对，实属自寻烦恼。明天还要搬货，一箱一箱的货物，一个小时十几块钱的收入，这是很多像我这样没有家底的新移民必须走过的路。

丽娟大部分时候都是对的。她总能用很少的钱让生活看起来还行，也能用最少的时间学到谋生的技能。来这里后，她先找到出路。她对我越来越不耐烦，而我，一个只能做体力活儿赚微薄收入的男人，没有底气和她谈我们即将放弃的文化和语言。文化和语言能当饭吃吗？能当房子住吗？能养得活孩子吗？

妞妞闭了一会儿眼，翻过身子说："爸爸，我们什么时候回上海？"

"你为什么想回上海，咱们这个家不好吗？这个房子又大又新，比上海的家好。"

"我喜欢原来的家。"

我轻轻地拍她的后背，强迫她闭上眼睛。我嘴里哼着不成曲调的串烧歌，我希望妞妞尽快睡着，别再想这些毫无意义、也不可能实现的事。我的想念更具体，也更多，但我是成年人，懂得克制掩盖自己的欲望期望。

妞妞喜欢教堂的唱诗班，她喜欢所有和别人在一起的活动。周日早晨，丽娟和我学着本地人的样子穿戴整齐，一左一右牵着妞妞的手走路去教堂。我们坐在最后一排看着妞妞和一群不同年龄孩子参差不齐地站在台上跟随手风琴的曲调唱歌。他们唱了好几首，比平日多多了。

孩子们散去后，牧师开始讲话，我和丽娟看看周围肃穆的人群，对视一眼，知道这不是离开的好时机，只好垂首听牧师布道。其实我们俩都听不太懂。

牧师说完后，人群中许多人的胳膊无声地抬起来，放下去，过了好一会儿我才反应过来他们在擦眼泪。这是我从未见过的场景。但只有擦眼泪的动作，没有一丁点儿哭泣的声音。丽娟用眼神问我怎么了，我摇头。她的脑袋伸过来伸过去的，左看右看，动作略微夸张，周围的人很努力地掩饰他们不满的神情。丽娟感觉到了，不再东张西望，她用胳膊肘戳我一下，对着我撇了撇嘴，我知道她想说她很烦，想离开。

我们去游戏室里找到妞妞，随着沉默的人群慢慢朝门口走去。Lisa 站在门口的位置和每一个要离去的人拥抱，交谈，再次拥抱，或者紧紧握着手悄悄说着什么。人流很慢，我们只好等待。终于轮到我们和 Lisa 告别时，Lisa 说："让上帝保佑我们，还有 Jane。"

丽娟不喜欢 Jane，回家的路上，她说这个老太太一定是脑子出了什么问题，即使小时候在寄宿学校呆过，可她借机吃了一辈子救济，原住民获得了那么多赔偿，多少年过去了，不感激政府就罢了，干嘛把镇上历史最悠久的教堂给烧掉？人应该往前看，老是纠缠历史，没完没了沉浸在过去，自己这辈子没过好，也不让别人过好。要不是基督教，原住民只是茹毛饮血的原始人。丽娟有点过分了，被人听到这种话会被起诉的。当然她是用中文讲的，我不想与她引起争吵，只好由她去。

丽娟不是喜欢那个教堂，她只是讨厌有一个这样的邻居。得知教堂是 Jane 放火烧的，她说这个老巫婆幸亏去烧了教堂，没烧自己的房子，要不咱的房子肯定受影响。我们为了省钱没买房屋保险，这让丽娟后怕不已。她讨厌 Jane 是有理由的，我也不喜欢她。可我出于人类学的知识也很同情她。丽娟第五次唠叨时，我替 Jane 辩解，或许童年创伤影响了她一辈子，丽娟反驳："谁童年没点创伤，就是加拿大政府软弱，惯坏了这些人""我外婆家里三进宅院被没收，外公被游街被剃阴阳头，几个孩子不许读书，拨乱反正后他们谁也没纠缠过去，抄家拿去的房子和财物也都不提了，如今还不是过得好好的？他们这是看人家好说话蹬鼻子上脸。"丽娟或许是对的吧。即使她说的不对，我也不能说什么了。

搬货时，我扭伤了腰。因为工作时间太短，没有领取失业保险的资格。超市对我很好，让我在家里休息，按照我上个月的收入发二个月的薪水给我。二个月后可以选择辞职或者继续上班。腰伤几天就好了，但我不打算继续做这份工作。从来没有做过体力劳动的我，还会受伤的，虽然能领工伤补贴，可这样的一辈子，移民的意义在哪里？

我打算用这两个月去读社区学院里的护理专业。这是我不多的几个选择里性价比最好的一个方向。我想了很久很久之后决定的。

丽娟没说什么，算是默许。可她比我更沮丧。从前，她给朋友们言若有憾、实则炫耀我什么都不懂，成天研究人类学，懂得非洲远古人类与现代智人的关系，不会煮饭，我只会给她讲阿富汗的几个民族构成，告诉她突厥人没有消失而是变成了印度婆罗门。她以后不会用景仰的口气损我白读那么多书但生活能力极差了，我以后是劳动阶层了，还是不体面的那种劳动。而她可以继续做财务工作，她的证书还没拿到，已经有公司承诺会雇佣她做正式员工，有各种保险和牙医补贴。

Jane 的家里搬来了一个中年女人。除了头发是黑色，五官一点都不像是原住民。她很热情地和我们打招呼，说她是 Jane 的孙女，继承了这座房子，她离婚了，正好可以搬进来住。她一边说一边笑，像在说一件很快乐的事。我们也只好笑眯眯地说欢迎新邻居。

Jane 的院子长满了杂草，还有一些早已变成野生的花在高高低低的杂草里随意散落。她的院子里放了很多年代久远的各种大小各种材质琳琅满目的花盆，里面或者是草或者是花，活着或者死去。中年女人很麻利，只用了几天功夫都清理掉了。前后院变了样子，整栋房子看起来也像是变了样子，再也看不出这里曾经放了很多旧物，有过很多岁月的印迹。

我很想问问 Jane 怎么样了，她那么老，会被送去监狱还是老人院。但她每天在院子里干活，看到我们进出会聊几句，但从来没提到过她的祖母。我嘴笨，没找到机会问，时间久了就没好奇心了。

我也想知道，为什么希望镇里会埋葬那么多孩童。

丽娟鄙视我的好奇心，她决定离开希望镇，到那个叫 Richmond，中文意思是富裕之地的城市去。在那个城市，华裔是多数。那边，赚钱的机会遍地。她说那边的人和中国一样，大家只聊怎么赚钱搞钱。她喜欢那边。那才是我们应该住的地方。

丽娟没有征求我意见的意思。加拿大的房子突然涨价了，就连偏僻的希望镇也小涨了一波，趁着行情好，我们卖掉这里的房子可以换一个 Richmond 的公寓。她的口气很笃定。不容商量。

（原载于《小说月报》2022 年 9 月原创版）

迟暮

迟 暮

王婷婷

一

"都是一家人，不请他们过来吃酒，亲戚朋友们怎么想？面子上的事要做好。"老大廖启明皱着眉头，缓缓地说，他的口气很柔和，带着点恳求、讨好，好像被人拒绝惯了，知道还会有人反驳他，但他身为老大不得不站出来，语气和神色带着一种悲壮。

老三瞥了一眼大哥，瘪瘪嘴不说话，他的腰背挺得直直的，手放在红木太师椅的扶手上，眼睛看着正对面的墙，看着那幅挂了几十年的《花开富贵》图，像是在欣赏，也像是表达他的态度。请不请那个人，他都不在意。他有些不屑，大哥大姐在那边住了半辈子，把这种小事看得特别重，戆居。

不过几秒，好似很久很久之后，大姐嘴里发出"嗤"的一声，嘴角斜斜向左上角扯动一下，幽幽地讲："这几年家里添了几个人，老三家里还是个洋鬼子女婿，怎么给人家讲她是谁？怎么介绍那几家子都是谁？我们这个家还有小老婆，说出来不怕人家笑话吗？"

廖启明急道："这都是上一辈子的事情啦，又不关我们的事。咱们家情况不一样，我们又出不去，那边不能没人照顾。都是老黄历啦，谁在乎这些事。上次她住院，老太太还让我去买人参。"

大姐一直说那个女人趁机勾引父亲，才让父亲做出中年娶二房的荒唐事，她不相信是父亲拿了一间小铺面半利诱半逼迫老伙计把女儿给他做小，但她年纪大了，终于接纳了一些从前绝对不肯妥协的事，也不像年轻时那么大火气，她不耐烦地结束会议："好啦好啦，再多订几桌。对了，老太太的蛋糕不要太大了，还有我们家仔仔一周岁的蛋糕，订两种口味的。"

　　老大叹息，这个大妹妹就是精于算计，连老太太的百岁寿诞都不放过。她的孙子下个月底才满周岁，老太太这个月底办寿宴，还不是蹭酒宴的便宜收一圈孙子的周岁礼金。

　　二房太太是管家的女儿，叫阿美，和大哥廖启明一样，都是1943年夏天出生，比他小三天，俩人一起吃管家老婆的奶长大的。临解放时，粤西乡下也有些动荡，廖启明和阿美跟着阿美爹去乡下卖田收租祭祖，俩人一起坐在雇工推的车子里吃睡，他记忆中，那段日子非常快乐。但这么多年，排行老二的大姐从不承认管家夫妇俩带过她，反而把解放后她吃的苦都算在阿美头上。廖启明后来才明白，大妹要强要面子，最恨同学说她父亲有小老婆，说她家根不红苗不正。大姐反驳过他："不恨她，难道恨自己爹？廖家人丁兴旺，亲族众多，不需要他们这种亲戚过来碍眼。"

　　老大廖启明记得很清楚，大概是1956年左右，传说香港通行证可能会不让用了，一直在那边做生意的父亲托人带话叫管家夫妇俩带他的父母太太和两家人的小孩收拾收拾赶紧搬去香港。他祖母舍不得土改前偷埋在后山的一罐银元，让管家两口子带三个小的和他一家子先走，他们和儿媳妇及二个大孩子再收拾点家里的细软晚几天过去。

　　那几日是晴天，晚上的月亮比煤油灯还亮堂，母亲想等个漆黑的夜晚带着孩子挖了银元带在身上出关。谁知道，不过晚了几天，等他们走到罗湖口岸，驻守边关的战士说通行证作废了，再啰嗦就要抓进派出所。

祖母受到惊吓，加上年纪大了不堪颠簸，回到家吃不下饭，没几天就仙逝了。他们母子三人胡乱混几个工分，还要待奉祖父，颇吃了些苦头，要不是有胆大的村民为了父亲给的酬劳半夜凫水带猪油、糕饼、奶粉过来，大概早就饿死了。

阿美的妈妈说把阿美送给老大做媳妇的玩笑话，他一直记着，以为不过是等着那一天罢了，他只担心在香港生活好几年的阿美看不上他了。边关收紧后，组织上给他家定的是富农，成分不好，乡中学不肯收他，他只好跟着两个堂哥农忙时下地，农闲时做木匠活儿。1963年，驮了一袋麦乳精、一块咸肉、一桶猪油和一些粗米半夜摸进他家院子的表舅告诉他母亲，他的父亲为了有人照顾几个弟弟妹妹娶了阿美，第一年就生了个儿子，但父亲说这边始终是大，叫母亲放心。

母亲愣了一会儿就忙着把麦乳精猪油一样一样藏好，担心被人看到，她叫表舅趁天黑快走。十年了，看情形父亲这辈子都回不来了，他娶不娶，娶了谁，她哪能说什么？她早就和那个人划清界限了。

廖启明睡不着，心里很难受，说不出为什么，不知道该怨恨谁。挨到天亮，他终于困了，还没睡着，听到大妹一边淘米煮粥一边絮絮叨叨地讲着什么。祖父呵斥大妹不许胡说，大妹不服气，母亲气得过来狠狠地拧了她胳膊一把。母亲进他的房里摇醒他，嘱咐他不许和别人讲父亲娶小老婆这件事。大妹跺脚骂阿美那个不要脸的娼妇腿短、面皮粗、小时候还生过癫痢头。他觉得阿美真可怜，和他同岁，却要嫁个老头子做小老婆。香港哪里好？那边还是人吃人的旧社会，如果阿美没去香港，在这边她是根红苗正的雇农成分。

母亲生了五个孩子，阿美生了四个，二子二女，整整齐齐一溜排下来。都说廖家子嗣兴旺，所以财源滚滚，乡下的田产被没收了，在香港的铺子又起来了。廖启明不知道应该痛恨万恶的资产阶级还是要感谢资产阶级，在最艰难的那几年里，他们娘几个，全靠父亲托人带来、邮寄过来的洋奶粉和洋罐头才得以活命。

1973年，两边刚刚有些松动，父亲就搞到了回乡证，坐了从尖沙咀到广州的火车回来祭拜祖父母。父亲带过来一大包点心，身上穿了五六件衣服，临走时把脚上的袜子和胶鞋脱下来让他穿，自己穿一双破了几个洞的布鞋离开，他说过了关就好了，有人在那边拿着皮鞋尼龙袜等着他。父亲带过来弟弟妹们的照片，有一张上面有阿美，脸庞圆润了，头发挽了个发髻，她和父亲坐在椅子上，两个人一人抱了一个小孩。照片被母亲不知道扔到了哪里，他再也没看到过。

后来，母亲终于拿到通行证先去了香港和父亲团聚。阿美带着四个孩子和父亲住在一套带宽大阳台的单元房里，母亲和三个弟弟妹妹住一个小小的单开间，小是小的，生活费还算宽裕。母亲只在家里煮饭，不用做事，阿美还要去店里帮忙，舅舅一直劝母亲想开点，等着三弟大了能管事了就好了。

父亲很能干也很精明，和廖家祖上一样，无论时局如何变幻，生意也有起起伏伏，从不曾叫妻儿老小吃过什么苦头。1978年时，父亲未雨绸缪，叫三弟带着老婆孩子飞到温埠替廖家开疆拓土。母亲说父亲偏心，想把香港的生意交给阿美的孩子，但父亲当家作主，三弟只能听从。一开始，三弟做的很艰难，只能替香港移民过去的富人们买房子买地，赚不了几个钱。中英协定宣布生效后，港人纷纷逃离，父亲把生意交给舅舅经营，打算带着阿美和那边的四个小孩也到加拿大开辟生意，母亲不甘落后，先领着弟弟妹妹登陆温埠。一直到 1995 年，由三弟做起来的廖记地产公司担保申请，大哥廖启明和大妹廖启霞两家七八口人，才从香港辗转飞到大西洋彼岸的温哥华。廖氏一家九个兄弟姐妹竟能整整齐齐地团聚，华人媒体听说后采访了廖家三五次之多，一时传为佳话。

香港的旧铺面逐渐被西方大公司大品牌挤得灰头土脸，他们庆幸父亲有先见之明，懂得抽身，更有魄力去新大陆拓荒。父亲拿钱在温哥华东部的缅街上买了一块地皮，建了两栋相邻的大房子，把二房太太和九个子女都拢到了自己跟前。

九七之前，温埠经济持续走热，做地产生意的廖氏企业赚得盆满钵满，两家人相处得也算融洽。这一年，正值母亲六十五岁大寿，父亲计划好好庆祝一下，早早订好了酒楼，要给母亲办一次体面的寿宴。他平日里很少来大房这边住，那几天却来得频繁，还叫母亲去唐人街的珠宝店里选块翡翠镶圈碎钻戴，亲自过问母亲的洋装，叫大妹去订蛋糕，给小妹一笔钱叫她去挑一辆车子，算是她的毕业礼物。谁承想，一家人团聚的好日子没过多久，父亲就心脏病发作，猝然离世。

父亲是在那边去世的，母亲第一次去隔壁竟然是奔丧，她叫人把父亲搬到这边，阿美不让，说莫要惊动亡人，母亲哭着扑上去打阿美，廖启明拦着，廖启霞拦着大哥不叫他管，三弟假装走开一步去哭得伤心欲绝。阿美的几个孩子上来围着他们母亲怒视大太太，母亲只有大妹和小妹围在她身边，势单力薄，人家说不好搬动亡人以免灵魂不安似乎讲得通，她不好撒泼打滚叫人笑话，只好恨恨离去。父亲从他们这边发丧和从那边发丧，意义是不一样的。可这是天意。

母亲这辈子没什么大喜大悲，只要自家吃好睡好就天下无事，父亲去世是她一生中唯一的大事，她从 TVB 剧集里学到的几招用了不灵，从此看剧是看剧，过日子是过日子。她后来解释道，从前的姨太太要给大太太磕头的，父亲在的时候说，香港早就没这个规矩，但母亲觉得没受过茶就不硬气，是有些耿耿于怀。

母亲娘家也是殷实的地主，她是最小的女儿，还是唯一的女儿，一辈子只懂得吃燕窝、喝老火汤、搓麻将。父亲在世时，她吃南洋燕窝搓广东麻将，去世后一样是吃南洋燕窝搓广东麻将。到了温哥华之后的每个春节，她还像在香港时那样，大年初一早上等着阿美和她的四个孩子给她拜年，看着她和她的四个孩子鞠躬拿利是，脸上故意拿出来威严和不屑给他们脸色看。

后来，只有阿美过来微微鞠个躬拿个利是，留下吃几口茶就告辞。一开始，逢年过节不再过来还来电话说个借口，后来连借口都不找了。再后来，阿美卖了房子搬走了，请他们去暖房，他们这边没人去，那边也不再请。再后来，这边也卖了房子。老爷子在时，每个周末都去唐人街吃早茶，每次都订两张大圆桌，两房太太，一个左边一个右边，还有各自的孩子们，一大家子人好不热闹。廖家人和所有香港移民一样，先是聚居在温哥华市，后来散落各个城市。时间过得很快也过得很慢，三十年时间里，太多的物是人非，温哥华日渐繁华，很多人与事都变了。

2003 的秋天是廖老太太的八十大寿。他们包了麒麟酒家一整天，请了粤剧名伶唱了大半天，好些生意伙伴过来贺寿，廖家老太太打扮得花团锦簇坐在主位上接受祝贺，好多年没见面的阿美率领一大堆子女过来鞠躬拜寿。

2013 年，加拿大遇到了一场不大不小的经济危机，楼市不振，本地大陆移民和香港移民羡慕那边的繁华繁荣，有些人抛售房产出手物业回去掘金，廖家投资的几个小楼盘遭遇了现金流危机。廖家老三偷偷卖了两处豪宅补窟窿。父亲留下的钱不太多，大陆过来的大哥大姐不会英文也不会做生意，幸亏他们几个孩子吃惯了苦，只要肯干活，在加拿大就不会太穷。母亲九十寿诞，他们在富豪酒家给老太太摆了五桌，比起当年的盛况差得太远了，老三有些不甘心，在报纸上发了八分之一版的消息，但没人关注廖老太太已经九十高寿，他们廖家再也不是温埠香港移民的活跃人物。老太太在她九十寿宴的麻将桌上突然问："那个女娃怎么不过来给我敬茶？"小妹机灵，摸出一张五条催着老太太看看要不要吃，老太太看了一会儿，拍着手笑："糊了糊了，我又糊了。"

老太太的长寿秘诀是万事不过问，万事不操心，除了每年生日前问："那个人还没死吗？她怎么那么能活？"她忘了那个女人和她的大儿子同年同月生，只记住刚去香港的那些年老头子总在她那边住，来了温埠还是去她那边。廖启明每次都答："阿妈，她比我小三天。"母亲不高兴，扭开脑袋道："你吃过她娘的奶，你就会帮外人。"大妹廖启霞鼻子嗤一下："那边的洋鬼子女婿真讨厌，一身的毛。"后来，小妹交了一个鬼佬男朋友，大妹不好再骂洋鬼子，她骂阿美狐狸精。

老三廖启东最早意识到，廖家兄弟姐妹们如果没有阿美和那边四个小孩，恐怕早就分崩离析了。有时候他觉得这边的存在恐怕对那边更有意义，要不然那边的几个小孩不会拼了命读书，拼了命好好做人。他说老太太和阿美都是这个家的吉祥物。他儿子不以为然："是那种招财猫吗？不会吧，两个没文化的老太太。"

廖启明看大家不再反对请阿美和她四个儿女们参加母亲的

百岁寿宴，他也就不再多说什么了。他走出三弟家十年新的五千多尺大宅，杵着有四个爪支撑的手杖，慢慢朝一个街区外自己的宅子走去。

他最近总觉得自己足够老了，可能快死了。人老了之后，离得越近的日子越想不起来，头脑中总想起幼年的岁月，想起很久很久之前的故人。他的童年和少年时期没太多同伴，身边一直都是阿美。当年，为了表示他们家没有剥削贫下中农，外面的农活都是他和阿美一起做。要不是十八岁时骤然分开，他以为这辈子都要和阿美在一起。即将入土，唯一的念想就是见见小时候的玩伴。阿美不是别人，是他人生起始那 20 年里最重要的那个人。

二

街道两旁是高大的樱花树，淡粉色花瓣密密麻麻开得正热闹。树下有些游客的车子，人行道上有几堆中年女人穿得花红柳绿地搔首弄姿，他听到熟悉的普通话，带着江浙口音的西北口音的和川渝腔调的普通话，讲着应该这样摆姿势应该那样站，有个女人嗲兮兮地说她闭眼了，要重新拍。她们似乎活在最好的时光里那样肆意而喧腾，快乐得不像话。他低着头慢慢地走，年纪大了，受不了呱噪。阿美是很安静的女人，他一直记得她的温顺和安静。这是很安静的社区，只有樱花季热闹，这些女人们似乎很有空也很有钱，争先恐后地讲话，总是很有激情，带着新社会的昂扬斗志和自信，富足的笑容和张扬的打扮。他在经济腾飞之前就离开了，在这边过的不算艰难但也不宽裕，广东老家的亲戚们这些年阔了，钱多得花不完似地来温哥华探亲或者送孩子留学时成天买东西。这些带着改革开放成果在享受生活的中年妇女们提醒他这一辈子的悲剧：在错误的时间出生，在错误的时间被留下，在错误的时间离开大陆，几次错过，就错过了所有。

无数人的一生就像樱花，春天绽放，很快凋谢，化成春泥，尘归尘，土归土。就像他在家庭里的角色，在节假日孩子们聚会时被入框，在他们的朋友圈里写一句"爷爷奶奶好开心"。他开心吗？或许是开心的吧，照片里他在笑。他也是家族里的吉祥物，代表长寿，代表几代同堂。这些年怎么像流水似的过得这么快啊。

1981 年，他带着老婆孩子第一次登陆温哥华时，他和阿美都是 38 岁，他看起来比 48 岁还要老。到了温埠后的第一餐饭是阿美煮的，是老家梅州的口味，都是他自小吃惯的。父亲叫他多吃点，阿美也叫他多吃点。他吃饱了才看到阿美变成了圆润的妇人，哪里都圆润，脸蛋身体，甚至手也是圆圆的润润的，他注意到阿美的耳垂也圆润圆润的。阿美和小时候完全不一样。而他，从一个圆润的少年变成了干瘪枯瘦的老头儿，比他父亲还像个老头儿的那种老头儿。嫁给父亲的阿美好像把她小时候没吃到的乳汁都补了回来，浑身圆润，皮肤紧绷，眉眼舒展，比小时候好看许多。阿美对他和从前一样，叫阿哥，你多吃点，你从前最喜欢酿豆腐。廖启明心里很酸涩，吃什么都是苦苦的味道。

老婆说阿美是甘愿给人当小老婆的狐狸精。他吼他老婆："阿爸仗势欺人，强娶人家做小老婆，他是万恶的资本家，阿美如果在大陆就是白毛女，会有解放军救她，但是她在香港，在万恶的资本主义殖民地，怎么能怪她？"老婆深受无产阶级斗争观教育，她无话可说，但情感上，她讨厌所有威胁正房太太的女人，她就是讨厌她，和讨厌的婆婆一样讨厌她。廖启明管不住老婆，管不了大妹，更管不了老妈。他只能在心里替阿美反驳她们。

刚刚吃过七十九岁生日蛋糕的廖启明已经换成夕阳西下，这个尘世与自己关系越来越淡的心境，无奈老太太还活着，活得还不错，吃得比他多，睡得比他好，他要是感慨自己老了就是不孝。阿美也老了吧，好几年没看到她了。在唐人街喝茶时，他觉得店堂里每个老太太都像阿美。

老太太的百岁寿宴在喜临门酒家，包了餐厅的左半边。老三的儿子负责筹划和安排，他们不敢过问，怕侄儿报出酒宴花费的数目。老太太每年过生日都由廖启明通知大家一起去茶楼吃顿饭，饭后吹蜡烛吃蛋糕，讲讲孙辈谈朋友啊结婚离婚啊还有做哪一行都怎么样的事。每逢进十的大生日，廖家会借着老太太大寿给生意伙伴、十几家亲戚、还有那边发帖子。自从廖老先生仙逝，这边和那边渐渐不来往了，廖启明一个人孤掌难鸣，他替阿美说多少好话都没用。

父亲去世后，阿美那边还有两个小的在读书，生活费从哪里来，他们从来不知道，也不过问，那边也没过来要过钱。每年初一，阿美过来拜年，一开始带着两个小的孩子，后来一个人来。不记得从哪一年开始，阿美说身体不好，电话给太太拜年。再后来，电话也不打了，老太太叫人去问，谁都不肯问。说起来，除了老太太的逢十寿诞，两边从来都不走动。她们都想忘记对方的存在，在这个新大陆变成新社会的人，丢开旧时光里不够体面的人和物、习俗和教养。除了钱和古董，过去的一切都该埋进土里。

廖启明买菜时遇到过那边的儿媳妇，对方假装没看到他，一转眼人就不见了。大妹说她吃早茶遇到过阿美，远远对她点头笑了笑。有人问："大姑，你笑了没？"大妹鼻子里嗤了一声："我干嘛要笑？"

不知道阿美来不来，那边来几个人？廖启明问老三廖启东。老三说他不知道。廖启明鼓起勇气给三弟说："我们都是八十岁的人了啊。年纪大了，总想起小时候的事，她阿娘总笑话我爱哭，说阿美被她爹打几下都不晓得哭的，男芽儿爱哭臊不臊？我最爱吃她阿娘的酿豆腐，她一边煎我一边吃，煎了好半天，盘子里一个都不剩，急得她喊阿美快过来带我去后山砍甘蔗，我再吃几个就做不成席了。"这个故事廖启东听过无数次，他礼貌地唔唔两声，招呼大哥："你吃这个饼，也是美心买的，比九龙那个美心差了个太平洋，不说了不说了，不管哪个美心，在这里能有美心就不错了。"

廖启东不同意大哥说阿美可怜，说她哪里可怜？本来她在咱们父亲的店里做小妹，要打扫要煮饭还要抹橱窗上的玻璃，父亲托人找了好些女人，个个都不满意，跳舞厅里的舞女也带回家里过，闹来闹去没一个正式结婚的，不知道怎么就说起娶阿美，把一家杂货店交给她爷娘做，换了帖子拜了堂，小妹变成了太太，再也没抹过橱窗了。她穿洋装，坐洋车，生了一个又一个，老爷子悭吝得很，儿子暑假要在店里干活，只发一点点零用钱，她生个儿子得一只金镯子，生个女儿送了只手表，还给请了个煮饭的老妈子。她怎么算是可怜？她自己给我说："人家都说我跟了你们爸爸命真好。"

廖启明不喜欢听这种话。他在大陆时成分不好，胆子小，怕惹事更怕惹人生气，自己的弟弟妹妹也怕，他心里有好多反驳的话，被肠子肚子压制住了，连喉管都没突破，谁都没看出来他不同意老三的话。老三会做生意，好歹是个老板，老太太从前最喜欢这个三弟，到了温哥华后，她什么事都要问老三的意见，他说什么就是什么，人家有钱，自然总有理。

酒店大堂的左半边是廖家寿宴的十个桌子，门口的右边用大红色气球搭了个半圆拱门，餐厅门口金光闪闪的礼宾牌上大大的

"百岁寿宴"四个字格外引人注目，上面的小字"廖蔡姝毓"体式古雅，廖老太太在自己的牌子前驻足看了一会儿，她的眼球已经浑浊了，不知道她有没有看清楚。旁边凑过来一个年轻女孩子，笑嘻嘻说："我都不知道太奶奶的名字这么好听，蔡姝毓，好有文化哦。"老太太过了好半天反应过来这个小姑娘夸她的名字好，她问扶着她的小女儿："这是谁家的？"小女儿趴在她耳边大声讲："妈咪啊，这是我三哥的孙女。"老太太动了动满口的假牙，扭头看到她身后站着一位高大的，显得玉树临风又身份尊贵的一个在她眼里还是年轻人的中年人，又问："这是谁家的孩子？"小妹用余光看了看，迫不得已似地正眼看了看也站在牌子前的男人，略微点了点头，对她母亲说："老太太，这是德宏。"老太太点点头，其实她不知道谁是德宏，但她自从年纪大了之后就懂了一个道理：假装知道。老太太耷拉着眼皮打盹儿，左边是她的大儿子，右边是老三。这么些年，子孙们送来什么吃什么，小女儿让她穿什么就穿什么。人老了，无灾无难有饭吃就可以了。

廖启明看着别的桌子上谈的热闹，费力地辨认着都是谁。他看到了阿美的大儿子德宏，那个在圣玛丽医院做手术的医生，看着比自己小儿子还年轻。到底是念了好多年书的人，比做卡车司机的儿子像样。那边有一堆年轻人，他认出几个，大部分都不晓得是谁家的孙子孙女媳妇或者女婿。算了，隔一辈就是陌生人了。阿美呢？老三不是说阿美要来吗？她怎么还不来？马上要开席了，服务生撤走了瓜子碟，重新泡了茶，撤了台面，换上了西式餐具，阿美再不来就失礼了。

真的是说曹操曹操就到，刚抬眼皮，一个圆润又健美的妇人挽着一个抽干水分的曾经圆润的老妇人走了过来。还算利落的脚步和夹杂了银丝的短短的卷发，穿着绛红色套装，脚下穿了双半高跟皮鞋的老妇人，眉淡了眼小了嘴大了，还是有阿美从前的样子。阿美走到老太太跟前，笑眯眯地大声道贺："生辰快乐，生辰快乐，祝您身体健康，活到二百岁。"换做从前，会有人提醒阿美叫姐姐，要不然叫太太。如今哪里还有人肯站出来维护秩序，一个一个装聋作哑的，老三心里想：算了，这都是不要紧的事。

老太太睁开眼，看了看面前的老太太，她认出这是她男人的小老婆，过了这么多年的好日子，养出医生会计师儿女的小老婆穿的洋装戴的翡翠项链，就好像她是正房。老太太已经好些年没什么情绪了，这是她长寿的秘诀，她心里的活动不过是岁月久远养成的习惯，也就是大脑皮层的活动，影响不到心脏。她瘪瘪嘴，漠然地看看这个女人，又一次闭上眼睛睡觉。廖启明清清喉咙，道："老太太不大认人了，她有时候连我都不认得。"这是实话。老太太经常把人搞混，反正也没人在意，没人发现，更没人意外。阿美不在意地摆摆手，在主位对面坐下。

阿美穿得很隆重，翡翠项链，比拇指还大的翡翠用一根粗粗的金链子挂住，翡翠耳钉，手上一只硕大的翡翠戒指，是她当医生的儿子买给她的。阿美画了妆的，嘴唇用的是正红色，打了腮红，看着很喜庆很隆重。圆润的妇人是阿美的女儿，做会计师的那个女儿。会计师穿了套松松垮垮的衣衫，下面是宽松的裤子，脚上穿一双露出脚趾头的凉鞋，就像是去街角的星巴克喝咖啡，脸上兴许连润肤露都没抹。这种席面，女宾们都拿出衣帽间里最贵的手袋，她只捏了个带钥匙环的钱包。

廖启东有点不高兴，给这个妹妹倒茶时，皮笑肉不笑的。会计师微微欠身，用手指扣了扣桌面。廖启东更不高兴了，这是对待普通人的礼节，她起码应该站起身叫一声三哥。但他年纪大了，喜怒不形于色，喜怒亦不走心。

廖启明觉得气氛有些冷，瞄到自家的老太婆领着外孙外孙女过来拜寿，他怕那个无产阶级摆出一副专政的脸给阿美看，就对着阿美喊："你身体还好吗？"阿美笑眯眯地答："托福托福哦，还不错。就是记性不大好，经常忘事。哎呀，老了就是这样子的。"阿美的女儿好像叫德娴，或者叫德雅。廖启明想不起来了。他没问别人，别人不关心阿美生的孩子叫什么。

一拨又一拨人笑闹着走过来对着老太太喊："生日快乐，寿比南山。"老太太收了一大堆红包，也发出去一大堆红包。她不知道这一群又一群人都是谁，但她早就无所谓了，活一天算一天罢了。有人站在阿美旁边和她说话，阿美也不大认得过来问候她的晚辈，但她很努力地笑，什么都说好。老太太是真的糊涂，她是假装糊涂。

廖启明冲着和他隔了两个人的阿美喊："阿美，你还好吗？"阿美笑眯眯地答："阿哥，我好的，我很好的。""那就好，那就好。"老大喃喃。廖启东听到大哥喊那个女人的名字，如果是从前，他一定会提醒大哥，如果不想叫她二太太或者叫她林姨，那就不称呼了，新社会了，而且还到了外国了，实在不行叫她的英文名字艾米，怎么也不能叫她阿美。哪能叫她本来的名字呢？自从她给父亲做小老婆，就不应该再有名字。

但老三是七十多岁的老人了，他退休了，颐养天年的这两年里他褪去了所有社会化的思维和习惯，他只想遵照生命本来的规律，在人生最后的晚年里健步、养生，努力多活几年。大哥叫人家阿美就叫吧，和自己有什么关系。

会计师皱着眉头，眼睛盯着面前的茶杯，心里恨恨地不知道应该恨谁。她是这个自由平等国家的公民，她受过最好的教育，有丰厚的身家，不应该怯懦，于是，她抬起头盯住老大，待他看过来，她冷冷地迎上他的目光。对方有些不知所措，慌乱地挪了挪茶杯。会计师心里痛快了一点，觉得自己犯不上在这种小事上计较，宽容地挪开了冰冷的眼神。在这个新兴的国家，没人知道她的母亲是小老婆，除了这种场合里的这些人。她刻意穿了出门散步的衣服，带着出门散步的面皮，拿着出门买菜的钱包陪母亲出席宴会，这足够回击她小时候内心的创伤和不平了。

餐厅服务员唱着歌推着生日蛋糕出来，所有人都围了过来，一群男女老少拍手唱粤语版生日快乐歌。唱完要切蛋糕了，服务员又推出来一个生日蛋糕，这是大妹家的小孙子一周岁生日蛋糕，十几桌人又在服务员的带领下唱了一首英文版生日快乐歌，有人拍手叫大家安静，不知道谁家推了个拿着一把小提琴、穿粉色纱裙的小姑娘出来，说要给老太太和小弟弟拉一首生日快乐，摄影师忙着给小寿星拍照，给表演的小女孩拍照，小孩子们很自然地成为喜宴的主角。

主持酒宴的老三家长子端着头一份蛋糕递给老太太，大声说："奶奶，寿比南山哦。我们等着给您过110岁生日，到时候订个五层蛋糕。"老太太颤巍巍地拿起叉子吃了一大口，她喜欢吃甜软的东西，不知道谁带头鼓掌，好像他们平日里多在乎老太太吃东西似的。

廖启明隔着大圆桌对阿美说："蛋糕很好吃，你多吃一点。"阿美点点头答："你也多吃一点。"他们这一桌又安静了下来，每个人都在认真地吃碟子里的蛋糕，间或夸奖蛋糕做得好。其他桌上笑语喧哗，老大听到有人在讲升学，有人在讲股票，还有人在说买房子，他们提到刚刚离婚的那个人不知道是谁，刚才过来拜寿的好几个年轻人他从来没见过。

这个世界和他，和他母亲，他的大妹，小妹，弟弟们，还有阿美这些年过七十的老年人越来越没关系了。他觉得自己活得够久的了，再过一年，2023年，他就八十岁了，阿美也要到八十岁了。他不敢说他老了，活不久了，因为他母亲还在。

有人过来笑嘻嘻地抱一下老太太，对整桌面目模糊的老年团说句 hi 就算是打过招呼。"曲终人散留残酒，菜完杯空约新宴"，年轻人远远地挥手说句 bye-bye 就没了影子。只有他们这些人，来得最早，散得最迟。

廖启明怕席散了再没机会，有些着急地略微起身，不管不顾地冲着阿美喊："阿美，你要保重身体哦。"老太太听到这句话，茫然地抬起头，过了好一会儿，她对着虚空，对着不知道谁也大声说："你也要保重身体。"阿美愣了一下，对着老太太点头："你也是。"

但是，保重身体干嘛呢？廖启明心里闷闷地想。

（原载于《陕西文学》2023年第2期）

迟暮

创作谈：我的写作源泉

王婷婷

这两年，我读了一些朋友们推荐的翻译小说，也买了一些经典翻译小说想补上我对外国小说了解不够的缺失。无论是经典还是最新热门小说，很少有一口气读完的，总是会在一种必须完成的目标管理之下才能"完成"任务。每当我和朋友们谈论小说时，我不大喜欢引用翻译小说，也不大擅长用西方的文艺理论来阐述我的想法，我总是不自觉地提起《红楼梦》的意象和隐喻，举例《金瓶梅》的白描手法，用一种常人无法理解的热情推荐《海上花列传》平平淡淡讲故事的韵味。我总忍不住说，如今的小说甚至比不上唐代传奇小说，如今的网络小说只是《三言二拍》的余绪，当代题材还没有哪一部甚至某个方面能超越几百年前的《红楼梦》。

有一天，当我再次表达这个观点时，我突然意识到，古典小说是我写作的源泉，我可以阅读无数次不厌倦，也可以随便翻开一页就能进入到那个场景，并能够和小说中的人物、和那个时代，甚至那个时空产生共情，就像我的魂魄穿越到小说描写的那个时代那个故事里，成为旁观者，也可以成为一个角色。有时候我也会有种难以言说的自得，好像我从古典小说里得到的乐趣、赏玩的愉悦、和品味的满足令人羡慕似的。

我不得不承认，翻译小说于我而言只是阅读，并没有成为生命中的某种日常必需的享受，他们无法深刻影响我的语言、我的思想甚至我的趣味，我结构自己故事的模式和习惯早就被古典小说浸润了个透。我喜欢这种反刍式表达，但也有点惶恐，担心自己落于狭隘和无知的境地而不自知。这是我这几年最急于弥补的、追上的、能够学会享受其中的一个方面。

好些知名作家谈论如何喜爱契科夫时我有些自卑，很遗憾我得不到那种熏陶，有人津津乐道如何从托尔斯泰的作品里获取营养，如何从石黑一雄或者福克纳的小说学到了多少技巧时，我几乎要嫉妒他们的收获和感悟。我喜欢听他们讲福克纳多棒，总是不自觉地给他们讲《金瓶梅》写人物写得多好看，热辣辣的对话有多可爱来显示我并不是一无所是。

这是一种很奇怪，但很真实的感受。

要说创作，我必须承认，我的源泉是中国古典小说，我一直从这里汲取一切，语言、技巧、结构、故事，我希望我能形成极具辨识度的写作风格，也能有一天能够"中西贯通"，中西融汇。

应 帆

　　江苏淮安人，现居纽约长岛，北美中文作家协会副会长，网刊《新语丝》编辑。著有长篇小说《有女知秋》，诗集《我终于失去了迷路的自由》以及中短篇小说集《漂亮的人都来纽约了》等。

莎 拉

莎 拉

应 帆

午饭时，他照例一边在办公桌前吃色拉，一边看彭博终端上的市场新闻和大盘走势。莎拉拿着笔和笔记本，开口又喊他"哥"，然后装作吃惊地发现他正吃饭的样子，作势要往回走。他忙把吃了一半的色拉放在一边，拿张餐巾纸擦了擦嘴，示意莎拉留下。周围没有空余的座位，莎拉就半蹲半跪在他椅子边上，看他在屏幕上给她调试程序。他看莎拉是否理解时，就不可避免地、居高临下地看到她的胸部，每每忙着把目光转回到屏幕上。

演示过程，莎拉又对着记事本一二三四五地问些问题。他心不在焉地答，却注意到她今天的指甲涂成了粉绿色。莎拉听了他三言两语的解释，频频点头表示懂了，临走时又嫣然一笑道："哥，谢谢你！"

莎拉走后，他继续吃午饭。想想觉得好笑，因为自己的名字是一个单字"歌"，在美国就这么成了许多人的"哥"。却又不知道为什么，自从莎拉进了本组，每次听她喊自己"哥"，总有些不能言说的嗲味在里头。莎拉刚刚硕士毕业，面试表现也只能说一般般，照理是拿不到这个一般只招博士毕业生的职位的。他最后还是拍板招了莎拉，他们也都说："我们组需要一个女的！"当然，莎拉长得性感漂亮，但是大家都政治正确地不予点明。

吃完饭，他莫名地觉得烦躁，就穿了外套出来走走。转到46

街和麦迪逊大道的街角，赫然看见男装店里的橱窗里模特身上穿着一件得体的雪花呢大衣。他不由停下来，多看了两眼。原来这男装店名字叫"Sarar"，他心里寻思这名字跟"Sarah"倒是很接近，又疑惑自己以前怎么一直没注意到这家店面。想去，这些年他的衣服都是太太如蕙买，他自己则几乎从来不进服装店。如此说来，从不曾注意这家男装店也没什么好奇怪的了。

莎拉男装店橱窗里的那件雪花呢大衣剪裁得体，面料上乘，雪花布纹也好，不像一色的黑或者灰那么呆板，又不像一般的雪花呢给人以浮躁和花哨的印象。他在外面来回走了几步，看了看橱窗里陈列的其它物件，诸如西服、皮鞋等物，都似不错，就走进店里去瞅瞅。

一个本来正在看手机的女店员抬起脸来，给他一个唇色鲜红的笑，又问："您好！需要什么帮助的话，请尽管跟我讲！"

他点了点头，说先看看，店员也就继续低了头玩手机。看了看店里的摆设：中间的柜台上摆着各色各样的衬衫和领带，尽头处是皮鞋、袜子、皮带等物，靠墙挂着的则是西裤和大衣。他看得有些眼花缭乱，心想如蕙每次是怎么在这衣装的海洋里给他挑出合身搭配的行头。好在她几年前就辞职在家，有的是时间和闲情吧，所以记得他的腰围和脚码等等细节。

他踱了几步，找到靠墙挂着的那款雪花呢子大衣，统共只有三件，一件小号，两件中号。他寻思着，拿了一件中号的。

店员不知何时已经转到他身后，问道："您要试试吗？这边有个试衣间。"

他点点头，就随她走到尽头的试衣间。进了试衣间，他脱了自己穿着的加拿大鹅羽绒服，疑惑地看自己微微挺起的肚子，心想是不是刚吃午饭的缘故。他把大衣套上身，钮扣却系得有些费力，不得不用力收了收肚子，然而这件大衣却是不藏肚子的，鼓鼓的一个肉包凸立于身体中部，让他忽然仇恨起中年和脂肪。

他对着镜子往上看了看，发现这雪花呢和自己两鬓黑白相间的头发几乎连成一体，让他联想到白色头屑沾满衣襟的惨态，完全不是橱窗里那个光头、无脸男模穿着的精干和潇洒。他又努力收腹一次，把大衣领子下拉一番，效果还是差强人意。他叹了口气，慢慢把大衣脱下来，又换上自己的加拿大鹅羽绒服：到底还是如蕙有眼光，这件羽绒服又暖和又贴身，今年曼哈顿的街头更是到处都是穿着这款羽绒服的男男女女。

他把衣服放在试衣间门口，看了看表，已经快两点，就忙着往外走。年轻的女店员笑问他："不合身吗？我们还有许多其它衣物供您选择！"

他挥了挥手，说："不了。谢谢你！"他一边走，一边想：也许是该找个机会让莎拉少来麻烦自己了，或是让安东尼做她的老板，或是让她换个组吧。

晚上到家，吃了晚饭，照例是帮十岁的儿子检查作业，督促他练钢琴。诸事完毕再上楼洗漱，再催促着儿子睡好，也就是十点多了。这些日子里，如蕙容易疲倦，总是早早休息。他倒乐意再在书房里呆会儿，拥有二、三十分钟完全属于自己的私人时光。

上了床，他想就着床头灯看页书。假寐的如蕙凑过来，搂着他道："你都没问我今天的检查结果呢？"却不等他回应，又得意笑道："恭喜你四十岁又要做爸爸！咱们还真赌着了，是个小棉袄！"

他一时有些嗫嚅，不知该如何表达自己的兴奋、紧张、乃至尴尬。如蕙又道："你说，我们叫她莎拉好不好？"

（原载于《百花园》2017 年 11 月号）

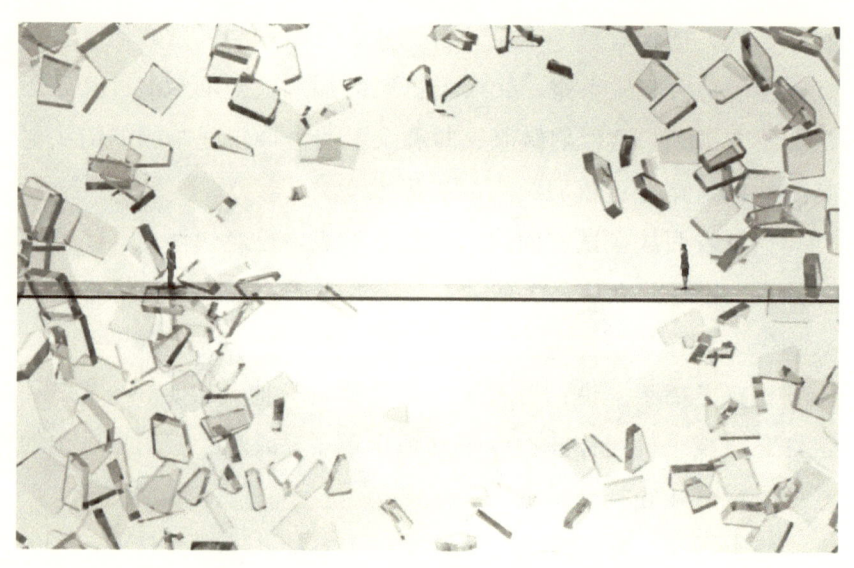

碎　片

碎 片

应 帆

丹麦和嘉桐提前半小时到了车站。因为南方一带有台风，高铁居然晚点了。甫一坐定，丹麦就又打开微信看那个新朋友请求。请求是奥利维埃发过来的，用的是同学贾瑜亮发的个人名片。昨天晚上几个大学同学吃饭，他们说起奥利维埃又回到北京，而且是单身之类。丹麦并没有说什么，没想到贾瑜亮还是把自己的名片分享给了奥利维埃。

奥利维埃的头像是睁一只眼闭一只眼又叼着一根烟、模仿鲍勃·迪伦的搞笑图片，依稀之间，还有当年的英俊外形。丹麦心里算了算，奥利维埃应该是奔四十的人了。丹麦犹豫着要不要接受奥利维埃的好友申请，又怕嘉桐看见自己的犹豫，索性还是暂时关了微信，让自己想一想。

他们对面的空位上这时候拥进来一家人。女的是中国人，男的却是个老外，还有三个半大不小的孩子。这一家五口的阵势一时吸引了周围许多旅客的目光。因为没有那么多靠在一起的座位：他们就分隔着坐了，女人和两个男孩坐在丹麦他们斜对面，男人抱着女儿坐在嘉桐的左边。

丹麦也饶有兴趣观察这一家子。这对夫妻也不过是三十五、六岁的年纪，互相讲英文，男的似乎还会讲法语和几句中文。这会子听他太太的指示，跪在地上逼着两三岁的小女儿喝水。两个大点的男孩挤在一张座位上，盯着手里的平板电脑，不时要抢控制权。女子仿佛终于可以喘口气，坐在两个男孩右边的椅子上，一边摇着一把美人扇，一边刷手机。丹麦看她两只手的无名指上都戴了戒指，一只上面闪烁着钻光，另一只就像普通的银戒。

老外男子忽然说："妹妹，妹妹，再喝几口！"丹麦听得忍俊不禁，女人注意到她的笑，盯着手机屏幕的眼睛抬了抬，点了一下头，眉梢嘴角也浮上一丝无可奈何的笑意，仿佛默默回应丹麦的关注。

嘉桐却一直无动于衷的样子，不时旋开保温杯的瓶盖，喝一口泡了枸杞的红茶。嘉桐的右手腕上戴着一圈红丝线缠起来的崖柏手串。这手串据说有各种神奇疗效，嘉桐常常睡觉时候也不褪下来。

嘉桐百无聊赖地刷了一会儿手机上的高铁延误信息，这会子把保温杯放到地上，举起右手，用那唯一留了长指甲的小指去掏耳朵。掏完了，他把指尖上沾了点耳屎的小指放在面前，端详片刻，吹了一口气，那些似有若无的皮尘，飞起来，又散落下去。

丹麦转了头，眯着眼睛去看高远处液晶大屏幕上的更新消息。他们等的那趟车至少还有一个小时才能进站，这么估摸着，到家里就得晚上了。

丹麦忽然发现自己并不急切地要回到那个家里，那个只有她和嘉桐相对无言的家：他上网打他的游戏，她心不在焉地看剧。一晃，他们结婚就快七年了。前几年还可以跟别人说两个人还没玩够，不急着要孩子。这两年，这藉口他们自己都不好意思说了。一开始，自然怀疑是丹麦的原因，查来查去，却也查不出一个所以然来。这一次下定决心来北京找专家查一下，验证了丹麦自己的猜测：是嘉桐的原因。

眼角的余光里，嘉桐收了手机，把放在地上的保温杯拿起来，心不在焉地旋盖子。忽然就听得一声炸响，丹麦吓了一跳，转回头，就见嘉桐手里拿捏着的玻璃保温杯只剩下一层内胆，外面的玻璃层炸裂，碎片落了一地。

这小小的炸裂，让本来熙攘喧闹的候车大厅局部范围里的空气忽然有两三秒的停滞，一阵诡异的安静如网罩下，周围人群的目光也仿佛铁质品受到巨大新磁场的吸引而齐刷刷地聚焦到这一个候车区。

丹麦想象自己的脸红热不堪，只死盯着立在自己腿边的小小蓝色旅行箱，那一片蓝色却渐渐虚化成一片朦胧的幻影。

好奇的人群在没有听到期待中的尖叫、也没有看到任何慌乱发生之后，就又恢复到原先熙攘喧闹的混沌状态，小范围里的乘客却开始了略微滞后的应激措施。

那两个混血男孩先叫了一声："哦，我的上帝！"看清爆炸声音的来源和地上的碎片，他们稚气未脱的脸上写满惊慌和疑惑。他们看了看他们的妈妈，攥着平板电脑的双手松开手指做了一个不完全的、向外摊的手势。

那个老外爸爸本来跪在地上强制女儿喝水，这时忙着站起，又把懵懂无知的女儿拉开玻璃碎片集中的地方。女人也吃了一惊，站起来，先看了看自己的腿部，又检查有没有碎片迸溅到他们一家五口的四周。

坐在正对面的是一对男女学生，女学生本来一直伏在男生大腿上假寐，这时双双犹疑着起身，四下张望，然后拖着行李箱去别处寻找座位。

嘉桐强自镇定，坐在那里，如同被按了暂停键，捏握着那只剩内胆的杯子，手腕有难以完全掩饰的抖颤，脸上的红也迟迟不能消散。丹麦暗自庆幸内胆里的茶水没有炸出来，不然情势要更加吓人。她想站起来过去慰问一下那一家子，却到底没有挪动身子，只是定定地看了嘉桐一眼。"别担心，我想没有人受伤。"那女人用英文宣告全家，又仿佛是要间接地安慰嘉桐这个肇事者。她的眼光扫过嘉桐和丹麦这一边，又切换到中文自言自语道："没有工作人员来打扫吗？"

嘉桐这时似乎清醒过来，从身边放着的公文包里，找出面巾纸小包，抽出一张来，慢慢擦拭溅到手腕上的些微茶水。他引颈四望，四下里寻找打扫人员。最后，嘉桐到底尴尬地站起来，把公文包夹在腋下，拿着炸坏的杯子往外走，宣告似地告诉丹麦："我把这个杯子扔掉。找人来打扫一下。"

丹麦象征性地侧了一下自己并拢的双腿，让嘉桐过去，然后垂下眼脸，想象着他走进并消失在熙熙攘攘的候车人群里。

丹麦又打开手机，百度了一番"保温杯为什么会爆炸"，无非是内外气压有差别、内部气压积聚太久太多太强之类的解释，也有说因为泡着的东西适合真菌繁殖并产生气体，更有某个女生因此被炸伤眼球的恐怖新闻。

老外男人得了空，也拿了手机出来查看信息，又跟女人抱怨了一句："难以置信！又用不了谷歌了！"

丹麦看着自己手机上的百度页面发呆，兀自想：如果用谷歌，会不会有不一样的解释和答案？就像她和嘉桐的不育症，如果找的是另一家医院、另一个医生，会不会有不同的结果？

丹麦蓦然想起昨天的事。得到检查结果后，两人一路沉默地走出医院，到了大门口，等滴滴上叫的车时，嘉桐忽然冒出一句玩笑话："这下好了。我就是在外面胡搞，也不用担心会留下后患了。"大热的天气里，丹麦立在路边，一时不能也不想动弹。

嘉桐已经先进车坐下，司机问他们是不是一起的。嘉桐不耐烦道："你又胡思乱想什么呢？"

丹麦想的是一种似曾相识的感觉，那种自己的心被放进冰柜的冰冷体验，就像十年前她还在读书时体验过的那一种感觉。丹麦在大学里读的是法语专业，奥利维埃是他们的法语外教。丹麦告诉奥利维埃自己怀孕的事，奥利维埃说他尊重丹麦的选择：如果把小孩生下来，丹麦就必须要退学；他们可以结婚，但是奥利维埃在巴黎什么都没有，因为什么都没有，他才来中国教法语。

丹麦最终选择了一个人去医院打胎。别人常说心破裂成碎片，或者心如死灰，而丹麦感受最深的却是心冷，那种流经心房的血液全然冻结的感觉。这么些年来，丹麦一直害怕不能怀孕是自己的原因，是跟那一次打胎有关系。昨天得了检查的结果，她忽然有一种罪恶的轻松感。

毕业时，伤心失意的丹麦本有些彷徨，父母帮她在老家找了一个银行的职位，说那里的外汇业务需要一个会讲法语的：银行的银饭碗，又轻松；关键是在老家，可以方便照顾常年生病的母亲。工作确实是轻松：一年到头，也没几个讲法语的个人或者公司要来兑换外币。

认识做公务员的嘉桐，交往一年多，没有分手的理由，结婚就是顺理成章的事情。只是这样的喜事并没能延长母亲的生命，父亲倒是很快再婚，让丹麦当初回家乡小城照顾父母晚年的初衷变得不切实际，又无踪可寻。

丹麦打开微信，又看奥利维埃发的请求：刚刚从瑜亮那里得知你的微信。盯着这一行话，丹麦这时没来由地觉得心跳加速。昨天晚上跟留在北京的几个同学聚会，他们一边抱怨北京生活的大不易，一边又不自觉地流露出人在京城的优越感。瑜亮就不怀坏意地劝她在北京找个机会，不然荒废了她那曾经被奥利维埃喻为几乎赶上正宗巴黎口音的法语口语；还说他跟奥利维埃也有微信联系。

丹麦想一切都已经太晚了。不想他们倒说一切正好，她又没有孩子拖累，正好可以拼搏一下。丹麦难以相信这曾经被狠心决意掐断的生活，忽然又亮出了一道光，仿佛在高速公路上下错了路口，然后发现有另外一个路口可以重新回到这高速路上去。

她加了奥利维埃为好友，对方立刻发来回话：听说你来北京了？可以聚一下吗？我就住在燕莎。

丹麦犹豫着怎么回他，又不自觉地抬头四望，想在广大的人群里寻找嘉桐的身影，又似害怕他突然回来。低头的时候，丹麦再次注意到地上的玻璃碎片。她想象自己赤足走过这一路闪亮的碎片，幻生的疼痛自足底升起，鲜血淋漓的惩罚又仿佛尖锐地提醒她活着的意义。

那小女孩这会儿黏上了她妈妈，一手拿美人扇给她妈妈扇风，一手轻轻摩挲妈妈手上的钻戒，问道："妈咪，地上闪亮的碎片是也是钻石吗？"

"傻孩子！那只是玻璃碎片。小心点，等人来打扫干净才安全。"

丹麦戴上墨镜，站起来，拔剑一般拔出旅行箱上藏收进去的拉杆。她看了一眼嘉桐的银色行李箱，又把目光瞥向看上去和谐完美的一家五口，无声地说了一句"谢谢"，然后消失在候车大厅摩肩接踵的人群里，像一滴水融进了大海，身后有无数碎片闪烁出点点亮光。

（首发于北美中文作家协会会刊《东西》2021 年 12 月 30 日第 237 期）

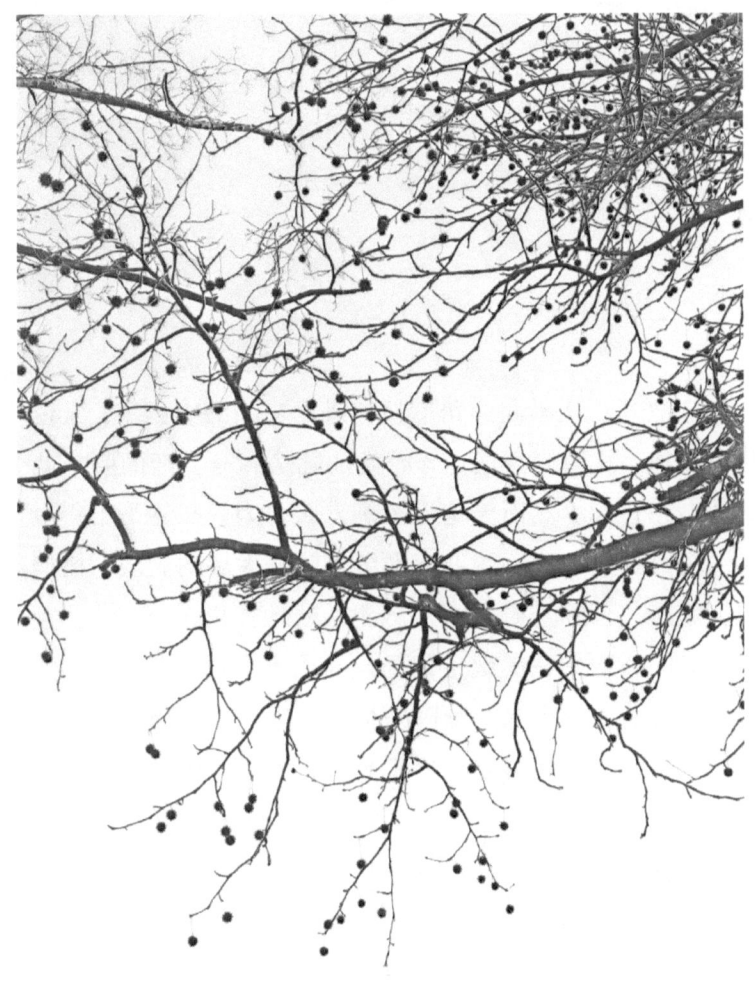

路路通

路路通

应 帆

（一）

栩栩把乳头从不同的角度挤塞进马克斯的嘴巴里，又使尽解数从下托递，从两侧捏送，一时她的乳房和马克斯的脸颊就像两个圆球贴在一起。然而无论母子俩怎么努力，却终是不得食。三天大的马克斯早已失去耐心，继续他哇哇大哭的表演。栩栩痛苦地闭上眼睛，再睁开时，泪水就不断线地流出来。

栩栩一双通常在美睫下闪闪发光的水灵灵的大眼睛，如今布满血丝和疲惫，看得嘉翔一阵发忧，没来由地又想：千万别搞出个产后忧郁症来，那可就不好了！这么想着，他就又开了一小瓶配方奶来。

栩栩抹了泪道："再给他吃这个，他更不会吸奶了。"

嘉翔道："护士不说了，婴儿天生都是会吸的。可能还是你的方法方式有些问题。"

"又是我的问题？！我肯定有奶的，都要涨死了，还被他咬得生疼。"

嘉翔一时语塞，抱过马克斯，一边走动，一边轻拍着安慰，再拿配方奶喂他。马克斯如得神器，立刻"嗷嗷"地吸起来。

嘉翔因劝栩栩道："你再喝点鱼汤吧。吃过了，休息一会儿，兴许就有奇迹了。"

栩栩不应，又开了泵奶器的电源。嘉翔看她的双乳被泵奶器催压拉伸，四周青筋暴露，那声音像一个患哮喘的人大口呼气吸气。他抱着安静喝奶的马克斯走到厨房，准备偷空喝点稀饭。他尚未坐下，就听见栩栩痛苦的尖叫，忙着又走回客厅，只见她满眼含泪道："太疼了！好像都出血了，奶水却还是一滴两滴，黄的。"

嘉翔不惑有二，自认熟男一枚，对迎接新生儿有充分的心理准备，经济上也有保障，却不料被突如其来的疫情打个措手不及。

他们本来的计划是嘉翔母亲过了春节就来美国帮忙看孩子，小孩满了月嘉翔就先回国上班；再过半年，婴儿也壮实，可以祖孙三代回中国，和他团聚。然而疫情发展诡谲迅猛，美国很快不再让公民和绿卡持有者以外的中国人入境。

嘉翔倒是春节前赶了过来，确定他母亲不能来之后，就四处找月嫂，找了两个多星期，才定下来一个。本来这个月嫂做完当前这家，正好衔接上；但如今顾虑疫情，要在家隔离一阵子才能出来做事，算算就只得四月初开始了。

嘉翔听说许多美国人生孩子亲自动手、母子快乐的故事，因此自信满满可以安全渡过月嫂前来帮忙的这段日子。而且，眼看着他自己一时半会儿也不能顺利回国上班，不若静下心留在美国，好好照顾栩栩和马克斯一段时间。

纽约封城已经好几天。去医院之前，他们买足了厕纸、大米、鸡鸭鱼肉之类食品，也囤积了大批奶粉、尿不湿等婴儿用品。生产过程还算顺利，虽然栩栩的奶水一直不出，但那黑人护士长以她三十年的从业经验保证，回家后他们要坚持让马克斯练习吮吸，栩栩的奶水最终会像"喷泉一样涌出来"。

这日早上回家，几乎无车可打，等了一个多小时才有一辆优步车接了他们。到了家，嘉翔就忙着烧鱼汤，想用饮食疗法帮助栩栩出奶。栩栩却说美国鲫鱼有土腥味，勉强喝了一小碗，自然也是于事无补。

（二）

马克斯喝完奶，嘉翔又给他换了尿不湿，一壁哄他睡觉，一壁就在手机上谷歌"产后不出奶""产后乳房胀痛"之类。想不到这是个热门话题，三寻两搜的，成千上万的信息条就冒了出来。

原来许多产妇有类似情形，网上的解决方法也是五花八门，比如有多人建议用消毒后的针轻轻刺破乳头上的白色奶点，就可轻松出奶。嘉翔给栩栩看了，又研究了一下她的乳房，并没找到明显的白色奶点。又有不少人说可以找催乳师，某个论坛里更现身说法者，讲经催乳师催乳一小时，产妇的奶水喷射而出，几乎溅泼了催乳师一脸。

他又搜寻词条"纽约"和"催乳师"的组合，第一条就是一位自称崔姐的专业人士，有自己的网站，网站上图片丰富，还有诸多产妇的感谢和见证，也包括具体的服务项目以及联系方式。病急乱投医，他按图索骥打了电话过去，开了扬声器，和栩栩一起接听。

对方接了电话，听了情形，就表示肯定是堵奶了，需要按摩疏通，这个是她最拿手的。又说她今天上午刚帮一位产妇完成通乳工作，如今在家吃饭休息，下午有空"出诊"。

他们夫妻听她如此说，立刻觉得可信度又增加了几分，就问对方时间价钱。虽然一次两小时要收费近三百，但是看着栩栩痛苦的情状和期待的神情，嘉翔也不作多想，立刻预定了服务，又把自家的详细地址给对方发了过去。

崔小姐看了地址就道："现在是特殊时期，我是不敢坐车出门的。如果您能开车来接我，也没问题。当然，我相信你们都是阴性的。"

嘉翔忙道："我们在医院都检测过的，都是阴性。您自己不开车吗？没家里人可以送你一下？"

崔女士笑道："大兄弟，我平生最怕开车，家里也没人送。您也不开车吗？"

嘉翔一时不知怎么跟她解释这个问题。去年他和栩栩来美度蜜月期间发现怀孕后，栩栩就留在了美国。嘉翔小心行事，一来栩栩没有美国驾照，二来周围泊车也不方便，因此宁愿她每次出门叫电召车或者打优步，以保无虞。

末了，嘉翔只好道："我们不是长期住在美国，因此一直没买车。"

崔女士又道："那你有没有熟识的朋友？这点忙，好朋友肯定帮的。"

嘉翔三年前回国，先是失业，然后离婚，颇为羞愧，并没和多少人说起。及至事后，偶尔有人问起，他已经在中国"东山再起"，就有意无意模糊当初回国的动机。亲密的爱人尚不能处理长途关系，何况一般交往的朋友或者同事？

此刻被人如此诘问，他只好道："那这样吧。您先吃饭休息，我打电话问问朋友。问好了，我再打电话找您。"

挂了电话，他思索再三决定给徐若飞打电话。虽然无数次地设想过和前妻徐若飞在纽约皇后区某地可能偶遇的尴尬情景，但嘉翔从来没计划过自己会去主动联系她，甚至还开口要她帮忙。

（三）

打了电话过去，徐若飞倒是很快接了。

嘉翔开口道："事情有点急，所以打电话找你。"

徐若飞意识到他在美国，就道："没想到美国的情形会变得这么糟糕。我已经在家两个多星期了。你还好吧？到底有什么急事？"

嘉翔看了一眼躺在沙发上痛苦假寐的栩栩，走进卧室带上门。"是这样的，太太刚生了小孩，才出院回家。"

徐若飞愣了一下道："恭喜呀！男孩女孩？"

嘉翔道："是个男孩。"

徐若飞就道："那你娘一定高兴了。母子平安吧？这种时候在医院生产，也是惊险。"

嘉翔切入正题道："打电话给你是因为有个不情之请。孩子妈现在不出奶，据说催乳师可以帮忙。但这个催乳师住在皇后大学那里，说现在不好打车，而且她也不敢打车，说他们附近有个开优步的孟加拉人，前两天去了艾姆赫斯特医院，就没能回来，家里人只能在手机上见最后一面。因此她非要我去接她，而且还要我保证自己是阴性的——我们在医院都检测过的。我们暂时没有车，因此想起来，借你的车用一下。"

徐若飞在那边略微沉默了一会儿。嘉翔脑子飞转，想她要是拒绝怎么办，想她是不是还开那辆他们当时租买的"土八路"（Subaru）森林人，又想起当初他们曾经讨论过不能借车给朋友的话题。

徐若飞到底开腔："好吧。你们住在安妮塔公寓楼？"

嘉翔说"是"，若飞就道："我一会儿给你送过去。"

嘉翔如释重负，出了房间，就告诉栩栩："跟一个朋友借好了车子。她一会儿送过来。"

栩栩道："他要上来吗？家里这么乱，是不是要整理一下？"

嘉翔完全没想到这码事，也不知道若飞会不会要上楼来，搪塞道："这年月病毒猖獗，理论上是要居家避疫的，不一定要上来吧。你歇着，我稍微收拾一下就好了。"

这个一居室是若飞和嘉翔在纽约买下来的第一个公寓房子。后来他们收入上涨，又一直没有小孩，付清了原本不高的房贷，又在邻近的森林小丘买了一个更宽敞的、复式结构的三居室。新居里，每个人都可以有自己的卧室，还有一间客房又可作书房。若飞和嘉翔每天营营碌碌之余，多少有个感觉良好的理由。

没想到嘉翔的公司因为软件问题导致闪电交易，一家全球上千员工、年盈利过亿的知名对冲基金公司就此一蹶不振，分拆、并购、裁员，发生得迅雷不及掩耳。更没想到的是，嘉翔此后一年多都没能找到新职位。

他郁闷之际，回国看护做手术的父亲。昔日老同学孙刚也来医院看望老爷子，因聊起他得了一大笔投资、想做电子和高频交易的想法，嘉翔就答应了留在国内帮忙把公司的系统先搭起来。一年来去，眼看和若飞的关系行到水穷处，却无法坐看云起，不得不选择了离婚这条道。

两个人没有孩子，分割起来倒也简单：已经付清按揭的这套小房子给了嘉翔，还有按揭的三居室和其它财产留给了若飞。

（四）

嘉翔的房子出租了一年，他在国内就认识了栩栩，两人婚后先来美国旅游。旅途中发现栩栩有喜，时值川普推出各种移民新政，两人害怕夜长梦多，就让栩栩留在纽约待产了。嘉翔来回几趟把她国内的重要家当搬运过来。因是孕期，也没做什么装修，不过换了沙发、窗帘等物。过去几个月又置备了这样那样的婴儿用品，加上纽约封城之前的大买特买，家里到处都是物什，包括许多还不曾扔掉、甚至不曾打开的纸箱。

嘉翔三下五除二把几件碍眼的大东西收拾好，就算大功告成，便向栩栩邀功。栩栩躺在沙发上，一脸的不满意，只道："好吧。我的瑜伽垫和琴就放客厅吧。"

正说着，若飞的电话来了。嘉翔忙着拿钥匙、找口罩出门下楼去。拿起那只 N95 的口罩，嘉翔就笑道："你那个朋友克莱尔倒是客气，送了一打 N95 口罩。她还要到医院来看你，我说不行，医院这时节只允许一个家属进出。本来说连配偶都不可以进产房的，其它手术都暂时停了。"

栩栩抽了张面巾纸，擦了湿涨的鼻子和潮红的眼眶，又皱眉捂胸。"克莱尔也是个可怜人。跟男神好几年了吧，打胎都打了两次了。上回听说男神在国内拍戏又勾搭上一个更年轻漂亮的女孩子，她在微信上发疯，直接要约男人。还叫大家给她红包，谁给她 100，她就返人家 1000，说就是要一种满足感，就是要把男神的钱给花光。后来割腕被送去医院抢救，我大着肚子去看她，陪她大哭了一场。"

嘉翔不晓得克莱尔还有这么一档子惊心动魄的事，一时无法置评。据说克莱尔本来也是国内崭露头角的女演员，跟国内某个一线男演员配了一部戏就心甘情愿被男神包养起来，又送到美国来以免原配直接上门闹事。克莱尔在法拉盛图书馆参加文艺活动时认识了应邀去拉琴的栩栩，不想两个人是同年同月生的人，就此成了好朋友。

嘉翔到了大厅，却见若飞正站在那里和帕特尔先生打招呼。她依然留着短发，戴着眼镜和口罩，穿着一件薄轻的红色羽绒服，衬出她清瘦的体型；乍看之下，倒像是变年轻了一些。

若飞看见嘉翔，笑道："没想到这个印度老头还记得我呢，直接开门让我进来了。我正好在大楼门口找到个位置。喏，就停在那里呢。这是车钥匙。保险卡在副驾驶座前面的屉子里。万一碰上情况，也许有点用吧。"

嘉翔道："你怎么办？上楼坐坐，还是我把你送回去先？"

若飞愣了愣，道："没想过这茬儿。送我回去，回头你还得把车送回去，然后再送你回来？得了，我上楼看看大人孩子。"

嘉翔尴尬地笑笑，也不好说什么，就带她乘电梯上楼。在逼仄的电梯里，两人自觉地退到边角，算是保持社交距离。无话可说之时，只听得电梯顶上白炽灯发出的"滋滋"声响。强光底下，嘉翔倒注意到若飞额前几根白发不老实地闪亮着，再想她毕竟和自己是同龄人，而自己已是华发纷生，就把心底刚要升起来的那点莫名的怜悯打压了下去。

（五）

进了门，栩栩正抱着马克斯来回踱步，看见他们，一边拉上口罩，一边惊讶道："哎呀，没想到你带了一个女、性、朋友回来。"

三个人都愣了一下，嘉翔忙着道："这是若飞，以前跟你说过的。"

栩栩"哦"了一声，到底道："徐姐好！久闻大名呢。"

若飞把手里的礼物袋交给嘉翔，笑道："匆匆忙忙，也没来得及买什么。就从家里带了两瓶酒，还有一打人家送的 GAP 口罩。"

栩栩看着嘉翔收了礼物，就把孩子交给他，自己走去卧室，抛下话道："我进去洗一下脸。"

嘉翔对若飞道："你自己找地方坐。家里乱得很。"

若飞道："孩子叫什么名字？感觉更像妈妈呢。"

嘉翔道："Max，马克斯。"

若飞轻笑一声，道："怎么像马克思似的。那是什么乐器呀？"

"哦，栩栩的大提琴。她以前是南京一个乐团的大提琴手。"

若飞检视一番，好像终于发现沙发上有一角可以坐的地方，小心翼翼地坐下，又盯了倚在墙角的大提琴盒袋，道："一说起大提琴，我就想起'如泣如诉'这个词儿。"

"其实也不是啦。因为栩栩的介绍，这一两年听了一些'两只大提琴'（2 CELLOS）的演奏，其实大提琴也可以不那么'如泣如诉'的。最近在微信上都有好多人转那个豪瑟的大提琴演奏短视频嘛。还是看人看曲子吧。"

若飞淡淡道："好吧。不争这个，咱也是外行。"她注目于墙上的两张大幅照片，一张是栩栩拉琴的特写，另一张是他们二人的结婚照。若飞看了一会笑道："照片上你看着还挺年轻的。"

嘉翔"哈哈"道："人家照相馆的人保证价格打折，年龄也打折的。"

正说着，手机响了。嘉翔把孩子腾换到另外一边肩膀，接了电话，原来是那个催乳师。

"大兄弟，你们还需不需要服务呀？借到车了吗？我这边忙定了。还有别的电话在问呢，但咱们讲个先来后到的不是？"

嘉翔忙道："好好，我马上过来接您。——栩栩，你好了没？我要去接崔女士了。"

半晌也听不到回音，嘉翔挂了电话，无奈地对着若飞撇了撇嘴、滚了滚眼球，又走到卧室门口轻轻敲了两下。

若飞别过头看窗外，又站起来脱羽绒服，道："这个大楼的暖气总是调得太热，比帕克公寓大楼的热多了。也该快停了吧？"

嘉翔放低声音，对着门内道："你好了吧？我要去接那个催乳师了。回头还要把车子给若飞开回去。"

栩栩似乎抽泣了一声："我马上好。"

若飞也走过来，道："要不你把孩子放下，我替你看会儿。你先去接人吧。"

嘉翔有些诧异，也不想再催栩栩，正好电话又响起来，就把马克斯放到小摇篮中，又跟徐若飞简单交代了一下怎么喂他配方奶，便匆忙出门去接崔媛媛了。

（六）

嘉翔在街边接上崔媛媛，倒有些地下党员接头的意思。崔媛媛长得喜庆，比嘉翔想象的要年轻，一时暗自疑惑她的资历。

上了车，崔媛媛就面授机宜道："万一被人盘问，咱们就互称兄妹啥的，表明我们是一家人。"

嘉翔没想过这一层，不由笑道："美国人不会这么多管闲事吧？"

来去路上没太多车辆，路边电子牌上不时闪过"居家避疫，压平曲线"之类提示，偶尔也有救护车"呜啦呜啦"地驰过，听得人心里发毛。到了楼下，那个空车位居然还在，想想也合情合理。这样的日子，原是没什么人要开车出门的。

进了大楼，看门人帕特尔先生已经收拾好了东西准备下班。嘉翔看了看手机，离四点还有十来分钟。

帕特尔先生微笑道："又一位女士？"

嘉翔觉得他话里含着审问的含义，只笑道："这是我的表妹，来看看新生儿。你还是每天坐地铁来上班吗？"

帕特尔先生耸肩摊手，"我能有什么办法。这是我的工作。"

崔媛媛用英文插了一句嘴道："那太危险了……"

正说着，电梯来了。两人跟帕特尔先生匆忙说了一句"多保重"，就飞快闪进电梯。

崔媛媛接着用中文道："这太危险了。他一个人坐地铁，这一个大楼的人都处于危险之中。所以我听说你们住在公寓楼里，很有点犹豫的。我更情愿去单门独户的人家，毕竟跟外界交流少些。听说艾姆赫斯特医院的病人尸体都是放在大冰柜货车里运走的……"

嘉翔在微信里看到过一些类似的新闻和传言，也不知可信不可信。等到马克斯出生，他再无时间精力关注这些信息，不过得空了看看一亩三分地网站上触目惊心的数字。

进门的时候，就见栩栩指着孩子对徐若飞道："他好像对着你笑呢！"

她们各坐在沙发一端，马克斯的小摇篮放在靠沙发中间的位置。嘉翔这时意识到她们两人在一起，可能尴尬到什么程度。捕捉到她们眼角的笑意时，他莫名惊讶，虽然那笑意因为口罩的阻隔，多少有点儿不够真切。

崔媛媛洗了手，就要察看栩栩的乳房。栩栩提议到卧室去，媛媛道："我看你们床蛮高，还不如就在客厅沙发上。有时候你需要躺下来，有时候你又需要坐起来，这样我也方便按摩。"

大家也不好说什么。嘉翔把马克斯和摇篮移开，给崔媛媛搬来小塑料凳子。若飞折到厨房里看手机。栩栩敞开胸脯让崔媛媛检视，两只乳房肿胀，如同即将爆裂的石榴。

崔媛媛就道："我的大妹子呀！你这奶堵得不轻、涨得不轻呀。可不能耽搁了。一不小心就拖延成乳腺炎了，更糟糕的是将来演变成乳腺癌什么的。幸亏你们找到我了！"

这骇人听闻的言论听得栩栩和嘉翔都噤声。那边若飞也走到厨房门口，远远关注了一眼，站了一会，就又走到靠窗的一端去。

（七）

崔媛媛笑道："不过也别怕。我呢，一个是给你按摩，疏通你乳房周围的经络穴位。不通则痛，通则不痛，一定要让小家伙喝上母乳。这个可太重要了。现在的孕妇都跟西人似的，喝冰水啊，喝咖啡呀，然后各种毛病都来了。现在堵奶涨奶的真不是你们一个：我天天都被叫，忙得不可开交。"

嘉翔插嘴道："你还有一个网站。我想你生意一定不错！"

"大兄弟一定是搞技术的吧？那网站还花了我好几千块钱呢，可是对生意确实很有帮助。我正在请人做公众号呢。现在就这个最有宣传效果。不过，我也害怕太火了，自己忙不过来。"

崔媛媛一边大声说话，一边找了她的蔻驰包，取了一只简易塑料袋出来，里面是几只毛茸茸的棕褐色的球状果实，似乎还带着毛刺。

崔媛媛解释道："这是我辅助性的中医治疗，很简单。这是中药，金缕梅科植物枫香树的干燥成熟果序，果实成熟后采收，除去杂质，干燥，叫'路路通'，也叫枫香果和九孔。你们看，这果子有很多通孔，天生是通乳通尿的，而且活血去毒。清水煎服，一日三次，立马见效。你们先把这个用清水煎上。我只有这五颗了，全带来了。回头你要再去药房买些。"

嘉翔到厨房取了小锅，放了清水，开火煮起来。他拿出一枚路路通果子仔细检视，不觉笑道："这个就是枫球果嘛。后面的可乐娜公园里就很多的。那次下大雪，我们去公园堆雪人，还带了一根胡萝卜给雪人做鼻子。最后从雪地里捡了两只枫球果，给雪人装了眼睛，还说过：这眼睛好，毛茸茸的，别具风情的……"

嘉翔说着说着，想自己混淆了是跟若飞去的那次，还是最近年前和大肚子的栩栩去的那次，不由渐渐放低了声音。

若飞嘀咕道："居然要求助中医了。你问问她这要不要再清洗一下吧？"

崔媛媛还是听见，回道："不用的。是已经清洗后烘干的。一大碗水就够了。你们也可以过来看看我怎么按摩的。这样呢，以后你们自己也可以做。我一般只出诊一次的，一般人也就足够了。我看这妹子堵得不轻，可能你们之后还要时不时按摩下。"

若飞就道："我帮你看着火。你去那边看着吧。听你媳妇叫得蛮惨的。也看看马克斯，别已经睡醒了。"

嘉翔再回客厅，就见崔媛媛双手在栩栩褪了乳罩的、青筋累累的胸脯上动作，揉面般，由外及里，慢慢向着乳房靠近，却在接近之际又向外围压去。平躺着的栩栩紧闭着双眼，眼角有泪沁出来，不时示意性地伸手，惊呼一声"疼！"

崔媛媛笑道："妹子怕疼呢。我手很轻了。大兄弟，你看，这是天池穴，这是神藏穴，这个是鹰窗穴。咱们按摩呢，要循序渐进，要画圆圈，从上到下，从外到里，两个圆画到一起，再分开……"

嘉翔看栩栩痛苦满脸，遂坐在沙发沿上，握了她的手。栩栩的手微微颤抖，让他想起医院生产的那一夜。那时他也是一直抓着她的双手，在医护的指导下，不停给她鼓气，要她用力再挣一下再挣一下，煞有介事地喊："你可以的，你可以的！加油，加油！再来一次，再来一次！"直到婴儿出了产道，哇哇啼哭起来。栩栩的整个身体也突然松软下来，像一枚风中的叶子忽然停止了挣扎和歌唱。

后来栩栩跟他说，她没想过、到美国医院生小孩是让丈夫进产房，并且可以拉着太太的手的。她喜欢他们用的词"绑定"（bonding），丈夫和妻子在生产过程中的拉手，母亲在产后抱着孩子，都有着无可替代的"绑定"的作用。绑，就是这次生产教会她的关键字，不仅把她和马克斯绑在了一起，也终把她和嘉翔绑在了一起。

（八）

崔媛媛给栩栩按摩了将近两个小时，满额是汗，不停用纸巾擦拭。嘉翔劝她摘掉口罩，毕竟家里太热，而他们又敢打保票是没有感染的。崔媛媛却不肯，说她天天有客户，不能这样麻痹大意，嘉翔反而不好意思了。她按摩的效果也相当明显。起初栩栩还时时因为疼而喊出声来，渐渐就只是偶尔皱皱眉头，到后来她闭着眼睛的样子几乎有点享受的意思了。

外面天色全黑时，崔媛媛让栩栩坐起来，用力挤压她的一只乳头，就见一缕细细的淡黄的奶水喷上她举起来的纸巾。崔媛媛大功告成一般，笑道："成了！你自己感觉感觉，是不是不再像石块那么硬了？有点像蒸得恰到好处的馒头了？"

嘉翔听得忍俊不禁，栩栩嗔怪他道："你笑什么呀？快把孩子抱过来试试看吧！"

若飞道："这路路通的水已经凉透了。要不要现在就喝上？"

崔媛媛起来去卫生间洗手，道："对，马上给她喝。大兄弟，你送我回去，顺便到同仁堂再买 10 剂量的药。吃三天，估计就一通百通了。很便宜的，一剂也就两块钱。"

去法拉盛的路上，崔媛媛忽然问："那个女的是你们家月嫂还是丈母娘呀？"

嘉翔哑然失笑，想了想，只好道："她是我的前妻。这辆车子就是她借给我们用一下的。"

"我说难怪呢。我琢磨着，这月嫂也太不麻利了。但也不像她妈呀，都不会照顾自己的女儿，就站得远远地看，抱孩子也不熟练，还嫌弃中医……你这么一说，就都解释得通了。"

嘉翔笑道："对对，通则不痛。记得以前这短短一段到法拉盛的路，也能堵得人抓狂。今天倒是一路畅通呢！"

一时就到了法拉盛，崔媛媛让他在 39 街找个地方停了，打了双闪灯等她去同仁堂抓药。不到几分钟，她果然拿了一袋子路路通出来。因先前嘉翔加她一笔小费，她再不肯收药钱。

送崔媛媛回家路上，嘉翔笑问："看您年龄也不大，怎么干上这一行的？还这么有经验？"

崔媛媛道："说来话长。我是跟旅游团偷渡来的。一开始经人介绍去做按摩。哎呀，妈呀，你知道的，我们有个小姐妹前年就是在 39 街上因为警察扫黄而坠楼死了。我真是吓破胆了，赶忙辞了那种工。后来就去做餐馆，做了几家，老板不是关门就是跑路了。然后呢，也是机缘凑巧。我们一起住的公寓里，有个孕妇不出奶，大家都去出谋划策。我有按摩的经验嘛，以前也听人说过孕妇不出奶的事情，所以就大胆试了试。不想还真有用。渐渐做出了名气，后来就干脆直接专做这行了。唉，条条大路通纽约，说到底，路都是人走出来的，是不是？"

嘉翔被她说得几如醍醐灌顶，连心情也和路况一样畅快。等他到楼下，发现那个空位已经被占了。他在附近几个街区转来转去，竟找不到空位，只好泊在较远的黄石大街上，再一路走回来。

（九）

到家时候，若飞正在栩栩的指导下给马克斯换脏掉的尿不湿。两个女人都摘了口罩，谈笑风生的，倒像换尿不湿是很有趣的一件事情。

见他回来，栩栩就道："你快洗手吃晚饭吧。徐姐和我都已经吃过了。徐姐帮忙把那只鸡给炖了。她自己都没怎么吃。"

徐若飞也笑道："那个路路通好像蛮管用的。栩栩刚才喂马克斯，都喂得他打嗝儿了。"

嘉翔喜不自禁，奔忙了大半天，也确实饿了，终于可以安心坐下来吃顿晚饭。徐若飞又和栩栩聊起南京的鸭血粉丝之类美食，眼看嘉翔吃得差不多，就站起来道："我也该回去了。你们折腾了大半天。趁着小孩睡着，该休息就休息吧。"

嘉翔道："车子停在黄石大街上。我还是带你去吧。别你到了那里找不着。"

两人出了大楼，沉默着走了一个街区。嘉翔想起什么，笑道："你和栩栩两个都聊什么了？好像还蛮聊得来的。"

若飞道："没聊什么，瑜伽之类。我发现她虽然年龄不大，还蛮懂事。"

嘉翔道："她母亲去世早。你现在一切都好吧？"

若飞道："你如今有了儿子，就好好地过你的日子吧。我怎么样，都是过去式了。"

嘉翔道："这话怎么说的。总不至于成了路人甲、路人乙的关系吧？总还是关心你的嘛。不管怎么样，总希望你过得开心。"

徐若飞有些恼的样子，呛道："关心？开心？关心关心，是不是把心关起来的意思？反义词就是开心吧？中国词真是莫名其妙呢。"

嘉翔听她声音高起来，就一如从前地有些气矮。他努力着，不让自己"低声下气"，强自笑道："那希望你幸福吧。"

徐若飞鼻孔里出了一口气，抬头望了望天，转了转手里的车钥匙，忽然道："幸福？跟你说吧，我年前刚做了乳腺切割的手术。那是我的至暗时刻。可是没有人来问我，我也不能告诉任何人。我一度觉得，我的一辈子，我作为女人的一辈子，已经完结了。"

徐若飞说着，忽然就哭了，又扬起拿钥匙的手，用袖子抹眼泪。"现在又碰上这个疫情。我一个人困家里几个星期，都快要疯了。"

嘉翔吓了一大跳，趋前一步，想要抱她一下安慰她，却停在半路，鬼使神差地说起英文来："Everything will be all right！（一切都会没事的。）"

他们一路走过来，不见人影。这会儿却不知怎么有一条狗在街对面对着他们"汪汪"叫唤了几声，牵狗的白人男子拽了拽狗绳，低低斥道："Easy！Everything is all right！（放松！一切都没事的！）"

嘉翔发呆的瞬间，徐若飞已经进车坐下，发动了引擎。她随手打开了调频台，正放着一首蕾哈娜的《留下来》。嘉翔想他自己刚才开车，大概有些紧张，居然没想到听音乐。他们以前一起的时候，倒是有上车就开音乐的习惯。在近 10 年的婚姻生活之后，更多时候他们似乎无话可说，而外界的声音成了填充他们之间空白的必需和必要。

若飞把车慢慢挪出，在街心打了个弯，然后往东朝森林小丘一带开过去了。嘉翔才意识到若飞可以先送自己回去的，不过想想也就几分钟的路，就又释然。

他辨认了方位，也往东走了几步，然后右转过马路，就到了 64 路上。他意识到街景寂静四下无人，就摘了口罩。三月中下旬的空气，冷凉而新鲜地钻进他的鼻腔中来，叫人难以想象这是一个病毒弥漫的春天的晚上。嘉翔想起那个催乳师说的"路路通"的话，嘴角不由流露出一丝笑意，脚下也轻快起来。

（原发于《青年作家》2022 年 8 月，曾获首届华美族移民文学奖小说类优秀奖）

游泳课

游泳课

应 帆

（一）

李嘉渔是只旱鸭子。回想起来，他不知道自己对于水的恐惧起于何时。也许是八岁那年在水塘里差点淹死的经历吧。他记得他迷信的奶奶还曾经找他们村子里的瞎子给他算命，怎样消除他生命里可能出现的无妄水灾。当然，最好的办法就是远离水。

在美国博士毕业，在纽约工作了两年之后，李嘉渔忽然发现自己的生活正在变得日复一日地无聊起来。他在一家新兴的对冲基金公司做事，每天都有免费吃喝，日子一久，就愈发觉得自己体内脂肪的膨胀，缓慢却又几乎一日不停。

他坚持每周去公司附近的健身馆锻炼两三次，效果却也只是差强人意罢了。那健身馆倒是有个游泳池。有一次，李嘉渔还专门在锻炼后跑去看：游泳池不算大，但也看不见人在池里，有一个救生员坐在入口处无聊地盯着手机屏幕。救生员看他伸颈张望，冲他粲然一笑。嘉渔也一笑，就退回更衣室去，心道：人家常说"望洋兴叹"，我却只能望"池"兴叹了。

夏天，他在家看了几次电视里的游泳直播比赛。看着游泳健将们的健美身材，又听人说游泳是最不容易受伤的运动，而且有助于锻炼出最好的肌肉线条，他又动了心思，觉得该是时候改变自己还是只旱鸭子的可笑事实了。当他在报纸上看到蓝海豚游泳俱乐部开设成人游泳班的广告时，李嘉渔就拿起手机报了名。报了名，李嘉渔就想：明年夏天的时候，自己是不是也可以在纽约康尼岛的海水里泡一泡，而且不再用担心有被淹死的危险呢？

星期五晚上，嘉渔和母亲微信视频，告诉她自己报名的游泳班明天就开始了。他母亲就道："好了，将来碰到你妈和你媳妇同时落水的情形，就看你先救谁了。"嘉渔知道母亲必定要这么调侃一番，就有些后悔跟她说及这种事情，一边在"网飞"上浏览各类影视剧，一边漫不经心地答了一句"您又来了。"

他妈一个人吃完了饭收了碗，见他没反应，又道："你不记得小时候的事情了？有一次把你放在乡下你奶奶那里，结果他们让你跟那几个乡下孩子下水打水仗玩。你打不过他们，就躲，一直往水塘另一头躲。结果走到挖深的一带，一脚踩空，水就没过了头，差点就淹死了。自那以后，你爷爷奶奶再没敢让你在他们乡下过一天。你奶奶还找他们村子的许瞎子给你算命，说你一辈子不要离水太近。我当时还笑呢，难不成叫你住到沙漠里去？那应该是中东或者非洲之类的地方，你怎么还住在纽约曼哈顿那四面环水的岛上？"

不知为何，嘉渔听她母亲说起"岛"字，心底倒生出各种感慨来。他那一日偶然看到一篇网上文字，主旨说"没有人是一座孤岛"，因为水是联通岛屿的媒介云云。嘉渔不觉辨证思维一番，想其实提出这个命题本身，似乎就已经在承认"每个人都是一座孤岛"的前提，只不过想为孤岛找一条出路罢了，于是有了桥梁、隧道、船只等等，当然更重要的事情其实应该是会游泳。但是呢，"水能载舟，亦能覆舟"，显然，也可以说"水能渡人，亦能溺人"……

他把自己也给想糊涂了，就打断头绪，笑回母亲道："您昨晚广场舞跳得怎么样？"

他母亲道："至少很安全吧？反正就是一群像你妈这样的大妈们。前几年我还说我怎么也不会跟这些人一样的。你最后一个暑假在家过，我们还说过呢，大妈广场舞都快成公害了。可是，一个人在家里毕竟寂寞无聊得慌，广场舞又锻炼身体，也能结交一些朋友，还是有很多可取之处的。"

"您这么久没碰到一个情投意合的单身舞伴啥的？"

微信视频里，他母亲诧异至极，把眼睛凑近到摄像头前从老花镜上方盯着嘉渔看了一眼，道："你倒开起你妈的玩笑来了。你的个人大事怎么样了？上高中、上大学时候，劝你不要谈恋爱，是怕你分心，怕你恋爱不成反而伤心。现在三十岁的人了，怎么着也该找对象了。我前几天看网上新闻说，纽约那种大城市剩女很多，只要男的主动些，不至于找不到的。要不，我在这边再托人给你物色物色？我昨天晚上还听人说，你那个弟弟找了一个老外女朋友呢！"

嘉渔不想引火烧身，忙着道："时候不早了，我也该睡觉了。下回再说吧。"挂了微信，洗漱了上床。他却一时又睡不着，辗转反侧许久，到底又打开电脑，看着网上的黄片自渎一番，才擦擦睡了。

（二）

第二天下午李嘉渔坐地铁辗转了去蓝海豚游泳俱乐部上课。这家俱乐部租借了纽约下城一个社区大学的游泳池给学员授课。李嘉渔第一次去，弄了半天才明白换衣间在哪里。他匆匆忙忙换了泳裤走出换衣间，意识到自己半身赤裸，就拘谨得目不斜视。走到游泳池边上，他眼角余光里看到的全是小孩子，就几乎想回头放弃，觉得和这么多小孩子一起学游泳太丢人。好在他很快发现在游泳池的另一头，确也有几个成年人在那里等着上课。他怕滑又怕羞，几乎是怯怯地走过去，问这里是不是成人班。

一个穿着深紫色速比涛泳衣的年轻女子正在给另外四个人分发浮板，听了他的问话，就抬头笑道："是啊。你是甲鱼？"

嘉渔红了脸。从小到大，他这个名字没少被同学和朋友揶揄过。眼前这女子显然不是有心取笑他，不过是老外说中文名字的尴尬罢了。他点了点头。

女人把剩下的一块浮板递给嘉渔，又道："别害羞呀！这是你的。我叫 Dysan，我是你们的教练。欢迎你来上我们的游泳课！"

嘉渔心里疑惑她的名字，如今近距离看了她，更疑惑她的人种：她的肤色比一般的亚裔要白，五官轮廓也更显立体感，但她举手投足间又明显不是纯粹的白人女孩。她的右耳廓上穿了一根银色耳针，倒有些与众不同的意思。

Dysan 又道："我会主要讲英文，我相信你们都听得懂。如果实在需要，我也可以讲一点点广东话。现在，请你们也互相自我介绍一下吧！"

几个人里，那一对年轻夫妇男的叫汤姆，来自香港，女的叫洋子，是个日本姑娘；一个白人小伙子叫凯文，另外一个年轻的亚裔自称山姆。大约因为都只穿泳衣的缘故，大家介绍完了，也不握手，只互相点头致意。嘉渔心里暗笑，想不到世界上的旱鸭子这么多，亚洲人汤姆和洋子不会或许还可以理解，美国长大的凯文和山姆居然也不会游泳，倒是颇让他费解的事情。

他正胡思乱想着，Dysan 又道："好。现在大家把浮板放在池边。每个人都跟着我一起入水。"说着，她已经坐到水池边，然后几乎悄无声息地滑进了泳池，让嘉渔无端联想到美人鱼入水的动作。

女教练站在水里鼓励大家："好了，大家都进来吧。学会游泳的第一条：不要害怕水，要拥抱水，要和水做朋友。"

虽然泳池的水说是维持在恒定温度，嘉渔入水时还是忍不住打了个寒颤。他们是成人班，上课是在四尺多深的水域，水面刚及嘉渔的胸口，个子略矮小的洋子就几乎有些挣扎了。

Dysan接着就教他们怎么吸气，怎么把头沉入水中，怎么双手抱膝，再怎么慢慢吐气让身体自然而然地浮上来。嘉渔起初还有些害怕。她又在水里走来走去，给大家一一指导。

轮到嘉渔时，她双手轻轻按住他的肩，帮他屈身入水，又道："这么浅的水，不要担心溺水。对，慢慢吐气，就像水母一样，水是你的朋友，会将你浮起来的！"

嘉渔从没想过游泳课是这样开始的。第一节课上下来，他练了很多次怎么吸气、呼气，也借助浮板练习以双腿打水推动自己前行。四十五分钟的光景，嘉渔觉得自己对水倒真的是没那么恐惧了，甚至是渴望着下一次课快到了。结束的时候，他们五个人都和Dysan说了"谢谢"。嘉渔能够感觉到每个人语气里的心悦诚服。教练带着职业性的热情跟他们说："你们今天进步都很大！下周日再见啦！"

嘉渔动作慢。等他冲完澡出来，更衣室只有另外一个小孩在慌里慌张地换游泳衣服，大概是准备上下一节课。

嘉渔看他年龄不大，疑惑怎么没有大人陪他。他一边擦头发，一边就问小孩："你多大了？怎么没人送你来？"

小孩说："我八岁了。我爸爸送我的，他要赶回餐馆上班，没空陪我。"

嘉渔又道："你很幸运哦。我爸爸从来没送过我学游泳，所以我现在才学。"

小家伙穿好泳衣泳裤，对着墙上的玻璃镜子照了照，忽然反问嘉渔："你几岁了？"

嘉渔只好据实相告，说"I'm thirty（我三十了）。"

那小孩把嘉渔的"thirty"听成了"dirty"，兀自哈哈大笑起来，又重复了一遍："You are dirty?!"

嘉渔一时不知如何作答，就道："你爸爸多大了？"

"三十三了。"

"你喜欢你爸爸吗？"

小孩道："有时候吧。他有时候打我。"

嘉渔随口安慰道："餐馆工作辛苦。有时他可能会失去耐心。"话说出来，他又觉得似乎没必要向一个小小孩子灌输世道艰难的道理。嘉渔背对着小孩换了短裤卸了毛巾，再转身时，发现小家伙已经出去了。

（三）

星期五晚上，下班稍早的嘉渔照例去健身馆锻炼一会儿。周末晚上，人总是更少，他也百无聊赖，做一些常规的简单动作，又时不时看看手机。这样弄了大半个小时，他也百无聊赖地想回去了。到了更衣室，看到自己健身包里准备好的泳裤泳镜，一时就下了决心，要去健身馆的游泳池练会儿游泳。

到了游泳池门口，他向里张望。游泳池其实不大，长度只有大约二十码，也分了五个泳道。星期五的晚上，里面没什么人，乍听之下有一种异样的安静。进去再看，就看见一位白人老头在边上一个泳道里不紧不慢地游着，动作孱弱，却是一板一眼有模有样的自由泳样子。老人家微弱而单调的划水声音，仿佛是这个位于大楼十八层的游泳池里最大的声响。游泳池的两侧墙体都是巨大的玻璃窗，放眼望去，倒是远远近近的、鳞次栉比的楼顶，朝北的一面甚至可以遥遥看到中央公园的绿色。

坐在门口桌子后面的救生员见了嘉渔，笑问他："来游泳啊？"

嘉渔注意到他似乎是个黑白混血儿，肤色却偏白些的，一口牙齿白得灼眼，而且居然长了一双灰蓝的眼睛，让嘉渔怀疑他是不是戴了那个色系的隐形眼镜。嘉渔逡巡一番，看了看附近墙上贴的泳池规则，里面有每次入池前必须冲澡的条例，倒出乎他的意料。他冲了澡，小心翼翼地抓着扶手倒退着下了水池，再亦步亦趋地在水里走到老人家旁边的那个泳道。

他靠着池壁，练习吸气、入水、浮出的动作。边上的老人家游到头时，似乎很好奇，停了自由泳，隔着泳镜看了他一眼，面上也不露任何表情，然后转身仰面，开始了仰泳。嘉渔看他瘦骨嶙峋的四肢划水蹬水，虽然慢，却协调有致，叹了一口气，暗暗勉励自己应该更有信心要学好游泳。也不知过了多久，老人家游完走了。嘉渔出池，挑了一块蓝色浮板，然后下到老人家曾用的最边上的泳道，推着浮板练习打腿的动作。

初次练习，他努力回想黛珊教授的动作要领，却总是犯各种各样的错误，几次出现"险情"，甚至喝了两口游泳池子里的水。那个救生员也被惊动，匆忙跑到池边，问他："你没事吧？"嘉渔很不好意思，趴在浮标上，一边拆开泳镜抖落渗进去的水，一边止不住地咳嗽，结巴着道："没事。我在练习。我不会游泳。"

救生员笑起来，又道："真是个好主意！星期五晚上人很少，你有五个泳道可以练习呢！对了，我叫沃特，是这里的救生员。有什么需要帮忙的，请告诉我。"

嘉渔说了声"谢谢"，看着他转身走回门口的座位去，注意到他扯去袖子的白色 T 恤衫后面写着一个大大的黑色汉字"攻"。

嘉渔游完泳准备去换衣间的时候，沃特从手机上抬头，问他："你是中国人吧？可以帮我一个忙吗？"

嘉渔很诧异，问他需要什么性质的帮忙。沃特招了招手，让他过来，然后给他看手机上的一张图片，原来是一份微信语音转换成文字以后的截屏，虽然有一两处转换得不甚准确，但大概意思还是能猜得出来。

"这是我一个朋友的女朋友给她父母在微信上发的语音信息。我朋友特别想知道她和她的父母说什么了，怎么评价他们的关系等等。你可以翻译给我听听吗？"

嘉渔有些不自在，却无法拒绝沃特明朗的笑容，只好又迅速看了一遍，再逐字逐句翻译了给他听。

"太棒了。她没跟她爸妈说艾瑞克的坏话。艾瑞克现在可以放心了。"

嘉渔多嘴道："也许不是那么棒呢。她在微信里根本也没提到艾瑞克。"

沃特歪过头来看嘉渔："哇！我怎么没想到那一层呢？不过我不会告诉艾瑞克的。你叫什么名字？我也许可以帮你练习游泳。"

嘉渔报了自己的英文名字"查尔斯"。沃特笑起来："我只知道英国那个老王子叫查尔斯。"

嘉渔这时感觉到冷，抖了抖身子往外走。"我知道的还有查尔斯·狄更斯，查尔斯·达尔文，查尔斯·卓别林，查尔斯·戴高乐，查尔斯·雷，等等，等等。"

沃特大笑起来，追着他道："嗨！聪明的家伙！你叫查尔斯啥呀？"

嘉渔也笑，一边戴耳机，一边回道："查尔斯·李。"

（四）

底下的两三次课，除了练习借助浮板打水之外，黛珊也开始教他们自由泳的基本动作，怎么把脸埋在水下，手臂划圈过后怎么侧仰换气等等，让嘉渔诧异在国内为什么大家都先要学会狗刨式。他学得认真，进步也快，练得更刻苦，总是班里最后一个离开水池的。

上第四次课那次，等嘉渔换了衣服，偌大的更衣室已不见另外一个人影，好像所有人都匆忙赶赴下一场精彩去了。嘉渔走到外面，看着感觉天色欲雨，自己没戴眼镜，因而又拿不准，就伸出手去试试有没有雨点落下来。

他正疑惑着，却听见边上一个抽烟的女子"噗嗤"一声笑了。他扭头一看，原来是他们的游泳教练Dysan。她在紫色泳衣外面披了一件厚长的毛巾，一头略呈紫红的头发湿漉漉的，随时要滴水的样子。

嘉渔第一次在水以外的世界看到她，有那么一瞬，恍惚她不是属于这个世界的，而是美人鱼一类的。待他有意看她近在咫尺、大毛巾未能裹挡住的修长双腿，就暗暗笑起自己的荒唐来。

"我记得手机上天气预报说下午有雨的。"

女教练把烟头掐灭在身边底部有沙、专门为灭烟用的垃圾桶，笑起来，道："没下呢。你怕所有形式的水吗？"

嘉渔忽然想到身为游泳教练意味着不能戴妆上班，这对许多爱好化妆的美国女子来说未免太过残忍，而这个游泳教练的天生丽质大约也给了她不少从事这份职业的勇气和便利。听得她问，嘉渔回道："也许。没想到你一个游泳教练还吸烟……"

"偏见无处不在。但是，我只是一个社交性的吸烟者。你是甲鱼，对吧？"

"对，但不是那个动物的意思，是好渔夫的意思。唉，我也不知道怎么解释了。你的名字 Dysan 是什么意思？我从没听说过这样的英文名字。"

"我外公取的。好像中文里念 Die Shan？感觉像'去死吧'的发音，我不喜欢。我外公说中国有一本家喻户晓的古典小说，小说里有个家喻户晓的女孩子，叫个类似的名字，而且跟我一个姓，林。"

嘉渔一下子明白过来，她说的是《红楼梦》里的林黛玉，而她本人的名字应该是"林黛珊"三个字了。他脱口赞道："我明白了。你名字的意思应该是'深紫色的珊瑚'。"

"啊，对，去年我在香港的时候，我外公跟我解释过，说的就是这个意思。"

"你外公真有学问，给你取了个这么美丽的中文名字！"

"谢谢你！"黛珊笑道："我妈妈是香港人，姓林。爸爸是美国人，姓伍兹（Woods）。外公说，我的姓既是爸爸的姓，也是妈妈的姓。所以妈妈嫁了爸爸，英文姓是 Woods，但也不算改了姓。"

嘉渔想起以前看到的一个所谓"同姓恋"的说法，一时要笑，想着该不该跟她解释，如果解释，那该怎么解释。说起姓Woods 的名人，他脑子里立马想到了打高尔夫球的老虎先生，想来跟黛珊家应该是没有任何渊源。

黛珊却忽然道："不好意思，下堂课要开始了，我得赶快进去了。回去记得练习游泳哦！像水母一样，吸气，呼气；沉下去，浮起来；踢腿，推水，换气！"

嘉渔不知怎么一时想起来网络上的一个图配文的段子，说水母是一种无脑生物，但是他们已经存活了 6.5 亿年，许多智商堪忧、没脑子的人因此倍感乐观云云。他正想着怎么跟黛珊解释这段子，却见黛珊已经退至门口，跟他挥了挥手，然后被旋转门转进了室内，转进了另一个世界。

（五）

周五的晚上，嘉渔继续去健身馆游泳。游泳池那边依旧空荡荡，以前偶尔见到的那个老人家也不来了。下水之前，嘉渔在水龙头底下冲洗身体，兀自打了几个寒颤，仿佛提醒他在室内也可以感知秋天的来临了。

他照例在靠边的一个泳道里，先游了几个来回的自由泳，然后是练习憋气，尝试着在水下从泳池的这一头一直游到那一头。一个学期快过去了，他跟着黛珊不仅基本掌握了自由泳，还初步尝试了蛙泳、仰泳和蝶泳，以及深水区的踩水练习。每个周五他都来练习，有时周中也跑来游上大半个小时。

这晚他尝试着做蝶泳的时候，透过泳镜看见沃特就在池边走动，在不停打水前行的间隙里听见他大声唠叨："兄弟，好棒！

但是你要像海豚一样，移动你的腰腹和屁股，打你的双腿！这个动作叫蝶泳，其实也可以叫海豚泳姿的。"经沃特这么一提醒，嘉渔更觉自己的动作变形得厉害，反而不好意思再试蝶泳，索性换回自己更自在的自由泳。

练习了四十分钟，他也累了，就偷懒，准备再游两个来回便结束。他浮在水里，看见游泳池的天花板上画着蓝天白云，又注意到大玻璃窗外面高高在上的重重暮色，一时惬意，倒想起一句话来："当我们游泳时，我们思考些什么？"

嘉渔想起母亲，想起母亲以前常玩笑着问他的问题："如果将来你媳妇和妈妈都落水了，你先救谁呢？"年少的嘉渔曾经斩钉截铁地回答过："当然是先救妈妈！"后来他开始反问："可是妈妈你会游泳啊！我还不会游泳呢。"母亲笑道："我就是考验考验你。那个没良心的，不要我们母子俩。你将来可不能也像他一样啊，更不能娶了媳妇忘了娘呀！"

嘉渔望着房顶上涂画的蓝天白云，一边懒懒地蹬腿划水，一边胡思乱想，就又想起"水能渡人，亦能溺人"的话来。他蓦然领悟，这么些年来自己对于水的恐惧是不是就像对于爱情的恐惧？被淹死的都是会游泳的人，受到伤害的也都是那些知道水深火热而毅然跌入爱河、扑向爱火的人？

嘉渔想起父亲。父亲也是喜欢过母亲的吧，纵使那是十分短暂的爱情？从记事时候起，嘉渔就记得每每父亲要出门，母亲就让他带着自己，又叮嘱他注意父亲在外面和什么女人说什么话了。嘉渔记性好，开初也每每得到母亲的鼓励："妈妈现在有嘉渔帮忙了，不再是一个人去盯梢爸爸了。"因为嘉渔的通风报信，母亲将父亲和章阿姨捉奸在床，然后是父母漫长的离婚过程。

七八岁的嘉渔，起初感受的是在别人面前抬不起头来的羞耻，混杂着对父亲的愤恨和对母亲的同情。渐知人事之后，嘉渔对父亲反倒没有了那么强的愤恨，出国之前，他主动去拜访了父亲。父亲眼中含泪，说这些年他不称职、让嘉渔受苦的话。嘉渔安慰了父亲几句，然而隔了那么多年的时光，说出去的话终究像是隔着什么，如同水浇在水泥地上，而不是浇进泥土之中，最终是尴尬地慢慢蒸发掉。

对于母亲，他却渐渐有一个男性的醒悟，像她那样的关爱和监控，是不是对每一个男人来说都是令人窒息的？就像上学的日子里，她对自己的关爱和监控？那么，自己最终选择了到美国来留学、毕业后又留下来工作，是不是隐隐约约地只想摆脱母亲的桎梏？母亲的爱像水，而很多时候是让人受不了的拍岸惊涛、甚至滔天洪水？

嘉渔被自己的想法吓了一大跳，同时脑勺也碰上了游泳池壁。他忙着翻身站到水里，摘下泳镜，使劲甩了甩头上的水。他靠着泳池壁休息的时候，继续想心事。前不久去已婚有娃的同事张猛家吃饭，张太太听说他还没有女朋友，就笑道："你这么优秀还没谈对象？一定是自己要求太高了吧？"嘉渔只有苦笑，心想他们谁会知道和理解他对于一切亲密关系的恐惧以及本能的疏离？童年的他曾经多么渴望和别人一样有个正常的家，家里有个父亲，在他做好功课之外，还可以教他打球、教他游泳……

（六）

在黛珊的调教下，嘉渔和他的同学们都惊讶于自己游泳水平的进步。第一个学期十堂课结束后，他们全都选择了继续报名参加第二个学期的课程。他们都基本掌握了自由泳的要领，开始进一步学习蛙泳和仰泳。一个班里，也只有洋子进步慢些。他们几个男生都已经能一口气从池子的这头游到那头，并且开始跟着黛珊去深水区练习跳水和踩水，只有洋子还常常要沿着池壁游，时不时要停下来抓一下池壁。黛珊往往给她特别指导。

从一米高的跳板上往深水里跳的时候，黛珊拿着救生的塑料棒在下面等着。嘉渔第一次跳，站在跳板尽头，两股颤颤，最终一闭眼，跳进水中，触水的皮肤生疼，然后感知自己继续高速地下坠，泳池里的水像移动的高墙挤压着自己，却最终又让自己快速地向上浮升。他尚未冒出水面，就迫不及待地要张口呼吸，不由自主吞了一大口水。他呛得连声咳嗽，却又有绝地逢生的欣喜。

黛珊游近他，拍拍他的肩膀道："好样的，嘉渔！"

渐渐地，他们几个男学员也熟悉起来。九月底的一次课后，嘉渔和凯文、山姆几乎同时冲了澡，换衣服的时候，凯文和山姆就说起黛珊来。

凯文说："她真地很性感！"

山姆道："我见过的最性感的游泳教练！"

凯文说："我觉得她结合了亚洲人和白人的优点。她比许多白人女人优雅，皮肤比她们好。她又比一般的亚洲女孩大方，健康，更性感。"

山姆笑道："我同意。不知道她有没有男朋友？"

凯文道："肯定有。天啦，她今天抓着我手臂、指导我仰泳的时候，我感觉我都要硬起来了。幸好是在水里，又穿着肥大的游泳裤！"

嘉渔心里忽然泛起一丝不悦，不由自主地咳了一声。凯文和山姆看他一眼，也就转了话题。

嘉渔穿好衣服出去的时候，看见黛珊在门口抽烟，一时就放慢了脚步。他正犹豫着要不要和黛珊搭话、怎么搭话，没想到黛珊先跟他"嗨"了起来。

"我觉得你进步很快呢。平常也练习了吗？"

嘉渔一时不自禁地脸红，想自己很多年没被人这样夸奖过，仿佛又变成上学时候那个老被老师夸奖的好学生。看着黛珊期待的眼神，嘉渔笑道："是的。我去的健身馆有个游泳池，不算大，但人也不多，很适合一个人练习，我每周会去练两三次。当然，我觉得主要是你教的好。"

黛珊道："哇，你很会奉承人嘛。我只是尽力做一个合格的教练罢了。你以前从来没学过游泳吗？"

"好像很小的时候，学过，学不会，又怕水，就放弃了。现在明白其中的流体力学原理，就不觉得那么难了。"

黛珊拿烟的手举到嘴前，忍不住笑道："天啦，流体力学？！我第一次听人这么解释游泳呢。"

"说起来，都是阻力、摩擦力之类的力嘛。厂家千方百计设计出线条最流畅的游泳服装，运动员们把身上的毛发剃那么干净，不都是为了减少人体和水之间的阻力嘛！"

嘉渔也不知道自己怎么脱口而出说了这些不着调的话，黛珊一边笑一边翻白眼。两个人正说着，汤姆和洋子也走出来。大家互相打了招呼，洋子点头哈腰地感谢黛珊，礼貌有余，引得嘉渔几乎要发笑。

一时，汤姆和洋子先走开，嘉渔笑道："我真地很佩服你的耐心，对每一个人都那么有耐心。你是怎么干上这一行的？"

黛珊犹豫了一下，道："不过是临时工作罢了。我曾经是大学游泳队的呢，一度有希望参加青年奥运会的……我更喜欢的是音乐。我下下个星期五晚上在下东城的钢琴吧有个表演。你有兴趣来吗？"黛珊手里的烟也燃尽。她把烟头在沙桶里捻灭，塞进底层的垃圾袋。

嘉渔想起自己最近每个星期五晚上都在健身馆练游泳，还有和沃特有一搭没一搭的闲聊。"你表演什么？我一定会尽力去。"

黛珊道："就是自弹自唱唱首歌。好多年没有表演了。"

（七）

大约是天气变冷的缘故，健身馆的游泳池里周五常常只是沃特一个人看着嘉渔练习游泳了。这一个周五，嘉渔游了大半个小时之后，正准备休息一下，却见脱了 T 恤衫的沃特也来到池边，伸一只脚进水试了试水温，然后噗通一声跳进池中来。

嘉渔吃了一惊，退后两步，就势虚倚着泳道的隔离浮标，笑道："怎么，你也忍不住要游泳了？"

沃特一边撩水往自己身上泼，一边作势咬牙道："天啦，我不下水池，想不到有这么冷。查尔斯，你的进步很大呀。我估摸着不会有人来了，我也下池子来游一会儿。你不介意吧？"

嘉渔摇了摇头，又做甩水的动作。沃特笑起来："你还要再游吗？"

嘉渔看看墙上的钟，回道："是的，再游一会儿。"

沃特就道："那你还甩头发上的水干嘛？马上又全湿了啊。"

嘉渔一时语塞，争辩道："这个，就像因为屋子会脏就不能不打扫吧？"

沃特笑道："聪明的查尔斯！就知道对什么问题你都有答案！

不过，我喜欢你们亚洲人的黑头发。不像我的头发，感觉像海绵。"

嘉渔听他说的有意思，看一眼他头上一团一簇微卷的头发，确实有海绵的样子。沃特把头伸过来，"你要不要摸摸？真的就像一大堆海绵。"

嘉渔摇了摇头，戴好泳镜，伸臂，俯身，抬脚，将自己横浮于水上，然后张臂划水，游了出去。自由泳虽然是他游得最快最好的，但是对于怎样有规律又不费力地换气，他却一直没有熟练掌握，常常是能不换气就不换气，尽力到了泳池尽头再狠狠呼吸几口。

到了泳池中部，嘉渔隔着泳镜遽然看见沃特在他正下方的水底仰泳，且对着他做微笑的鬼脸。沃特没戴泳镜，淡蓝的眼睛却大睁着在水里闪烁，若星若石，让嘉渔好奇不已。等嘉渔游回来，沃特又全程在水下，保持跟嘉渔一样的速度，平行着随他游回来，还是一直轻松地笑着。嘉渔游完这趟就停在池边，沃特也冒上来，大口大口喘气。

嘉渔赞美道："哇，你游得太好了！"

沃特笑道："我曾经差点成为专业游泳运动员呢。"

嘉渔道："是吗？为什么没有呢？不过，似乎拿游泳冠军的黑人很少呢……"话没说完，嘉渔就后悔，怎么讲了这样政治不正确的话。他快速地想着要不要道歉，又侥幸地想也许沃特根本不会介意这样的评论。

"是呀，好像黑人运动员更以速度和力量见长。有人说他们的肌肉密度太大，在水里不容易浮起来。不过你也知道的，我不认为自己是黑人。事实是，我们家只有我祖母是纯粹的非洲裔，我也只有四分之一的黑人血统。不过呢，非裔还是有一些游出成绩来的运动员的。在 1988 年的汉城奥运会，有一位黑人选手好像叫什么内斯蒂的，赢了一枚 100 米蝶泳比赛金牌，是奥运会上第一个黑人游泳冠军。巴西里约奥运会，美国姑娘西蒙娜·曼努埃尔是第一个在奥运会上夺金的美籍非裔女选手。"

嘉渔笑道："哇，知识丰富的沃特先生！"

沃特双手掬水泼到嘉渔脸上："你在拿我取笑吗？"

嘉渔吓了一跳，一边擦脸，一边道："没有没有。不过上帝塑造了我们，每一个人不一样的。"

沃特似也觉得造次，伸出手来要帮他擦脸，嘉渔让开。沃特道："对不起。你又开始哲学起来了。你信教？"

"我不信教。"嘉渔从水池里爬出来，拿了放在墙边钩子上的毛巾，擦干净自己身上的水，又道："天气真地冷了。我觉得我应该去蒸会儿桑拿。祝你有个愉快的周末！"

（八）

在美国这些年，嘉渔几乎从来没光顾过美国的酒吧。星期五晚上，他下了班，也不去健身馆，在 Pret A Manger 买了个三明治吃了，就连忙坐地铁往下城去。这个钢琴吧倒不像一般的酒吧闹哄哄，而是大家买了酒，规规矩矩地坐下来看表演。

那天先是有喜剧演员上台讲笑话，一个舞蹈演员跳了个舞，有人拉了小提琴。惊着嘉渔的是一个白人男子的诗朗诵。他大段大段激情澎拜的句子描述他和男朋友深夜在纽约高线公园做爱的情景，什么"你的鸡巴在我的嘴里"之类，让嘉渔不知如何反应，又想看周围人的反应，又隐隐觉得不适宜。他只能眼观鼻，鼻观手中酒杯，偶尔象征性地抿上一小口。

然后是黛珊上台弹吉它唱歌。嘉渔第一次看见黛珊不是穿游泳衣的样子，第一次见她戴妆示人，倒有些莫名的距离感。在游泳池里"亲密无间"的教与学，在黄昏的校园门口隔着几尺距离的交谈，在这个封闭的、装了四五十人的空间里，都成了难以再现的交流。

　　黛珊拨弄了一阵吉它弦，开口道："我想大家都知道弗吉尼亚夏洛特镇发生的事情。在纽约这样的大都会里，我们有时难以想象这样的故事会发生。当然了，一切皆有可能，比如我们选出了一位叫川普的总统。"

　　台下有人笑，黛珊又拨了拨吉它弦，继续道："我是在离夏洛特不远的里士满长大的，我也不敢相信这样的事情正在我的家乡发生。所以，我觉得今天唱这首《带我回弗吉尼亚老家》（Carry Me Back to Old Virginny）更有特殊意义，虽然这首歌从 1997 年开始就不再是弗吉尼亚的州歌。算了，去他妈的政治正确吧，一首好歌永远是一首好歌，跟种族无关。"

　　嘉渔从不曾听过这首弗吉尼亚的州歌，却听懂了黛珊唱出的几句歌词，比如"请把我带回弗吉尼亚老家""那里是棉花、玉米和土豆生长的故乡""那里的春天里有小鸟甜蜜歌唱"……"我们很快又会相逢在那明亮的黄金海岸线上，幸福，自由，再无悲伤""那是我们再次相会的地方，是我们再不分离的地方"……

　　黛珊唱完这一曲的时候，听众里有人吹口哨，听着不知是讽刺还是赞扬，也有人立马请吹口哨的人嘘声。黛珊开口说话，先感谢了听众，然后道："我是弗吉尼亚人，我也是个香港和美国混血儿，可是我从来不接受别人把我定义成亚裔。为什么？为什么白人和黑人的混血儿还是黑人而不是白人，比如奥巴马总统被定义为第一位黑人总统？拜托，他母亲是个白人……算了，我是来唱歌的，不是来谈社会问题的。我上半年在俄勒冈流浪，现在还在一点一滴地体验纽约。说起个人遭遇，我不知道你们会不会跟我有同感：这几年来，我真觉得生活他妈的就是条母狗。"

嘉渔几乎是第一次听到这样的英文句子，"Life is a bitch."他一时不知道怎么感慨，小心四望，就见有人轻轻笑，也有人一本正经地等待着下文。

黛珊继续道："五年前，我刚刚从 UCLA（加州大学洛杉矶分校）毕业，我的母亲因为忧郁症自杀。我那时候开始发现，我对她了解得那么少。我和父亲因为母亲的自杀而陷入争吵、冷战和疏离。我和男朋友威廉正式住在一起。后来，我去了香港，因为我想了解妈妈的过去，想知道她的生活轨迹，她为什么嫁给了一个在香港教英文的美国人。

"那段时间里，威廉和我的联系越来越少，最终没有了消息，他停止了更新脸书和 Instagram。我心想这是长途关系必须付出的代价，在怀念母亲的伤痛里，这样的伤痛就像另一次测试你的伤害：那些所有不能杀死你的伤害，到底会不会让你更坚强？

"从香港回来后，我很好奇威廉怎么样了，到处联系朋友问他的消息。朋友们很吃惊，然后告诉我：你不知道吗？威廉得了渐冻症。他是个学医的，他知道这个病的情况。他回到加州天堂镇老家，跟父母住在一起，不久前已经去世了。他的家人不想惊动太多人，很低调地办了葬礼，把他葬在了一个背山临水的地方。

"讽刺的是，冰桶挑战风靡全球的时候，威廉和我也曾经参加这样的挑战，我至今还有我们的挑战视频。"

人群里一阵唏嘘声四起。黛珊却苦苦一笑道："我无法原谅自己，但是更无法原谅的是不是应该是这个无所不能的上帝？"

她把自己的吉它头向房顶上指了指，又引得几个人笑起来。

说完了自己的故事，黛珊开始唱歌。她唱的这第二首歌《假如上帝也是我们中的一员》，嘉渔以前倒是听过的，只是这个晚上听了黛珊的故事，再听她演绎这首歌，似乎有了更深的理解，开头一段更让他产生跟着哼唱的冲动。

如果上帝也有一个名字，那会是什么呢？
你会不会当着上帝的面喊他的名字？
如果你遇见上帝，在他万能的光辉里，
你只有一次提问的机会，你会问他什么呢？

(九)

黛珊唱完歌后，又有人弹钢琴等等，嘉渔有意识地四下寻找黛珊，却一直没见她人影。到演出节目全部结束，嘉渔喝完了第二杯杜松子酒，站起来转了一圈，也就准备打道回府。他走到外面，立即感觉到十一月初夜晚的冰冻，看见自己呼出的白气。他正想着往哪边走，却看见黛珊和两个男人在不远处一边说说笑笑，一边吞云吐雾，不知道是抽烟还是别的什么。

嘉渔一时踌躇要不要跟她说话，黛珊也已看到他，伸手招呼道："嗨，嘉渔！真高兴你今晚能来！"

那两个同伴也转过头来打量嘉渔，然后和黛珊打了招呼，又跟嘉渔哈罗一声，走回室内去了。嘉渔注意到他们一个戴着银色鼻环，一个戴着黑色的耳洞扩大器。

"谢谢你邀请我来，很有趣的地方。你唱得很棒！"

"是吗？你玩得高兴最重要！"

嘉渔注意到他们口中呼出的白汽在寒冷的空气里奇特地交叉在一起，然后又迅速地消散于无形。他鼓起勇气说："我很抱歉听到你母亲和你男朋友的遭遇……"

　　"啊，那都是过去的事了。你看，没杀死你的真的都会让你更坚强。我觉得在纽约，忙碌的生活让我忘记很多事情。"

　　就在那时候，嘉渔的电话在口袋里振动起来。嘉渔下意识地拿出来看了一眼，是母亲要和他微信视频，他想起来这是他们每个周五晚上的视频时间。嘉渔掐断了母亲的视频请求，笑道："不好意思。我以前从来没听过《带我回弗吉尼亚老家》，更不知道它以前是弗吉尼亚的州歌。而且，我在五年前去过里士满，当时有个朋友在那里读书……"

　　"一定是弗吉尼亚联邦大学吧？你喜欢里士满吗？"

　　嘉渔正要回话，母亲再次发出微信视频的请求，嘉渔着急慌忙地按了接受键，他母亲就在里面问他："嘉渔，这么晚，你不在家吗？为什么刚才不接我的微信？"嘉渔面红耳赤，不知如何回答，甚至不想喊"妈"，最后又匆忙挂断了，准备打字告诉母亲稍后再说。

　　有人在门口叫黛珊的名字，黛珊道："我也得进去了，外面真地是很冷了。我们下回再聊。你会继续上游泳课吗？"

　　嘉渔说："我想是的，我会继续上第三期，希望是你继续教。"那时候他母亲又一次发出了微信视频的请求。

　　"你还是接一下电话吧，说不定找你的人有急事呢。"

　　嘉渔张口结舌不知说什么，只好挥挥手表示再见，然后再次接通母亲的微信，简单告诉她自己在外面，马上准备坐地铁回家。他母亲问道："你在哪个区啊？这么晚了，那里安全吗？我先挂了，回头再问你吧。"

嘉渔快快地一个人走到地铁站去。夜里的地铁班次稀少，等他上车，已经是十一点半之后。他看见手机提示母亲有十几条留言，更懒得打开微信了。他对面的座位上是一对卿卿我我的年轻嬉皮士，女的是亚裔，男的是皮肤稍白的黑人，他们旁若无人地搂抱亲吻，男子的手不时伸进女子的衣服里摸索着。

嘉渔不知道为什么联想到黛珊，想这样的夜晚她是不是正在什么地方和什么奇怪的人一起度过这一个夜晚或者每一个夜晚。他不知如何定义心底那一点点奇怪的类似于嫉妒的感觉，却又不停地安慰自己：你们根本就不是同路人，就像一个是水里的生物和一个是陆地上的生物，在岸边的偶尔相遇也永远只是岸边的偶尔相遇而已，而彼此都有属于自己的世界。

转念，他又想自己这只旱鸭子不是也学会游泳了吗？黛珊邀请自己来听她的演唱，又似乎没有邀请汤姆夫妇、山姆和凯文他们，是不是说明了什么？为什么当时自己只是问了钢琴吧的地址，而没有自然而然地向她要电话号码？不过，下一次课后跟她要总是可以的吧？地铁经过联合广场，手机显示又有来自母亲的新的微信信息，李嘉渔旋即又否定了自己的幻想。

（十）

第二天游泳课，黛珊却没有来，代课的是一位华人男老师大卫，大卫也没有说明黛珊为啥没有来。大卫先让他们几个人从泳池的这头一直游到那头给自己看，看过了自由泳，再看蛙泳和仰泳。洋子对深水区一直还有畏惧，自由泳勉强游过一趟，就不肯再游到深水区去。大卫便有些不耐烦，站在游泳池边上对着他们大喊小叫的，几个男性也都听得面面相觑。最后的十五分钟大卫让他们自己练习，汤姆和洋子也无心恋水，出池先走了。

嘉渔约束着自己在游泳池中又练了一会儿，隐约地盼望着黛珊会在最后一刻奇迹般地出现。他上午起床后，特意上网搜索了一番黛珊的信息，居然找到她久未更新的脸书页面。脸书里最后一张照片还是她在香港的自拍照，背景说是她母亲在九龙住过的公寓楼。再往前翻看，他看到一张某人生日聚会上的集体照，并且从标出的姓名里找到了她的男朋友威廉。

嘉渔注意到威廉也姓李，虽然是更美国的拼法 Lee。威廉长着一张国字脸，留着短发，隐性的双眼皮，鼻尖稍微有些蒜头的圆形，笑起来有点傻的样子似乎在哪里见过一般。他顺藤摸瓜又去威廉曾经的脸书页面，也是两年多没有更新了，想必没有人知道他的密码，而他去世之前也没有想过要关闭自己的脸书页面。

在威廉的脸书里，嘉渔看到 2016 年夏季奥运会他发的一个帖子，是他和宁泽涛的照片对比，标题是"有人说我和他有点像？"嘉渔忽然明白过来，那种熟悉的感觉也许就是一年多前在各种媒介里看到过中国游泳健将宁泽涛的照片吧？

来上课之前，他觉得自己积累了很多的谈资乃至疑问，要鼓足勇气向黛珊一一求证。潜意识里，他又知道这样的谈话未免昭然若揭自己对黛珊私生活的兴趣，因此又有些想而生畏，身体又稍微有点不舒服，因而甚至考虑过缺课的可能性，却没想到黛珊先缺课了。

到了四点，他出得池来，拿毛巾擦了一把身体，到底走过去问看手机的大卫："请问您知道林黛珊今天为什么没来吗？"

大卫从手机屏幕上移开视线，诧异地看嘉渔一眼，回道："我怎么知道？我只是临时来教这一节课。也许生病了或者其它紧急情况？"

嘉渔看他不耐烦的样子，也懒得再向他打听游泳学校里会不会有其他人知道，想及前一天晚上黛珊在外面抽烟时穿着短衫，猜测她生病也是可能的，自己出门前也还觉得有点不舒服呢。这么想着，心底有点儿释然。

等他去冲澡时，山姆和凯文也已经离开。换衣服的时候，嘉渔却意外地看见很久不见的那个小男孩。嘉渔问他最近怎么样，小男孩诧异地看了他一眼，然后想起什么似的，笑道："You are dirty！"

嘉渔被他天真的笑声感染，故意道："I am dirty-one now！"又问他："还是你爸爸来接送你吗？他最近没打你吧？"

小男孩变了脸色，道："他现在不打我了，也打不了我了。他被移民局的人抓走了。我妈说不知道他什么时候能放出来。"

嘉渔心里悚然，不想川普新政就这样殃及池鱼，却又说不出什么能安慰这孩子的话，只好冠冕堂皇地道："你爸爸一定会惦记着你的。"

小男孩说了一声"谢谢"，也就背了包出去，却不知怎么又把泳镜戴起来，仿佛戴了一副造型独特的墨镜，让嘉渔看得发呆。他转而疑惑，如果人类戴着游泳镜走路，到底会看得更清楚还是更模糊呢？

走出学校大门时，他下意识地两边看看，似乎期待黛珊会神奇地出现，又在那里匆忙地抽完一支烟再回去教下一堂游泳课。到底是十一月底的天气，嘉渔觉得自己出门时还算暖和，这时候回去却觉得穿得少了。自从夏时制结束，这天更是黑得一日比一日早了。

（十一）

感恩节后一周的那个星期五，嘉渔照例去健身馆。他先在十九楼跑步热身，没想到看见很久不见的那位游泳池里的老先生。老先生在嘉渔旁边的跑步机上一边慢走，一边看书。嘉渔偷偷瞄了一眼，瞧见老人家看的书似乎叫《人之将死的症状》，倒不知如何感慨。

游泳池那边还是只有沃特在那里守着。看见嘉渔时，他笑起来："嗨！你好久没来了吧？怎么回事？"

嘉渔想一想，是有两周没来，先是去钢琴吧听黛珊唱歌，上周感恩节后的周末自是一切活动减免。这么解释了，看见沃特在看一本书，就多问了一句："你在看什么书？"

沃特犹豫了一下，到底把封面扬了扬。嘉渔看到是一本小说《请以你的名字呼唤我》。嘉渔隐约记得在最近的《纽约客》杂志上看到对于同名电影的推荐，据说电影里有十七岁的少年拿着一只熟透的桃子手淫的情节，报纸采访里还说男主演和导演等人都亲自试验过这个细节。他想着这些花絮，就一时要笑。

沃特却又补充道："我的男朋友从图书馆借的。说电影就要公映了，拍得特别好，应该是奥斯卡的热门呢。"

嘉渔几乎重复出来："你的……"

沃特却道："嗨，我发现这两年中国男子游泳也很厉害了嘛！好像有个孙杨，还有个宁泽涛？那个宁还蛮可爱的。你长得，跟他还有点像呢！"

嘉渔被他说得高兴，笑道："哇，我很感荣幸，但我可没有他的好身材！"他忽然想起威廉脸书上的照片来，一时就笑不起来，默然不语地走过去冲澡，然后打着颤下了水池游泳，游了两三个来回，也就适应了池水的温度。游完泳，冲过澡，他又去蒸汽房里去蒸一会儿。周五晚上的蒸汽房，一如整个健身馆，并没有别人。嘉渔坐在那里，听着蒸汽"嘶嘶"地喷出来，小小的蒸气室就朦朦胧胧，如同仙界。

坐了几分钟，嘉渔全身出汗，仿佛把先前在游泳池里吸收的水和冷都逼了出来。他低头看自己的身体，隐隐约约的，皮肉脂肪之下似乎有胸肌的影子，甚至也有六块腹肌的形状，想来这四五个月坚持游泳还是有一些效果的。

热得快受不了，他依然坚持着，告诉自己等这一波蒸汽散去就出去冲澡。这时却有人推开蒸汽室的玻璃门进来。嘉渔先是诧异这个点还有人跟他一样有心来蒸汽浴，然后在朦胧的水汽里，辨认出沃特的身影。他把身上已经松散的大毛巾又裹紧了些。

沃特站在那里，走到蒸汽口，弯腰研究了一番，问他："查尔斯，这个蒸汽正常工作吗？"嘉渔笑着看他，近距离惊讶于他完美的六块腹肌，指了指自己身上的淋漓大汗，才要说话，一波蒸汽忽然汹涌冒出，那响声把他们都下了一跳。

沃特在离嘉渔很近的台子上坐下，嘉渔不自在地往另一边挪了挪。沃特坐在那里，伸胳膊拉腿，又把裹在腰部的毛巾放松，志得意满地叹了一口气，闭上眼睛，嘴角却挂着一抹莫名其妙的坏笑。嘉渔看到他肚脐下面一条细细的黑线延伸下去，毛巾下面是他隐约的阳具外形，一时意乱，忙扭了头看墙，心想自己热得不行、得赶快出去透透气了。

蒸汽不停地嘶嘶地冒出来，沃特突然喊了一声："嗨！"嘉渔转眼看他，看见许多小小圆圆的汗珠子正在他的额头涌现，他的皮肤此刻更显白净，他笑盈盈的双眼里盛满诱惑。"Don't you feel horny？"

这又是一句嘉渔不知道怎么翻译的话。他正思考着不知怎么应对，沃特却伸出手，要掀开嘉渔遮羞的毛巾。嘉渔吃了一惊，挡回他的手道："你说你有男朋友的……"

沃特道："是呀。不过我们保持一种开放的情感关系……"说着，沃特往嘉渔身边靠拢了些，又猛然伸头过来亲了一下嘉渔，然后笑着看嘉渔的反应。

嘉渔慌乱地站起来，裹扎好挡住要害的毛巾，说了一声"对不起"，拉开蒸汽室的门，走了出去。

（十二）

在店里吃完三明治，嘉渔回去的路上正好经过电影院。他看到好几部近期播放的电影，一时心动。仔细看了看影院门口的电子布告牌，《请以你的名字呼唤我》时间不对，倒正好有一场《水形物语》马上开演，嘉渔就进去买了票。

电影讲的是一个哑女和一个人鱼的故事。人鱼恋的噱头之外，嘉渔倒感叹这世界上无非是各种各样的孤独者和他们各种各样的孤独，比如他自己曾经是一个旱鸭子的孤独，如今会游泳之后则有着一个会游泳的人的孤独。他思忖电影标题的英文原意是"水的形状"，不禁想及水容万物，按照有容乃大的推论，水也是很"大"的了。人之初，本泡在羊水之中，或者人类本就是从水中进化来的生物，不过渐渐习惯了陆地生活而已。他不久前看到微信上的一个视频，知道有一种所谓的陆地鱼，学名叫弹涂鱼，别名也叫跳跳鱼和泥猴，它们嘴巴上有鳃，腹部有吸盘，可以吸住树干，再利用胸鳍在树干上爬行。"缘木求鱼"，原来也是一种可能。

他回到家，洗漱了上床，才下定决心看他母亲发过来的信息。她在通常的询问"你在哪""在干什么""注意安全"之外，又送了几张图片过来，说是家乡小镇传成新闻的一桩婚事。正好高中班的群里也有人转了类似的链接，嘉渔点进去看了，才知道男主角是他同父异母的弟弟李楚樵，而新闻是他娶了个洋人女子。这个周末李楚樵在家乡举办了一场别开生面的中国古典式婚礼，男女都穿中国的传统服装，男的骑马去迎亲，女的坐花轿来婆家等等。楚樵小嘉渔好几岁，大学毕业后在南京什么高校里做事，不想认识从瑞典来留学的这个金发姑娘，居然情投意合地结了婚。

嘉渔不知如何评论，临睡之前，给他母亲回了一句"别人也转了。祝他们幸福吧。晚上在外面看了一场电影。"夜里他倒做了个梦，梦见自己也结婚了，而且是一场中国古典式婚礼。当他揭开红盖头的时候，他看见了沃特，倒把自己弄醒了。

第二天去上游泳课的时候，黛珊却出现在池中继续辅导他们，只是有些闷闷不乐、心神不在的样子。大家倒是很兴奋，洋子更是欣喜万分，也在黛珊的鼓励下第一次跳了水。快下课的时候，黛珊告诉他们："我父亲得了一次小小的中风，我不得不着急慌忙地赶回去照看他。好在他基本已经完全康复，他的女朋友也很尽力，所以过完了感恩节，我就回来了。我真地也很想念大家！"

上完课，嘉渔等他们走了才出去，果然在门口看见抽烟的黛珊，就走过去和她说话。黛珊见他戴着耳机，问他听什么呢。嘉渔摘了耳机，告诉她自己最近一直在听詹姆斯·布朗特的歌，尤其喜欢那一首《美丽的你》（You Are Beautiful），而油管上的官方 MTV 更是有意思，是歌手本人演出，他在一个雪天的悬崖上逐一脱去身上的衣衫，然后纵身跳进了身后的大海。

黛珊听他讲了，连声道："那太疯狂了！让我看看。"

嘉渔就把手机递过去给她看，又把一只无线耳机给她听。他们站在那里，一起听歌，看着黛珊投入地观看着手机视频，嘉渔不由自主地小声跟着唱了起来。

You're beautiful

You're beautiful

You're beautiful, it's true

There must be an angel with a smile on her face

When she thought up that I should be with you

But it's time to face the truth

I will never be with you

听完了，黛珊把耳机还给嘉渔，道："很美丽的歌，也有点悲伤。我以前从没听过他的歌。你说这个音乐电视的结尾到底是什么意思？是说他自杀了吗？"

嘉渔一本正经道："也许是说，我们不应该怕水？要勇敢地跳进水去？"

黛珊道："也许是吧。这竟然已经是快十年前的老歌了。我要进去教下一节课了。"

嘉渔忽然道："你知道吗？昨天有个新电影上映了，叫《水的形状》，据说很不错。你要不要一起去看？"

黛珊愣了一下，然后调皮道："我还以为你永远不会问呢！"

一刹那间，嘉渔感觉整个世界都亮堂起来。

（原发于北美文学家园《东西》会刊第 271 期，2022 年 6 月 29 日）

创作谈：小说的体量、象征意义和情感维度

应 帆

关于选哪几篇小说来进入"梦患者 2022 中短篇小说集"一书，我颇费了一番踌躇，最终还算满意于这四篇的选择：从体量上来说，这四个短篇，从 2000 字（《莎拉》）到近 20000 字（《游泳课》），从小小说到几乎等于中篇小说的体量，反映出我的一些创作理念：比如说每个故事都有它自己的长度。记得四千字不到的《碎片》写完时，自己似乎有些恋恋不舍，以为还有未尽之意，却终于按约稿要求交了出去。等朋友看了再说"这是一个中篇小说的体量"啊，我却要为自己辩护了：这就是一个三千多字的故事呢，因为作者要说的都已经说完了，而其余的一切都必须交给读者去想象、补充和完成了。

体量之外，这四篇小说还有一个共同点：那就是意象的应用以及它们的象征意义。"莎拉"是一个有多重意义的名字，是让人想入非非的年轻女同事，也是充满华服诱惑的小店名称，还是"他"即将到来的女儿的名字，当然在希伯来语中，她还有"公主"等等含义。"碎片"是候车大厅里保温瓶破裂后的一地玻璃碎渣，也是人生长途里如钻石点亮的短小旅程；人生可能是一地鸡毛式的琐碎，也可能还有一地碎片的危险和刺激。"路路通"是枫球果，是一味中药，是帮助产妇通奶的古老方子，是小说中的男女曾经用来装饰雪人眼球的道具，也是他们在结婚、离婚、

生子又重逢后打通心结的一种象征。"游泳课"以一个年轻男子学习游泳的历程，解锁他面对情感困惑时的种种挣扎：他和水的关系，更是他和他人的关系。

　　仔细了看，这四篇小说都在讲述都市白领的情感问题，地域上从模糊的中国城镇，到北京，乃至我更熟悉的纽约。人物而言，有接近而立和正在不惑的男性，也有而立前后的女性。在我自己到达天命之年、回首人生道路之际，我意识到一个个体可以幻化为数个个体的生命诠释，这可以体现为短篇小说的局限性，也可以体现短篇小说的丰富性。也许，我写的只是一个人，或者说一类人的生存状态和情感历程：不分年龄，无论男女，我们所面临的往往是共性的一些挣扎而已。如果写作、写小说真地能达到这样一种状态，倒也算是令人欣喜的收获了。

　　记得王渝老师看了《游泳课》这一篇后对我说：看得出你在挑战你自己。这话几乎让我深思。我想，每一位作者都不喜欢重复自己所写的故事，那么面对太阳底下没有新鲜事的现实（又或者有太多狗血情节的现实），写作者们应该如何面对情感的复杂性。《莎拉》只是截取男主人公意乱情迷的人生一瞬，《碎片》表现女主人公面对失败的婚姻时企图寻找安慰和替代的艰难选择，《路路通》则试图从三个人的角度来考察爱情、婚姻和亲情，《游泳课》更为复杂，也更具野心，除了政治和种族之外，男主人公游离的性向也成为一个叙事因子。小说的体量，因此成为人物、情感和叙事复杂度的一个风标和卡尺，这似乎是有心栽花，又似乎是无意插柳。如果读者能从这几篇小说里读出一些超出普通故事范畴的新鲜，作者如我也就尽可感到弥足欣慰了。

常少宏

毕业于中山大学哲学系，读书期间为校内外撰稿。中级编辑。
曾于《亚太经济时报》《中国老年报》《购物导报》任专业记者
共六年，后笔试考入《中国商报》。1995年赴美，获咨询与电脑
科学双硕士学位。纪实文学《一个ABC的冰球之路》（或《冰球
少年成长记》）于个人公众号"地球两端的消息"连载，引起海
内外广泛关注。小说、诗歌、散文、随笔多次获奖并被诸多海内
外报刊书籍收录出版，包括《作品》《文综》《中国青年》《黄
金时代》《三联生活周刊》《侨报》《世界最初的直觉》《北美
中文作家年选》等。小说作品入围2021年《青年文学》"城市
文学"奖排行榜，纪实文学与诗歌获海外著述奖。著有诗集《城
门下的烟雨》（四川民族出版社），以及与顾杰夫合译英文版《遇
见——仓央嘉措情歌》（青海人民出版社）。

我是一条狗

我是一条狗

常少宏

詹妮弗左手握着我的一只前爪，右手掌里躺着她的红色苹果手机，那里循环往复着埃里克·克莱普顿的歌，《天堂的眼泪》。我头枕着詹妮弗的大腿，让她的泪水不停地滴在我脸上，冰凉的泪珠落在我的鼻尖时，我觉得痒痒的。简直是太痒了，我差点笑出声来，但知道这有点不合时宜，所以我只是轻轻咧了咧嘴。当一根银针被推入我的左腿时，有些冷冷的液体缓缓钻入我的体内，像纤细的钢丝一样，刺痛着我，向每一个角落爬行，直抵我五脏六腑的方向。渐渐地我闭上了眼睛，但意识还在抗拒着长眠。我知道，不久我就将永远睡去了。我拼命打开记忆的堤坝，让我的历史洪流冲出脑回路里沟沟坎坎支离破碎的河道，在黑暗中冲向四面八方，那是我无声的抵抗和挣扎。

我并不想死啊。

詹妮弗的长发散发出薰衣草的味道，那些紫色的花香就像我的丝丝回忆，我的过去、现在和未来（我还有未来吗？），我的思绪在生死交替的多维时空里穿越着，扭曲着，纠缠着。

回顾一生，我的故事不可能由别人述说，只能由我自己讲述。

讲给谁听呢？唉！

1

我是一条狗，叫我萨莉吧。

也许明天我就不在人世了，请别为我难过。狗的性命不值钱，虽然我知道死后我的女主人詹妮弗还是会难过一阵子的。其实现在我就躺在她的怀里，她的大胸脯又温暖又柔软，我已经很久没有被这样抱过了。

现在我家主人正在举办派对，庆祝一年一度的美国橄榄球超级碗决赛，二月份也正值中国新年期间，我的男主人亚瑟说这就是"美国春晚"。隔壁布朗夫妇家还有隔壁的隔壁史密斯家等邻居们都来了，他们两家的狗一女一男，小白和小黑，都是我的好朋友。想到过了明天也许就再也见不到我的朋友们了，我顿时感觉有点悲哀。

大约一周前，不知为什么我突然就走不动了。

那天上午，太阳光线里飞舞着混乱的尘埃，直照在我家门前阳台上。

"宝贝儿，今天阳光真好，可是一个好日子。"詹妮弗轻吻我的额头，把我抱出去晒太阳。

我眯起眼睛，透过空气里的尘埃，呆望着院中满目干枯的草地，看草梗从一片白茫茫厚厚的积雪里直愣愣地冒出头来。草梗在太阳底下金光闪闪，像刺又像针。积了一冬天的雪给大地穿上纯洁的外衣，这景致让我的心情不坏。

小黑和小白隔着一里地就闻到了我的老气息，它们也都跑出来晒太阳了，站在各自家的大院子里，遥遥地对着我的方向仰脖长嚎。我知道它们想让我过去玩儿。所谓"玩儿"，无非也就是在一起不停地原地转圈儿，再彼此嗅一嗅对方的私处，最后再转着圈追着各自的尾巴疯跑，直到把自己转得晕倒，躺在地上四腿乱蹬，咯咯地笑着、喘着，暗笑人类也许永远不会明白我们狗儿彼此嗅一嗅对方私处的乐趣。

"喂，你们好啊！"我向着小黑和小白的方向扬起脖子，尽力发出了一阵声嘶力竭的犬吠，算是告诉他们：别闹，我还活着呢。

一年前我就已经胖得跑不动了，每次詹妮弗带我出门方便，溜达到小黑和小白家的院子时，我会被解下拴狗带子，听任小白和小黑随心所欲地用鼻子拱我，甚至爬到我身上，骑着我。尤其小黑，出生没多久就和它的狗妈妈分开了，它很多时候大概觉得我很有母性吧？总是跟在我缓慢移动的肥屁股后面瞎转悠。小白的狗妈妈老白去世也有快三年了，在它们的主人布朗夫妇出去坐游轮度假 10 天未归后，死在了主人的卧室门外，吐了一大滩血。对照老白一身洁白的卷毛，那一滩变黑变污却还在流动的血着实吓人。老白的目的达到了。此后布朗夫妇每天清晨一打开卧室的门，看着门口的地板就会难过一阵子，好像老白吐出的血从未被擦干净过。

布朗太太总是跟詹妮弗叨唠这事儿，大多是在她们牵着我们狗儿们出去遛弯儿的时候。这个故事听得我耳朵都快起茧子了。

2

老白是布朗太太丧母一周后从妹妹家领来暂时寄养的，等一个月后妹妹来领老白回家时，那一狗一人已是难舍难分。在丧母的悲伤加孤单的日子里，老白与布朗太太形影不离，给了她无限的安慰和陪伴。妹妹收了一千美元，把老白卖给姐姐，要求姐姐给纯种的狮子狗老白配对儿，生下狗仔后送一条给自己。

老白被配了好几年种，生了好几窝纯种的小狮子狗，每只都卖了大价钱，盈利被姐妹俩平分。小白是最后一窝生的纯种狗中最小的一条，布朗夫妇就把它留了下来，与狗妈妈老白作伴，因为这一年他们最小的孩子也上了大学，布朗夫妇计划会经常出去度假。每次出远门时，他们的堂亲或表亲会每天来两次，关照白氏二狗的饮食起居。像犯人被放风一样，一早一晚，老小两条狗被从乡间的大房子里放出来，在院子里疯跑一阵儿，各自方便。老白就是在这样的一个日子里死在了布朗夫妇的卧室门外。

其实那晚我曾试图去探望我的伙伴老白和小白，它家发生的事也让我至今刻骨灼心。那天的夜幕初降时天黑得像漆，乌云低低地几乎压住了地面，雷神轰隆隆作响，我以为要下暴雨了，可是片刻间月亮突然就从云层背后爬了出来，把地面照得惨白。我预感会有鬼魅出游。

从家中开着的二楼窗子里隐约听到了狗叫，我便跑下楼，用一只爪子挠了两下大门，佯装尿急，要出门去方便。詹妮弗从电视机前的沙发上起身，小跑着穿过门厅，嘴里不停地说："来了来了，乖，别急。"

大门一开我就窜了出去。越过草地，我疯也似地跑向布朗家的院子，钻过房子侧面的小树丛，抬起前爪，趴到落地窗前，用鼻子顶着冷冰冰的玻璃。我看到客厅里除了沙发就是灰白色的大理石地面，屋里阴森森的。

院子里月黑风高，月亮不知躲哪儿去了，屋内老白横倒在地，睁着的眼睛像两道白茫茫的清光，在头顶一闪一闪的，让我心生怜悯。它是不是想像又回到了最初来到这个家里的日子？那时布朗太太刚刚丧母，时刻抱着它，用手轻轻梳理它的卷毛，小心亲吻它的额头，连睡觉时也把老白紧紧地拥在胸前，同床共枕。

我听到小白尖厉的哀嚎，还有呼啸而过的秋风，在耳边呜呜地像婴儿在哭，风大得把我的两只大耳朵都要吹飞了。我仰望星空，看到树枝与树叶在高处正在拍手欢呼，张臂拥抱。树叶儿们疯狂地左右摇摆，借着月光，树枝、树叶和我同时在窗前投下了诡异妖冶的影子。影子们从落地玻璃钻进去，在屋里游来荡去，像暗夜的爪子在客厅地上缓缓爬行。小白被吓得楼上楼下来回乱窜，我似乎听到了呼呼的声音，我想一定是小白撞开了所有能撞开的房门。伴随小白的尖叫，我也开始哀嚎，希望引起小白的注意。

"它如果看到我也许会安静下来？"我想。

可是小白早已丧失了理智，它一定以为我的影子是最可怕的妖魔鬼怪。

"萨莉！"

"萨莉！"

……

詹妮弗站在我家房外的草地上呼唤，风把她的声音刮过来，原封不动地灌进我的耳朵里，那总是让我迷恋和感动的声音催促着我赶紧往家跑，回去越快我就越能多得几块我的专属小饼干。那晚，因为担心我的朋友白氏二狗，我对狗粮没有食欲，詹妮弗就拿出狗牌牛肉罐头喂我，抵不住诱惑，我吃得很快，但是体会不到一丝往日感到的美味。那晚，我做了一夜的恶梦。

听说第二天老白就被发现死在了二楼她女主人布朗太太的卧室门外，吐了一大滩鲜血。它是怎样拖着垂死之身，挣扎着爬上了十几阶的楼梯？总之它做到了，让女主人对它的死念念难忘，总觉得是因为自己冷落了老白才致使它视死如归。听说那晚小白被吓得魂飞魄散，大小便失禁，而且它的确是撞开了所有的房门。

3

相比较从小受了惊吓的小白，我的另一个邻居小黑是个幸运儿。

詹妮弗每天牵着我出去遛弯儿时会遇到不同的邻居们，他们总要站下来聊一会儿，东家长西家短的，我都听得很不耐烦了。小黑家的故事更是邻居们的谈资。

小黑的主人是隔壁的隔壁邻居史密斯夫妇。在大学最后一年，史密斯的儿子花了大价钱从宠物店买来小黑，是纯种小猎犬，浑身几乎都是黑色毛发，只在肚子底下是白色的。儿子毕业回家带回一张大学毕业文凭，同时也带给父母一份新的责任：帮他养着一岁多的小黑。儿子在家没住满两个月，一甩手去了西部好莱坞，拍有关环境保护的纪录片，自由职业者。

上了年纪的史密斯夫妇是颇为成功的房地产商，只有这么一个独生儿子。儿子上小学一年级时天天嚷着要养狗，还说同学的妈妈讲了："不给儿童养狗的父母无异于虐待儿童"。

"何况你们连个小弟弟都没给我生。"独生子说。

在儿子七岁生日前的"黑色星期五"那天，美国所有的店铺商品大减价。史密斯一家人去逛附近购物中心的宠物店，独生子一眼就看上了一条黑白黄颜色相间的小猎犬，然后就抱着不肯放手了。史密斯夫妇头脑一热，当时拍出三百美元，连讨价还价的环节都省了。回家后一家人搞不定两个月大的小猎犬，它日日夜夜叫声不停，无一刻安宁。后来一打听才知道，小猎犬这种狗是最难驯服的，尤其幼年时，是出了名的闹腾。喜欢小猎犬这种狗的人爱得要死，不喜欢的也是恨得要命，"走失"和流浪的狗中，小猎犬最多。

在与小猎犬鏖战三个月后，一家人身心疲惫。有一天，独生子放学回家一推门，父母齐刷刷哭丧着脸说："小猎犬跑了，丢了，找不到了……"

独生子抱着小猎犬的棉布娃娃玩具们哭了好几天，养狗的事从此不提。

独生子上中学后，有一天晚饭桌上突然对老夫妇说："爸、妈，你们心地太不善良了！我有理由怀疑小猎犬是你们故意放出门去的。昨天我同学家的狗走失了，他们给警察局打一个电话就找回来了。你们当年真心找过小猎犬吗？为什么连一个电话都没打过？"

也许自知当年故意放走小猎犬"罪孽深重"，也许明知儿子是故意带回一条闹腾的幼年狗来，再一次试探他们的人性，史密斯夫妇一丝一毫也不敢慢怠小黑。

如今小黑可享福了！老夫妇无论走到哪儿都带着它，连度假都开车带着小黑一起去，一路停留的旅店都是允许带狗入住的。老夫妇平日在家里的大房子里分居，各有自己宽大的卧室，自在。出门在外，夫妇俩却要两人挤在同一张床上，小黑自己拱着自己的玩具熊，四仰八叉地独自躺在另一张床上。后半夜小黑做梦，又叫又哼哼，老妇小心翼翼地把小黑抱过来，挤在与老夫共枕的一张床上，用手轻拍小黑的脊背，安抚它，仿佛是在轻抚一个孙儿，希望给它足够的安全感。老妇把身子不停地往床边挪，给小黑更多的空间，可是小黑想贴着主人睡才踏实，于是也不停地挪动身子去挤着老妇，这让她随时担心自己可能被小黑挤得掉下床去。老妇半夜去推醒沉睡中的老夫，让他去小黑睡过的那张床去睡下半夜。老夫半夜起身倒床睡，久久难眠。

平日在家时，小黑一周要去好几次狗公园玩耍。相比其它的狗狗，小黑的零食最多，玩具也最多。在狗公园里，狗儿们都爱找小黑耍，互相嗅嗅私处，追着它转圈。老夫妇想：只要把小黑养好了，即使儿子不想着回来看老爸老妈，至少也会想着回来看小黑。他们还在儿子经常去的社交网站开了账号，每周放上几张小黑玩耍时的照片，独生子每次都会去点赞，这更使得史密斯夫妇心甘情愿地为小黑继续"当牛做马"。

有一次我听詹妮弗与史密斯夫妇聊天，说到他们对小黑无怨无悔的付出，说去狗公园碰到的人们都夸赞老夫妇心地如何善良，为人多么仁厚，"对一条狗都能这么无微不至付出的人，一定会被上帝保佑的，一定长命百岁。"我禁不住想：那条十几年前被他们抛弃的小狗，现在怎么样了呢？

4

老白死后，小白成了小黑家的座上客。布朗夫妇外出度假时，有时会把小白寄居在小黑家，它俩成了一天到晚腻歪在一起的好朋友。每次我趴在我家房前门廊晒太阳时，小黑和小白总是冲着我汪汪汪地叫唤，叫个不停。

而我只是一个杂种。据说我的狗爹狗妈也都是出身名门望族的纯种，但到了我这一代就混成了我这样的杂种，就一钱不值了。并且我曾经流落街头。我为什么流浪？我有没有过一个更温暖的家？这是只有我自己才知道的秘密。

此刻，我就躺在我女主人詹妮弗的怀里，紧贴着她又柔软又温暖的大胸脯，我想着小黑、老白和小白，想着我明天会以什么方式告别我的今生今世。

二月是美国东部康涅狄格州最冷的日子，我的女主人家正在举办一年一度的橄榄球超级碗决赛派对，客人们吃了开胃点心后吃正餐，喝了红酒后开始喝啤酒，还有饭后甜酒，等着比赛开始。

十几个不年轻了的男男女女，屁股靠着屁股挤坐在一圈乳白色的皮沙发里，我女主人的头靠在一个男人的肩上。那个男人大腹便便，头发梳理得光溜溜的，中间一撮头发还挺拔地冲天翘着，为他脸上增添了几分英气。他说话的嗓音异常空灵，声调柔软，那迷人的音色与他油腻的皮囊完全对不上号。这男人就是小白的主人布朗先生。他把手温柔地放在我女主人詹妮弗的一头金发上，小心地轻轻地上下抚摸着，仿佛那是玻璃丝般易碎的东西。过一会儿，他的另一只手抓住我的一只耷拉下来的大耳朵，用力地揉来揉去，揉得我很不舒服，他还不时地用手指刮刮我的鼻子，像在逗小孩一样。真讨厌！难道没人告诉过他，我们狗儿不喜欢人类触摸我们的耳朵和鼻子吗？我本来已经无力摆头挣脱，他把我的耳朵抓得太紧了，还因为我迷恋詹妮弗的大胸脯，迷恋她头发散发出的薰衣草香味，我舍不得跳下去，我也虚弱得没有力气跳下去了。布朗也许还以为我很喜欢他玩弄我的大耳朵吧？我们狗类总是把人类想象得像狗一样善良、美好、宽容。

布朗太太在另一边，倚着沙发站在我的男主人亚瑟身后，谈话间一只胖嘟嘟的手时不时地拍拍我男主人的肩膀，很想引起关注。她那发福的完全没有腰身的从上到下一个直桶般的模样，真是可怜巴巴。比起我的女主人，布朗太太实在是不迷人，更不性感，亚瑟对她显然不怎么感兴趣。渐渐地，布朗太太看自己男人的眼神也有点不自然了。她知道这个场合她争不到头宠的，她希望我的男主人可以拉起她的手，捏一捏，攥一攥，哪怕是轻轻地拍一拍，她就可以继续融入在这个关于我作为一条狗明天还能不能继续活下去的讨论里。但是我的男主人完全忽视了布朗太太站在身后的存在，她只好悻悻地移步，找别的女眷搭讪去了。样貌平平的布朗太太腰间有橡皮圈一样的赘肉，但她喜欢穿鲜艳扎眼的衣服，今天她穿了一件印着大紫花和五颜六色花蝴蝶的丝绸衬衫，显得她更胖得有点滑稽。布朗先生是位退了休的高中音乐老师，今天不知会不会又要唱他的保留曲目：《费加罗的婚礼》。他最拿手的是摹仿剧中女高音苏姗娜的咏叹调：《美妙时刻即将来临》，这也是我的女主人最喜欢的曲目：

啊！总想对你表白，
我的心情是多么豪迈；
总想对你倾诉，
我对生活是多么热爱。

……

我的男主人亚瑟一边跟身边人聊天，一边时不时用眼角瞥瞥我，不停地给我的女主人詹妮弗抛去同样的一句话："告诉过你不要养狗！不要养狗！看看，看看！终究是这个下场！"

詹妮弗于是又开始不厌其烦地讲述亚瑟的励志历史，讲他是怎样从中国农村一个大山深处的小村庄里，成为县城重点高中的住宿生；又是怎样成为当地的高考状元，考进了北京的中国重点医科大学。他一路奋斗走出国门，在美国拿到了医生执照，如今是用最先进的激光技术为男人的膀胱做手术的医生。然后亚瑟也总是不厌其烦地开始补充：他上高中时有一天，母亲白天下地干完活，后半天去邻村的小卖部买玉米面。傍晚一个人走着山路回家，碰到一条野狗，冲着母亲狂吠后又猛追。母亲开始还弯腰低头捡砖头吓唬野狗，后来想起自己怀里还揣着二两酱猪耳朵，便拔腿就跑。不料野狗却追得更凶了，直到把母亲追得倒地喘息，野狗一口就咬定了母亲右腿最有肉的小后腿肚上，扯下了一嘴皮肉，再顺着去咬定了母亲的右脚后筋，吓得她赶紧掏出捂在胸口衣服里的二两猪耳朵，使尽气力，抛出去老远。野狗抬起头，眼里闪着绿光，恶狠狠地盯盯母亲，又望望远处的猪耳朵，悻悻地追了过去。母亲拖着伤腿又赶了半里山路，回到家后卧床很久，从那以后落下了残疾，走路迈步时好像那只伤过的腿总是短了一截，人也矮了半头。亚瑟从学校放假回家过春节，看到母亲的残腿，听说是被疯狗咬的，转身抄起舀水喝的半圆形水瓢，追着自家黑狗劈头盖脸地打下去，直到把狗打得跑出了院子。黑狗回来一次他打一次，直到那狗再也不回家了。母亲却在一旁叹气："唉！外面疯狗造下的孽，你打自家的狗做啥？你把它打跑了，外面又多了一条野狗，不知又会去咬哪个过路人呢……"

听到这个每年聚会都会被讲一遍的故事，邻居们照例夸奖我的主人家郎才女貌，夸奖男主人多么了不起。其实邻居们私下会嘲笑我的男主人，"很奇怪为什么中国男人到了美国会喜欢起名叫亚瑟这种奇怪的名字？难道是立志要与英国大不列颠'亚瑟王'一比高下吗？"女主人詹妮弗接下来总会解释："我问过了心理医生朋友，要想医治他这个因为妈妈被疯狗咬伤而不喜欢狗的创伤，最好的办法就是再养一条可爱的狗狗，让他们在日常的相处中化解心结。所以我收养了萨莉，它也曾经是一条流浪狗……"

邻居们感慨："哦，可怜的萨莉！"

"唉呀呀，萨莉真是条幸运的狗呢！"

……

5

　　来到这个家已经五年了，我使出浑身解数讨好女主人，除了总是含情脉脉地用双眼时刻追随她，我的舌吻功尤其是远近闻名的，人们都说我是"Such a good kisser"（一个接吻高手）。

　　当我的女主人去流浪狗收养中心决定领养哪条狗时，我一见她就觉得我们前世有缘。我娇羞地摇头摆尾走过去，任她弯腰伸手把我从头摸到尾。我抓住机会伸出我的长舌头，连吻带舔，享受她脸上细嫩的白皮肤里散发出的草莓味道。她上来亲我，我就吻她的嘴唇。

　　"Oh, you are such a good kisser!（哦，你真是一个接吻好手！）"詹妮弗咯咯地笑着，把我抱得紧紧的。

　　我相信是我的吻功征服了詹妮弗，没过两天我就入住了这个温暖的家。但是我的男主人亚瑟不喜欢狗，他是一个医生，喜欢家里一尘不染，而我总是会掉毛的。我这么多年来总是对男主人更加讨好地摇头摆尾，礼貌有加，显得一点也不介意他的冷漠。不过我有自知之明，我知道他至今也没有完全接纳我，即使明天我就会生死不明。我深刻地感悟到：一个不爱你的男人，无论你怎么做，他还是不会爱你的。这么多年，那些风雪交加的夜晚，男主人值班后夜归，我总是第一个站到门口热情迎接，我对他摇头摆尾，我在他面前不停地转圈表达见到他的欢喜。他偶尔也会感激地拍拍我，我还以为我已经感化了他，但现在听他说的话，我知道原来他一点也没有改变对我的态度，他还是在抱怨詹妮弗五年前不应该把我拯救来这个家。要知道，那时流浪狗中心的狗儿们如果没被收养，两个月后就会难逃被"安乐死"的命运。感谢我的女主人，让我又苟活了五年。这五年我是幸福的，我知足。

不错，我是一个杂种，我曾经流落街头。后来我被流浪狗中心收留，在我身边的名牌纯种狗们被一一领养的两个月后，在我因为无人领养即将被安排"安乐死"的前几天，我现在的女主人詹妮弗收留了我。不，她拯救了我！

人人都夸詹妮弗心地善良，说她从小生活优越。她有太多的名牌儿了：名牌大学，名牌衣服，名牌包包，名牌医生老公……所以她一点也不介意我是不是名牌，是不是纯种。他们没有孩子，我觉得詹妮弗是把我当成了她的亲生儿女。她不在乎我只是一个狗中的杂种。

我虽然是一个杂种，但是我竭尽一生去热爱身边的每一个人。我努力不计前嫌，无论主人怎么待我，我都永远是友善的。我每天摇头摆尾，给每一个向我示好的人类献上我最真挚的最卖力的亲吻。我努力去取悦每一个人，逗他们开心。上帝希望人类友善相处而人类永远也无法做到的事，我们狗儿们都做到了。人类如果能够学到我们狗性的百分之一的品性，这个世界是不是会比现在更加美好？

唉！人类的事情怎么可能以我一条狗的意志为转移呢？就像我的男主人，我花了五年时间来讨好他，但他还是认为我的到来是一个错误。何况现在我已经病入膏肓了，我有一个星期不能走路了，詹妮弗每天数次抱我到门外雪地里去解决大小便问题。我基本不吃不喝了。我能表达的对人类的爱和驯服，也只能是动动我的还能稍稍摆动的尾巴，啪啪地拍打几下地板，同时咧开我的大嘴巴，发出撒娇一样的呜呜声。趁着我的女主人还没有完全嫌弃我，我最好还是明天就死了吧。

半年前，我的右腿大腿上无缘无故地长起了一个大包，开始他们以为我是被鹿扁虱咬了，后来认为是被蚊子叮了或者蜘蛛咬了，但是亚瑟很快认定我应该是得了骨癌。詹妮弗不敢带我去看兽医，如果真是骨癌，那么我就会被留在宠物医院里，被实施安乐死，人类认为那才是对狗儿们的最善良的"人道主义"。但是如果可以苟活，我们狗儿们也不想死啊！如果能多活一天，为什么不呢？詹妮弗怕宠物医生会建议让我早早"安乐死"，她总是在丈夫面前按按我腿上的大包，我忍痛装得若无其事，于是她会说："你看萨莉长个大包不痛不痒的，我们怎么舍得就这样判了它的死刑？"

但是我必须承认，那个大包让我越来越虚弱，越来越懒惰。我唯一的乐趣就剩下了美食。詹妮弗特意为我每餐加了牛肉罐头，这使我体重剧增，我胖得快迈不动步了。最近这几天，我对吃喝也失去了兴趣，没有胃口。亚瑟再次强调：明天必须去看兽医了，他不想看我死在家里，认为那是晦气。如果确诊是骨癌，我明天就会被安排"安乐死"。

"安乐死"，是谁起了个这么好听的名字？无论什么样的死，对于死者来说都不可能是平安喜乐的。何况作为一条狗，我哪有自己选择生死的权利呢？我们狗儿们的命运从来都是掌握在人类的手中。不是吗？

我宁愿我还腿脚灵活，那么此刻为了不让我的女主人为难，我会像过去一样用两只前爪挠门，假装要出门方便。然后我会踩着积雪走过大院子，让干枯的草尖刺破我四只脚上的每一块肉掌，任红色的血洒在白茫茫的雪地上。我会走过两条街，再转过另外一条巷，那里有一条河。我会走下河坝，踏着冰面到河对岸去，那边有浓密的灌木丛，还有高耸入天的松柏树，那里是野鹿、狐狸还有土狼出没的地方，是我一直想去探索的去处。也许薄薄的冰面会被我肥胖的身体压碎，那我就游过河对面去，抖落我身上的冰茬子，找一处土面松软的丛林边，用我受伤的爪子刨一个坑，坑的大小应该足够我躺进去。我会安静地卧在坑里，望向天空，如果那时有星星和月亮，我会借着月光数一数星星，直到累得闭上眼睛，睡去。睡去，想象着我就躺在詹妮弗身边，闻着她脸上的草莓香味，还有她长发上的薰衣草味道，让二月夜里的寒气把我的尸体冻僵，那样第二天即使有土狼来吃我的身体，也足够崩断它们的牙齿。

此刻我悲壮地想象着我可能自己选择的其他死法，我身边的人七嘴八舌，整个一条街的邻居都来我家参加超级碗比赛派对了，当下他们的所有话题都是关于我的命运。

我是今晚的头宠。

我身边围了一大群人，他们向我投来怜悯的目光，以温柔的语调安慰着我的女主人。每一个站起来端着空杯子去吧台续酒的人，经过我时都会拍打我的头，有的手轻，有的手重。然后他们再摇摇自己的头，好像在说："好可怜的一条狗啊。"我躺在我女主人的怀里，她的大胸脯又温暖又柔软，她眼角挂着泪珠。我已经很久没有被这样拥抱过了。

一年一度的美国橄榄球超级碗决赛马上就要开始了，男人们开始往一个蓝色的橄榄球帽子里扔 20 美元一张的钞票，压赌今晚哪一方会赢球。电视机里身材前凸后翘的金发碧眼的美女们又唱又跳，穿着护具戴着头盔全副武装的球员们开始入场，他们绕着球场转圈儿。电视机内外的人们开始欢呼了，我知道今生我被头宠的时刻也马上就要结束了。这时我冲着布朗抚摸我鼻子的手恶狠狠地咬了下去！我早就忍无可忍了，因为他的另一只手早已经从抚摸我女主人头发的位置滑到摸着她的屁股，我想喊："亚瑟！你没看见吗？"布朗嗷嗷地叫起来，甩出手打在我的脑袋上。

詹妮弗也慌忙站起身来，躺在她腿上的我啪地一下被重重地摔到了地上。其实我哪有力气真咬人呢？布朗的左手虎口部位只不过留下了我的牙印而已，没有伤口，更没有血。但是众人都被我惊到了，我成功地引起了所有人最后的注意。让他们恨我吧，这样证明我还活着，即使活成了一条疯狗！

几个男人把我抬到大厅对面的一个角落里，让我面壁靠墙，躺在我的狗垫子上。詹妮弗不时地走过来，伤心地抚摸着我。我真想再最后一次向她献上我的热吻，可是我站不起来了，我够不到她的脸和唇。

人们开始看超级碗比赛了。

现在，我需要独自安静地想一想：我应该怎样了断我这一生？今夜我能否也像布朗家的老狗老白一样，爬到二楼我女主人的卧室门外，吐一口鲜血，然后安详地闭上眼睛？

我还能等待什么呢？

***

（后记：第二天，萨莉被确诊为骨癌，不治之症。出于人道，萨莉当天在宠物医院被实施安乐死。第三天，萨莉的女主人收到各方发来的手机短信，安慰她：节哀顺变。他们相信萨莉已经升到了天堂。）

创作谈：人与狗

常少宏

　　毫无疑义，我生长于中国，但是 1995 年前在中国时我没养过狗。北京，大城市，居民楼里也没有条件养狗。

　　1976 年住地震棚的时候，我上小学三年级，上中学的哥哥不知从哪里领了一条小狗来，偷偷养着，我都不记得它是什么模样的狗了。没养几天，我不记得狗有没有叫过，但还是被火眼金睛的居委会派出所发现了，他们挨门挨户地到简陋的地震棚里搜索，说怕动物带来传染病，把能发现的狗都拴走了。当天就听邻居们七嘴八舌地议论，说狗被拉走后，唯一的命运就是被打死，统一土葬。

　　后来到了美国，我家养过一只 70 多磅的德国牧羊犬与哈士奇的混种，名叫"黑草莓"。它浑身全黑，很听话，但与人的互动显得比较木讷。我儿子两岁时，俗称"人嫌狗不待见"的岁数，有一阵他喜欢恶作剧。儿子每每跳上沙发看电视时，如果黑草莓也窝在沙发中间趴着，他推不动狗，就把一根小手指伸到黑草莓的鼻子里去，捅一下，黑草莓总是顺从地跳到地上，给儿子让地方。儿子却往往马上舍弃刚刚抢来的地盘儿，自己也跳到地板上，抱着黑草莓一起看电视。那时黑草莓已经 14 岁了，相当于人的寿命的 98 岁（14x7，据说狗命一年相当于人的七年）。百岁老狗每天花大部分时间睡觉，任由好动的儿子随意"骚扰"。可是有一次，当儿子把小手指伸进黑草莓的鼻孔时，它却头一甩，张嘴咬在了儿子一只手的虎口上。儿子吓得大哭。其实美国的宠物狗哪里会真的咬人呢？黑草莓不过是在儿子的手上留下了两个牙印。爸爸乘机教育儿子：狗的嗅觉灵敏是天性，狗鼻子是狗最敏感的部位，神圣不可侵犯，狗最不喜欢人把玩它的鼻子，狗性也是要被人尊重的。

后来我们出门度假一周，帮忙照顾狗的隔壁邻居打电话来，说黑草莓死了。说它一定是觉得孤独，思念我们，自我们离开那天它就基本是不吃不喝了。然后有一天早晨，邻居来开门溜狗，就发现黑草莓紧靠着门断了气，吐了一滩污血在门前的地板上。我们告诉邻居帮忙叫车把黑草莓送到宠物医院，先冷冻起来，等我们回去再火化。

儿子七、八岁时每天嚷着要养狗，于是我们就养了小猎犬"萨莉"。

萨莉进门时只有几个月大，它绝顶聪明，好像一个智商一岁半的孩子，可以明白懂得许多东西，与你交流，逗你开心，粘着你，无条件地爱着你……

但是因为有了黑草莓的死在前，我会莫名其妙地担心萨莉有一天也会离开我们。2015年左右我上了微信，开始恢复用中文写作。当时儿子上的耶鲁大学附近的私立小学班级极小，每个年级只有十几个孩子，一同数年，家长关系好与不好都要打好几年交道。有时孩子闹矛盾后很快和好了，介入孩子矛盾的家长们反而一直相处非常别扭，可是也无处回避，硬着头皮每天低头不见抬头见，熬到孩子六年级小学毕业。每个家长双方的职业、夫妻关系、子女关系、甚至与爷爷奶奶姥姥姥爷的关系等等都几乎是透明公开的八卦。我知道有一个律师妈妈出版了系列儿童小说，把一家四口写成了小动物，与儿子同班的男孩都是"小松鼠"。受到启发，我于是想写一本关于狗的小说，狗的名字就用"萨莉"，以后以此纪念"萨莉"。可那时萨莉还是一条幼儿狗狗啊！我在人生最旺盛最可以尽情享受的时候却是如此害怕失去。

我用英文写了许多日记一样的东西，记录萨莉的也是我们的生活。比如我们开车带着它去佛罗里达度假三次，如何逃过酷暑，夜间偷偷把它抱进不许狗入住的旅店；比如我们去南美洲的海滩度假时，看到许多名牌流浪狗，据说是到那里准备养老的美国和加拿大人养了几个月或者几年，离开后就遗弃了这些"临时的宠物"。没有做过绝育手术的小狗们不停地野合杂交，经常看到一队一队的小狗儿老狗们在路边等着过马路，等一辆又一辆车开过，跑到马路对面的海滩。它们在海滩挖坑，然后卧到沙坑里去睡觉。我担心如果涨潮时，狗狗们会不会被海水埋没？当地人说无需担心，狗会游泳。

我于是构思了一条狗活过三生三世在三个人家渡过一生的故事，中间它还有过流浪的经历。于是有了这篇小说，成为我恢复中文写作后的小说处女作，写于 2016 年，在我真的去参加了一个美国橄榄球超级碗比赛的家庭派对后。那家女主人真的收养了一条流浪狗，也是纯种猎犬。那次派对两年后，我意外从另一个朋友处听说那家的女主人已于不久前去世，死于胰腺癌。一年后，我家萨莉死于骨癌，不到十岁。

并不是说我故意在小说里杜撰生死，而是人到中年，身边太多的生生死死，无处可逃，写出来也是一种纪念。

这篇的续篇——短篇小说《萨莉》——是我写于萨莉去世后的 2018 / 2019 年，写一条狗与一个男孩的移民家庭的故事，发表于 2021 年五月号的《作品》杂志，曾荣幸地入围《青年文学》2021 年城市文学奖，收入 2021 年的梦患者系列。

这个系列的第三篇小说现在是英文版，是我在 2020 至 2022 年选修美国英文创意写作课时不停地提交讨论不停地修改的一篇，写一个女孩与一条狗的故事，中间的男主人公（女孩妈妈的男朋友）是位从伊拉克战争退役的军人，有战争创伤，被狗和女孩的爱治愈。我想我会把第三篇关于人和狗的故事翻译成中文，希望收入 2023 年的梦患者系列。

　　这个系列的三篇故事我都有英文版，因为我需要在上英文创意写作课时交作业。在课堂上我听到的最多的建议是："应该把三篇的故事都改为第一人称为狗的叙述方式。"我认真思考过这个建议，但那要大工程。我想当这个故事成为一本书的时候（如果有那么一天），我也许会采纳创意写作课上同学们和老师们的建议，改从宠物狗萨莉的第一人称角度写。

　　我是记者出身，习惯于思维和下笔基于事实，所以我的小说都有原型，但他们又是绝对的虚构，是各种经历、阅历的排列组合，就如鲁迅谈自己小说创作时说，他的人物往往嘴在浙江，脸在北京，衣服在山西，是一个拼凑起来的角色。

蒙特利尔的阴谋

蒙特利尔的阴谋

常少宏

　　一条斗鱼在一个大肚小嘴的玻璃鱼缸里执着地绕圈，游动，仿佛沙场上一位昂首挺胸的斗士，冲着一个方向前行，目不斜视。它红紫相间的条纹在动态的水中缠绕，似两条纠缠不清的丝带在水中飞舞。它宽大的背鳍尾鳍摆动的姿态像打着节拍，让水面上漂浮出优美的旋律，变幻出缤纷的色彩。狮子狗花儿卧在桌上，身体紧贴鱼缸，那姿势是把斗鱼拥在了怀抱里。花儿的眼半睁半闭，下巴趴在两只前爪上，尾巴翘起，并轻轻扇动，目光凝视着对面浴室透明的玻璃门。

　　凌美丽拉开玻璃门，从淋浴喷头下走出，拉下门旁挂着的一条长浴巾，抱在胸前，站了好一阵，之后才想起要去关上浴室的水龙头。她并没有用浴巾裹住身体，而是擦拭着湿漉漉的头发，赤裸着身子光着脚走进客厅，在落地穿衣镜前站住。她端视镜中自己的裸体，想起刚刚那个日餐店里的经理，那个自称来自蒙古国的男人，心里涌出一股暖而且痒的感觉。那感觉像电流一样爬遍全身，在每条毛细血管里奔腾、冲撞，这让她有一种久违的兴奋。

　　过去 48 小时之内发生的一些事，新认识的两个男人，让凌美丽放弃了这次蒙特利尔之行的一个阴谋，甚至更可能是一桩罪恶。她内心思忖着这件事的前因后果，依然有种捉摸不定的感觉。

1

太阳很高。美国东部 95 号高速公路向南行驶的车辆时多时少，大货车给人的压迫性与紧张感不时地从身边驶过。

去年五月初的一天，最后一次参观哈佛大学后，凌美丽与儿子凯文从波士顿回纽约。儿子开车，坐在客座上的凌美丽心情大好：凯文考上了哈佛大学，三月初以来，各方的艳羡与祝福把母子一起送上了人生的巅峰。

此时凯文瞟了一眼妈妈，深咽一口吐沫，又轻轻叹了一口气。他双眉紧锁，在前额上拧出一道明显的竖痕来，像被小刀划出的很深的伤口，只是没有血迹。

"妈妈，你想不想读一下我的大学申请材料？800 字的申请书。"儿子说。

"当然早就想读，我问你要了好多次，你为什么从来不肯让我看呢？"凌美丽答。

片刻沉寂，凯文犹豫着，他知道接下来与妈妈的谈话会引来一场暴风骤雨，所以他说话的语气很轻，而且吞吞吐吐："打开你的手机……查你的邮箱，它已经安静地躺在那里等你了。上路之前我发的。我觉得是时候让你知道了。"

"知道什么？"

"你读了就知道了。"

凌美丽拿出手机，手指轻松地高抬、再落下，像小鸟伸出脖颈欢快地点击水面饮水一样，轻击两下手机页面上的谷歌邮箱。在两个广告邮件之后，她找到了儿子的伊妹儿。没有题目，没有任何附加文字，只有一个文件链接。打开，才读到第一句，凌美丽已顿觉五雷轰顶。

"我和其他所有的华裔美国'学霸'一样，擅长数学，在所有的标准化考试中都得满分，除了我是一个同性恋者。我对父母无法启齿，尤其我的单身母亲……"

凌美丽的心被从浸泡在温泉的舒适中一下子扔到了一个冰窟窿里，她觉得冷到窒息，而湖面上的冰越结越厚，她只能在冰层下挣扎，瞬间就要沉底了。她不知道接下来该说什么，做什么。

"他是谁？我可以问吗？"

"这重要吗？你已经在问了。"

"什么对你才重要？"

"重要的是我妈妈不知道我是谁，而她一直说她是这个世界上最爱我的人，她一直告诉我她可以为我牺牲一切。"

"难道不是吗？我这么多年都是为了你。"

"又来了，总是这套道德绑架。"

"你从什么时候开始的？"

"这是审讯吗？"

"告诉我你这是为了申请好大学的一个谋略而已。同性恋加单亲家庭，这是藤校关注的。我的确与你开过这样的玩笑，说你生长在单亲家庭是个优势，如果再是同性恋的话，加上你的好成绩，可能藤校会更想录取你。"

"不幸的是这一切在我身上都是真的。妈妈，你除了关心我是不是又多拿了一个 A，是不是在竞赛里又多了一个奖，你关心过我内心的需求吗？"

母子彼此质问时，儿子突然狠踩油门，当疾速行驶的车子几乎撞到了前面的一辆大货车时，他猛转方向盘，拐上了左边的快行线。在凌美丽心里，儿子一直是一个稳重而有分寸感的孩子，这超车的速度吓得她尖叫起来：

"你不要开这么快，你想让我们出车祸都去死吗？"

"那你就不要说话了！我就知道你对我的爱总是有条件的，从小到大一直如此。你不觉得吗？"

"你停车！靠边停车！"凌美丽几乎用尽浑身气力才发出了嘶哑的叫喊，她突然明白什么是"声嘶力竭"。

"很快就到下一个高速休息站了，到那里我会停车。你没必要这么激动。"儿子话音冷静，听上去他心里早有准备，直面这场母子之间不可避免的风暴。

到了休息站，车还没停稳，凌美丽就开门冲了出去，直奔一棵参天高的红橡树边站下。看着树干上丑陋的树皮，深灰参杂着棕色，还有一条条布满树干竖脊上的宽阔的发亮的条纹，她开始流泪。她觉得自己就像那棵树一样，把一切水分和滋养都给了儿子，把他培养成了一棵枝干茂盛的参天大树，而自己就像那苍凉的丑陋的树皮，慢慢老去，随时都会剥落，摊在地上，化为尘埃，最终不知被哪阵风吹到什么地方，连魂儿都找不到。

"我这十几年所有的生命都给了你，我做的一切都是为了你，我有什么错？你为什么要这么对待我？"凌美丽望着低头向自己慢慢走过来的儿子，忍不住大声质问。

凯文靠着红橡树坐下，扒拉起地上一两块干裂的土块，随手捡起一片有着锐利的裂片形状的叶子，数出了 11 个棱角，然后从每个棱角的缝隙间开始撕断叶片。他的语气毫不示弱："你情绪的晴雨表是跟着我的学校成绩和竞赛结果走的，难道不是吗？"

凌美丽无语。

"还记得我七年级时有一次西班牙语的小考试拿了个 C，你那天连饭都不做给我吃，说你再也不想管我了！后来我期末考了全 A，你做了炒龙虾、烤牛排等等一大桌子菜。还有一次我的英语拿了个 B，你说没有圣诞节礼物了……这些事让我很伤心，我觉得你像其他许多中国父母一样，给予多少度爱的温暖，都是跟着我的学习成绩升降的。"

凌美丽更加无语。

"过去十年，你和爸爸在地球的两端冷战，我夹在中间，你们以为我好受吗？送我去好学校，满足我的物质需求，难道这就够了吗？你什么时候在乎过我的情绪和心理需求？"

听着儿子这一套接一套的控诉，凌美丽怔住了。她想不到儿子竟然把这些陈年往事记得这么清楚，这让她心虚起来。她本以为自己一直是一个鞠躬尽瘁、几近完美的妈妈，但现在儿子的话明确告诉她："你不是！"

儿子一直是很有女孩缘的，甚至从小学开始，到初中、高中，一直都有女同学喜欢他，但是凌美丽要求儿子"绝对不许早恋，影响学业。"她现在真后悔，她觉得一定是因为自己限制儿子与女孩交往，所以儿子干脆去交了一个同性朋友。

"那个在 11 年级的舞会上特别喜欢你的白人女孩子，你的舞伴，名叫格蕾丝是吗？你们还一起去看过电影吃过饭。是我不好，当时怕你早恋耽误学业，所以禁止你与她单独来往。听说她考上了斯坦福大学？我其实很喜欢她，她个性很可爱，她似乎也一直想讨好我。"

"妈妈！你真可笑！你是在希望我现在去找格蕾丝，然后我就不会做个同性恋给你丢脸了吗？"

凌美丽不敢直面儿子的眼睛，她觉得那犀利的眼神是钻进了自己心里，看穿了自己五脏六腑里所有的弯弯绕。她只能让步，继续艰难地交谈。

"这个男孩子是谁？怎么个好法？"

"他叫丹尼尔，他给了我从来没有感受到的倾听与理解，他让我知道什么才是真正的毫无条件和保留的关爱，这是我人生中第一次感受到的东西。"

聊起丹尼尔，凯文滔滔不绝："他是加拿大人，小时候是游泳健将，我们是在去年的奥数夏令营认识的。你一直说讨厌游泳池，你说漂白水混合着消毒水的味道曾经让你呕吐，所以你从来不让我学游泳。"

听到"游泳池"几个字，凌美丽的脸上顿时显出苦楚的样子。

"丹尼尔在我们夏令营自由活动时放弃了自己与营友一起玩水的机会，在那个像仙境一样的大湖里，他花了一个半小时教我如何浮在水面上，如何在水里呼吸。那次我学会了仰泳，感受到了人生第一次真正的自由和松弛：把自己完全交给自然，不挣扎，不抵抗。妈妈，你体会过那种 Follow your heart（跟着感觉走）吗？"

想到游泳池里的消毒水味道，凌美丽觉得自己心上的伤疤被再次揭开，但她不想把苦痛分享给儿子。她想为自己辩解：谁不想活得潇洒？Follow your heart，但是作为一个母亲，培养你进入名校是我的责任，让你的人生站在一个更高的起点上。我有错吗？想到自己的委屈，凌美丽的声音里夹着哭泣：

"你从没告诉我说你想学游泳，我怎么会不让你学游泳呢？你的主攻体育项目一直是打网球，我也有十几年没游过泳了，我们哪有时间做那么多事啊？如果你想学，妈妈会支持你干任何你想做的事情。你应该找个游泳教练，学起来不难。"

儿子嘴角咧了一下，似笑非笑地说："我有一次坐在丹尼尔身边聊天，他听我讲了一个多小时，听我说我的委屈和压力，他不评论，不说教，只是倾听。妈妈，许多时候我想跟你说什么，我只需要你倾听，不是要你总是指点江山，不是所有的问题都需要答案，可你总是还没等我说上两句话，你就开始批评指正。一切都是你更懂，永远正确。"

儿子这些话让凌美丽觉得完全无法辩驳。可是想到华人社区都是保守的人，不会接受同性恋的，如果周围朋友知道了，一定会在背后耻笑她。

"大家还都羡慕我把儿子培养进了藤校。我、我怎么向朋友们交待我的儿子是个 gay（同性恋）？"凌美丽边说边又忍不住落泪。

但是眼泪非但没有打动儿子的心，反而让他更反感地说："你不觉得自己自私吗？你只考虑你的感受，而我呢？你要我继续为了你的面子而活着吗？"

凌美丽无言以对。她走回车边，自己坐到驾驶位子上，下意识地启动引擎。等了十几分钟，车子空转着，终于等来儿子拉开后车门，声音疲惫地说："妈妈，我们不要吵了。我坐后排，你安心开车吧。"

母子二人余程无话，到家后各回自己的床上躺下，开始了冷战。晚饭每人一包方便面了事。

第二天一早，凌美丽努力收拾好情绪，做了儿子喜欢的培根炒鸡蛋，热好牛奶，照例去敲儿子卧室的门。门是虚掩的，一敲就开了，她一眼就看到儿子留在书桌上的字条："妈妈，我不想留在家里让你难过，我早就计划提前去波士顿租房住了。我同学已经帮我在那边找好了一份麦当劳晚班工作，还在一家咖啡连锁店上班，早晨五点到中午 12 点。我可以养活自己了。勿念。谢谢妈妈。"

想到儿子一定是早有预谋搬离这个家，凌美丽独自放声大哭起来。

2

那次哈佛之行回来路上的谈话之后，儿子就搬出了凌美丽在纽约曼哈顿精心挑选布置的一房一厅公寓，窗子直面中央公园的湖。同样的房价在华人扎堆的纽约皇后区可以买到三个卧室的公寓，但她宁愿面积小一点，住在曼哈顿的中心位置。在那里，母子住了十年。儿子住主卧连着卫生间，凌美丽住厅里，说方便做饭，不会吵到需要安静学习的儿子。凌美丽在厅里摆了一个屏风，隔开自己的单人床，另一面是厨房连着落地玻璃，边门通向一个大阳台，可以俯瞰纽约中央公园。

儿子走后，凌美丽自己搬进了主卧室。她在网上一个宠物救助中心收养了一只迷你狮子狗，取名"花儿"，又去附近的宠物店买了一条斗鱼。她本来想买两条鱼，想着让鱼儿也可以彼此有个伴儿，但是结账时售货员多了一句嘴：

"斗鱼只能在一个缸里养一条，否则两条鱼会一直厮杀，直到把另一条咬死为止。有时还可能两败俱伤，谁也活不成。您要不要再买一个鱼缸，分开装？"

凌美丽连连摇头，她心里想起自己与前夫最后婚姻中的"厮杀"，是不是有点像被装在了同一个缸里的两条斗鱼？她觉得还是只养一条鱼更好。自己这么多年也像这斗鱼一样，在外人面前活得还算光鲜亮丽，加上有儿子陪伴，她挺有目标：把儿子培养成才。但是儿子离家之后，凌美丽的心被掏空了。她希望与一条斗鱼和一只小狗重组一个"家庭"。

圣诞节前，凌美丽鼓足了勇气，给离家出走已经八个月的儿子发去一条手机短信，她内心酝酿了一个计划，一个阴谋。

"亲爱的儿子，妈妈好想你。谢谢你寄的贺卡，还有祝福我生日的玫瑰花，很高兴知道你在哈佛大学大一的生活一切顺利。从五月离家，你只在八月底开学前回来过一次，取你的东西，那次我们又吵架了。妈妈一直在反省。你说的对，妈妈应该无条件地爱你，爱你的一切。未来你想怎么生活，妈妈完全接受。只要你快乐。"

"叮咚"，手机瞬间发出了儿子回复短信的声音。

"谢谢妈妈理解。我这半年在大学里很快乐，不要担心。我很好，对许多东西我也在重新审视。盼望回家。"

"圣诞节你有什么打算？我们要不要去哪里度假？欢迎你请丹尼尔还有其他朋友加入哦！"凌美丽乘胜追击。

"丹尼尔邀请我去蒙特利尔过新年。你知道的，他在那里读大学二年级。我们准备去看一场加人队的冰球比赛。哦，忘了告诉你，丹尼尔在高中是很棒的冰球守门员！"

"妈妈跟你一起去吧？我帮你开车好吗？我去租一套Airbnb（民宿），我可以给你的朋友们包饺子庆祝新年。我也好想去蒙特利尔，听说那里的冬天别具特色。"

凌美丽铁了心要与儿子"斗智斗勇"，她的手指飞快地在手机上打字，克制着自己，在字里行间不露声色，她能听到自己心跳的声音。她真怕儿子拒绝。

儿子在手机另一头的反应慢了半拍。

"……好吧，我考虑考虑。"

向儿子低头示弱，这一招果然有效。儿子有回转之意，开始愿意交谈了。凌美丽把手机往客厅沙发上轻轻一扔，脱掉了里里外外的衣服，赤身裸体，转身给桌上的斗鱼喂了几片鱼食，拍拍小狗花儿的前额，哼着小调走进浴室。她想冲个热水澡，彻底放松自己。

从淋浴喷头下走出，凌美丽光着身子走进客厅，在落地穿衣镜前擦拭着湿漉漉的头发，端视镜中自己的裸体，从上到下，看得相当仔细：齐肩长的大波浪黑发滴着水珠，盖住半边面颊，增添了几分妖娆和性感的神情。她的脸红润、光滑，被刚才热气腾腾的淋浴熏得仿佛擦上了一层粉底。岁月没有在她的胸前留下痕迹，乳房依然丰满，并且骄傲地俏丽着；她的腰身线条凹致，除了小腹微凸，她需要不断提醒自己挺胸抬头收腹。她的腿皮肤白皙，尤其小腿细长，如果不是年龄的原因，穿超短裤也是无可厚非的。此时看到客厅电视里打网球的女子穿着超短裙挥舞球拍的样子，凌美丽暗叹：那为何不可以是自己呢？

佛教里的童颜老叟因为不近女色才显得年轻，难道女人也会因为禁欲而永葆青春吗？凌美丽在心里问自己：这样的身体应该对异性还是很有吸引力的？

从 40 岁到 50 岁，将近 10 年没有男人进入过凌美丽的身体了，不是她不想，也不是没有机会，但是她觉得自己的生命之花在 40 岁那年就凋零了。她曾经去注册过数个交友网站，也约会过 20 几岁到 70 几岁的各种男人，她想报复，但那种游泳池里的氯水味道每到关键时刻就来袭击她，让她感觉恶心，落荒而逃。想到即将可能发生的事情，想到自己的阴谋，凌美丽的心咚咚地跳了起来，她惊慌地用手按住自己的前胸，仿佛那颗心会随时跳出喉咙。

这一晚，凌美丽从一个房间走到另一个房间，内心开始咒骂自己。她又闻到了游泳池里漂白水混合着消毒水的味道，让她觉得恶心，厌恶到随时想吐。她蜷缩在床上，一只手不停地揉搓着花儿的肉肉的两只后爪，那种感觉把她带回到 18 年前儿子两岁时。她也是孤独的一个人，老公总是有公务外出，儿子是她唯一的安慰。每天晚上，儿子像条小狗卷在她的身后，紧紧抱着她。她一只手握住儿子两只肉乎乎的热乎乎的小脚丫，把自己冰凉的手捂得直出汗。回忆着过去，凌美丽下意识间把花儿的爪子越握越紧，它蹬腿想要挣脱，反而被凌美丽用双手握住了四只小爪子。花儿透出无辜的眼神，一眨不眨地望着凌美丽，而凌美丽则直愣愣地望着微暗的夜灯下床头柜上的那条斗鱼，在圆肚玻璃瓶里有节奏地舞动鳍翼，跳着西班牙斗牛舞，旁若无人。

3

车子开入加拿大，小狗花儿从睡梦里醒来，兴奋地在后排座位上徜徉，看看左边窗外，之后又垫起前脚趴到右边的车窗上，看风景进入了圣劳伦斯河与渥太华河的交汇处。太阳显出淡粉加浅黄色的余晖，像新鲜切开的三文鱼片一样，颜色诱人。那夕阳渐渐变得血红，在水面上慢慢晕染、沉落。马上就要进入蒙特利尔岛了，突然间下雪了。雪从天飘落，漫舞，真像有天女散花般，撒下了洁白的细碎的花瓣。凌美丽看看脚边纸盒里装的玻璃鱼缸，斗鱼安静地漂浮着。她打开车窗，伸出手，接住雪花，放在眼前，看了又看，她想分清雪花有多少瓣，无果。

经过六个多小时的车程，凌美丽与儿子凯文抵达了蒙特利尔市中心一栋雕琢的法式楼房下面。丹尼尔住在这里。凌美丽把头转向车窗，用力吸吮飘进车里的雪花，像小女孩一样兴奋地说：

"哦！雪，如此浪漫的落雪。你尝尝，粘在嘴唇上是甜的。"

凯文以一种几乎是慈祥的神态说："妈妈，你今天很漂亮，我喜欢你的红围巾。你化了妆的皮肤看上去很年轻。"

"谢谢儿子，我很高兴我们一路聊得开心，好多年没感觉过这种轻松了。"

凌美丽放下座位上方的遮阳板，打开上面的小镜子，端详自己的大红嘴唇和闪亮的假睫毛，还有涂着浅粉混杂蓝色的眼影。她用手轻轻托起自己的卷发底端，让头发显得更蓬松些。对着镜子摆出微微一笑时，凌美丽的内心刺痛了一下，因为她看到后视镜里走来了一个年轻人。她觉得是自己为自己递的刀子在心上深深地划了一道，她知道自己这刻意的打扮是别有用心。

"我特意租了一个两室套间的 Airbnb（民宿），今晚要不要和妈妈住啊？"凌美丽不甘心就这样把儿子直接送到了丹尼尔的住处，她尽量让自己的声音听起来显得轻松。

儿子不假思索地说："我已经与丹尼尔说好了，住他和他的同学们租的大房子。人多热闹，他还说他的室友们会很欢迎我。"

"你睡哪里呢？"

"我睡客厅沙发呀。这是我们大学生的习俗，可以跑遍全世界，睡朋友家的沙发，省了住宿开销。"

凌美丽又闻到了游泳池里漂白水混合着消毒水的味道，那种难受的感觉束缚了她的舌头，仿佛一张口就会呕吐。人生第一次有这种感觉时她失去了自己的丈夫，如今她觉得儿子也要被人夺走了。她心里这样胡思乱想着，脸上却还挂着微笑，虽然那笑容显得有点僵硬。但她知道自己必须笑，因为她看到一个留着齐肩长发的高个子金发男子已经站在了车外面静静地等待，此时他拉开车门，笑盈盈的奔向自己的儿子。他的蓝眼睛闪着深邃的光，但凌美丽觉得那眼神深处有着藏不住的忧伤感，一下子打动了自己。

凯文下了车，两个年轻人紧紧拥抱，愉快地攀谈："嗨，我的好伙伴！对不起我刚去会了一个朋友，希望没让你久等。"

"没有，我们才到。还担心会不会迟到，因为突然下雪了，路面不太好走。"

"蒙特利尔的雪说下就下，从来不打招呼。你会习惯的。"

"哦，给你介绍一下，这是我妈妈，美丽。"

"你好！我听到许多你的故事，人如其名，你真的很美丽。幸会！"

"真的吗？"凌美丽瞟了儿子一眼，那眼神仿佛在问：你都胡说了些什么？凯文眼睛瞪圆了一下，之后目光迅速移开，躲避了妈妈的疑问。

丹尼尔见状笑得捂住了嘴巴，随后脱下帽子和手套，向着凌美丽张开双臂，说："拥抱一下吧，欢迎你到蒙特利尔来，你会爱上这个城市的。哦，法语老城区，圣母大教堂，le Village 的酒吧，都要去看看哦。"

"当然啦，一定要去看一场加人队的冰球比赛，感受加拿大人对冰球天然的狂热！"凯文抢着说。

丹尼尔热情地介绍着，然后很自然地拥抱了凌美丽。闻着丹尼尔身上好闻的气息，被丹尼尔拥在怀里，凌美丽不禁也紧紧地回抱对方，并且在他身后用双手轻轻拍打了两下他的后背，好像她在拥抱儿子时常有的动作。一切都是那么自然。

凯文上前拉开妈妈的手，用另一只手搂着妈妈的肩膀，说："好啦好啦，不知道的还以为你们才是母子！"丹尼尔笑得更厉害了，毫不吝啬地夸奖着凌美丽："没有人说你们其实更像姐弟吗？你好年轻！你真的很美！我喜欢你的红围巾。"

本来以为会是很尴尬的见面，被丹尼尔搞得像是一家人久别重逢一样的自然、欢快，这大大出乎了凌美丽的预料。

"听说到了蒙特利尔一定要看一场冰球比赛，体验当地人对加拿大'国球'的狂热，体会冰天雪地时冰球场里的火热氛围。明天我请你们看冰球比赛吧，让我来买票。"凌美丽开心地发出了邀请。

"好呀妈妈，记住要买啤酒区的票！"凯文说。

"你真棒！还记得这个约定。"丹尼尔伸出拳头轻轻地捶了一下凯文。"啤酒区的冰球场座位是属于年轻人的，很独特，你们会终生难忘。"

临别，凌美丽进车后把左手伸出摇下的车窗，丹尼尔连忙上前伸出双手握住了她。那双手不但有力，而且微微颤抖，掌心湿漉漉的，使得凌美丽的心颤栗起来，仿佛触了电。她看到丹尼尔的左手腕上戴着一条半寸宽的黑色皮筋，皮筋下的手腕处有一圈又红又肿，仿佛受过什么刑罚一样。意识到凌美丽的目光，丹尼尔迅速地抽回自己的手，脸上的笑僵硬在那里。

"好啦，你们走吧，我还要去入住我的 Airbnb。"凌美丽装作没事一样，挥挥手，摇起车窗，开始倒车，驶出了停车位。

4

第二天晚六点，凌美丽从 Airbnb 住处走出来。蒙城的市中心不大，沿着一条大街，直线，走十几分钟就到了贝尔中心冰球馆。凯文和丹尼尔已经如约等在那里。Coors Light Noise Session（啤酒喧闹区）已经没有三张座位连在一起的票了，他们买了距离最近的是分在三排的前后相连的座位。

等候入场时，丹尼尔开始介绍一些冰球知识。在蒙特利尔，冰球是最受欢迎的运动。这里的加拿大人队（简称加人队）成立于1909 年，是现存唯一一支历史长于 NHL（北美冰球联盟）的队伍。加人队曾赢得 24 次 NHL 冠军杯——史丹利杯，是 NHL 各队之冠。加人队的长期对手是波士顿棕熊队和多伦多枫叶队，他们之间的比赛气氛不亚于足球场上的皇家马德里对碰巴塞罗那，每一次碰撞都是三支球队底蕴的比拼。如果比赛中不出现较大的摩擦、打架，那将会是一种意外。

凯文与一起排队的当地球迷搭讪，问当晚的对手队"佛罗里达黑豹队"这个赛季表现如何？预计当天的比赛谁会赢？丹尼尔抢着回答：

"基本上可以说，今晚参赛的佛罗里达黑豹队与我们加人队一样的烂，所以，谁都可能胜出，不好说，看临场发挥了。这些年，加拿大的 NHL 队经历 1993 年加人队最后一次夺冠后，冠军队近 25 年来全是美国的球队。有人说这是因为美国的 NHL 球队们高薪聘请加低税收吸引了加拿大最好的冰球队员，也有人说是因为加拿大的球迷们把自己本土的球队惯坏了：无论输赢，都不愁上座率。"

啤酒喧闹区分好几个小区，每个小区都有一个美女啦啦队长，领着欢呼呐喊，为指定的球员助威。凌美丽这个小区被热捧的指定球员是加人队的 Paul Byron，如果他当晚进球，一整个小区的人都可得到免费的啤酒，还有加人队的 T 恤。

比赛没开始时还有一些连在一起的空位子，三人并排坐下了。当一个啦啦队长走近时，凌美丽拉住她的超短裙一角，告诉她自己是从美国来的，平生第一次看冰球比赛，希望她能在抛掷加人队的幸运 T 恤时故意扔给自己一件，可以做个难得的纪念。美女啦啦队长甜美地笑了笑，未置可否。凯文和丹尼尔在一旁看着凌美丽，一边笑一边直摇头。比赛开始没多久，所有的空位上都来了人，爆满。凌美丽与两个男孩子一起不停地起身换位子，直到第一局（共三局）比赛结束，他们乖乖地坐回了自己的座位：上中下三排，错位相连，倒是不影响交流。不但美女啦啦队长换了，连支持的指定球员也换了。这么一折腾，凌美丽也忘了曾经向前一个小区的美女索要过加人队幸运 T 恤这件事。

第二局比赛正激烈时，加人队又进了一球，凌美丽禁不住随着周围的年轻人们一起站起来，跟着音乐又喊又跳又跺脚。她心想："在平凡的日常生活里，如果每周可以来看场这样的冰球比赛，体验人生之巅的兴奋，真可以驱除人内心的寂寞和烦恼！"

凌美丽才坐下来，突觉身上被什么东西重击了一下，低头在座位下寻找，以为是不是旁人手里的啤酒杯子之类的不小心掉地上了？比赛继续，丹尼尔在身后捅了凌美丽一下，她一回头，才发现原来是一件包装成卷状的加人队的幸运 T 恤刚刚打到她身上，弹到了她的座位上。她还没来得及反应，后面的一位中年女子迅速起身抢走了 T 恤，紧紧抱在怀里。凌美丽大声说："我有向那边的美女要求过，他们应该是特意扔给我的！"中年女子抱紧幸运 T 恤，意思是：我拿到，就是我的了！

凌美丽感慨：啊，人生处处是竞争啊！如果这件 T 恤落在了我前排人的座位上，我肯定不会抢来据为己有，我可能还会说："祝贺你！看到了吗？在你的座位上！"

丹尼尔笑着解释："日常生活中颇为慵懒的加拿大人民，在一切与冰球有关的事情上，往往是当仁不让的！"

比赛结束了，加人队以一球险胜。丹尼尔为加拿大队赢了球而开心，凌美丽和凯文也为丹尼尔开心而高兴。"体育无国界"，凯文总结说。

走出冰场，凌美丽建议去吃夜宵，最好是日餐生鱼片。丹尼尔说他知道蒙特利尔最有名的一家 Sushi 店，在法语旧城区，午夜才关门。

从冰场到旧城区有好一段路，他们决定步行 20 分钟，慢慢享受冬日的街景。

走在蒙特利尔旧城的法语街区，踏着一块块青砖铺垫的路面，凌美丽感觉仿佛走进了梦境中的欧洲的中世纪。她在心里问自己："我一定很久以前就死了，今天苏醒过来？"自从儿子从家里搬走后，她习惯了自己对自己说话。此刻她内心的两个自己之间不断对话，语调是轻松的。

雪花忽然飘飞在空气里，一片一片，在灯光下纷纷下落，半只手臂长的小狗花儿躲在凌美丽的怀里，默默凝视着她。花儿像是凌美丽的影子，无论走到哪儿，它会安静地躲在凌美丽硕大的 LV 挎包里，任羊毛绒薄毯包围着它，温暖且舒适。它知道从不给主人找麻烦，知道如何用楚楚可怜的眼神打动人心，就像刚刚在冰场里，它全程躲在 LV 挎包里一动不动，混过了入场检查，简直成了个隐形的尤物。每半个小时中场休息时，凌美丽会带花儿去卫生间，关起门来放松一下，让它走两步，解决所有狗狗会有的问题，然后又欢快地躲回 LV 大挎包的底部。凌美丽感觉花儿比自己更深谙身处人世社会里的生存法则。

两个身材高大魁梧的年轻人走在凌美丽的前面，低声交谈，不时地回头看看她，冲她笑。他们戴着线绒帽子，系着围巾，穿着裁剪有致的半长呢子外套，一双黑色和棕色的皮鞋踩在石砖地上，发出有节奏的咯吱咯吱的声响，像踢踏舞敲在地板上的声音。

昏暗的街灯，时有时无的落雪，泛着浅红色的石板路，匆匆擦身而过的一对对情侣，街两边雕琢的石砖房屋顶和门窗，让人忍不住想象里面过去可能发生过什么故事？

望着前面走着的儿子凯文和他的朋友丹尼尔，这么静的夜，这么美的一对男子，这让凌美丽几乎忘记了自己此行蒙特利尔的目的，特别是刚才那场冰球比赛，让她热血沸腾。

他们一行三人就这样漫步悠悠，凌美丽以为这趟与儿子共赴蒙特利尔的旅行应该让自己的心情败坏到极点才对，但此刻的她却心生浪漫，进而温暖。她觉得可以这样一直走下去，走一夜。她想不明白为什么她希望雪一直这样下着，希望风一直这样微拂。前方明亮的路灯照耀下闪烁的雪花飘来又飘去，像是精灵们在快乐地起舞。

雪越下越大，两个高大英气的男孩子放慢脚步，陪伴在凌美丽的左右，好像是怕她如果不小心滑倒可以随时把她搀扶住。那时岁月静好的满足之感存储到了凌美丽的记忆里，定了格，让她心醉。

但是瞬间，凌美丽突然觉得空中飘落的雪花变成了婴儿雪白的小拳头，纷纷愤怒地向她砸下来。在路灯的照耀下，小拳头集中砸在凌美丽的脸上、身上。她的心黯淡下来，想起了那个计划中的阴谋。她下意识地把手伸进 LV 包，在一个小口袋里摸着一个纸团，是她出门前仔细写了字，折叠，装好。她的心情开始下沉。

走到日餐馆时已经过了十点半。餐馆不大，十几张方桌像吧台一样高，每张桌上吊着一盏泛不同色调彩光的独灯，几乎落到了就餐顾客们头顶的位置。椅子是高脚无靠背的圆型，让人落座之后会自然地想要身体前倾，双肘落到桌面上，脸对脸靠得很近，适合互相握着手低语，接吻也会极为方便。这样的氛围适合情侣，凌美丽喜欢这样的情调。

才刚坐稳，侍者上来说厨房主食马上要打烊了，需要赶紧点餐。这时一位穿着黑色西装打着紫色领结的壮实男子走过来，他自我介绍："我是这里的经理巴特尔，不用着急，我可以下厨为你们制作料理。我反正是负责最后关门的人。"他的声音像磁铁碰撞之后的回音一样好听，身上飘着印度檀香木和塔希提香草的味道，那是最昂贵的克里斯汀男士香水味。

"你们喜欢什么鱼？生鱼片还是熟食？我们有今晚新鲜入店的生蚝和空运的北海道珍宝日本扇贝，海胆也是今天的新鲜货。"巴特尔说。

"呀！这都是我最喜欢的！"凌美丽低声欢呼。

巴特尔长着结实的体魄，皮肤黝黑紧致，脸上的线条像雕塑一样棱角分明，一双黑眼珠又亮又有神，寸短的黑发被发胶定过型，在头顶翘立着，整个人十分有型，气质很有欧洲男人的讲究。这个东方模样的男人让凌美丽莫名其妙地感觉亲切、可靠。她很自然地与巴特尔攀谈。

你是东方人吗？

我是蒙古国人。

哦，那我们算半个乡亲，我的祖上也是蒙古满族，是正黄旗人。

你是不是在欧洲住过？我是私人商务中文老师，我的客户里有美国人，也有不少欧洲人，他们的气质非常不同。你用的克里斯汀香水味很好闻。

你真厉害，我的确是在法国的冰球职业俱乐部打过将近 20 年的冰球，从 16 岁到 35 岁。然后我去日本学习日餐料理，最近几年才回蒙特利尔，接手了这个日本餐馆。我的父母年纪大了，他们希望我在他们身边近一些，他们都是从中国蒙古来的移民，我是在加拿大出生的。我从小冰球打得好，所以 16 岁就被一个法国俱乐部请去打职业冰球。

你血液里蒙古人素质中的勇猛、有韧性一定帮了你很多。

哈哈，你太了解我了！

你 16 岁离开，难道高中没有毕业吗？

我虽然身在法国，但是我读完了美国的网络高中课程，拿到毕业文凭，然后我可是一直在打球之余攻读法国大学的在线课程，我甚至还拿了酒店管理的硕士学位。亚裔父母怎么会放过他们的孩子没有高学历呢？当初我父母允许我去法国打冰球，就是要我答应了至少要拿到一个硕士学位，否则他们会随时追过去，把我拉回来读大学。哈哈哈。

凌美丽频频点头，自己如此主动拉近乎、"查户口"，她有点不好意思了，赶紧点菜进入正题："你帮我们点菜搭配吧，生蚝、扇贝和海胆都要一些。我们吃过晚饭了，这是宵夜，所以只要精致，量不用大。"

望着巴特尔转身而去的宽阔的背影，凌美丽心里有种不知所云的期待。突然她觉得自己的手被一件凉东西握住了一下，低头看，是儿子的大手拉着她，然后把一件黄色的布卷放在她手上。打开看，原来是一件加人冰球队的 T 恤衫！

哪里来的？这真是一个大惊喜。

妈妈，是丹尼尔送你的礼物。

丹尼尔？你怎么得到的？

妈妈，丹尼尔在中场休息时找到那个分发 T 恤礼物的啦啦队长帮你要到的。丹尼尔是不是很棒？

"哪里，应该谢谢你们请我看了今晚加人队的比赛！"丹尼尔突然变得羞涩，目光也有些躲闪，那神情让凌美丽心生怜爱，忍不住伸出一只手抚摸了一下丹尼尔的脸，温柔地说：

"丹尼尔，你是一个好孩子。"

凯文拉起妈妈的另一只手，紧贴在自己的脸颊上说："我们当然都是好孩子啦！"

三个人三张脸和手聚集在粉紫色调的朦胧柔和的灯光下，凌美丽在心里抗拒着那种情景下情不自禁的温柔。

"你去吧台买一瓶冰冻Sake（日本清酒）吧，要够我们三个人喝的量，问问各种品种是什么味道？他们应该可以让你尝尝再决定。"

凌美丽支开儿子去买酒。趁着空档，她迅速握住丹尼尔的手，慌乱地掏出挂在桌边钩子上的LV包里的那张纸条，语调低沉，命令道：

"我需要找你谈谈，明天中午12点。这是我的地址和电话，我等你。请不要告诉我儿子！"丹尼尔惊得半张着嘴巴，但是很配合地迅速用左手接过纸条，倒到右手，塞进口袋。

"你是左撇子吧？我也是。疼吗？这是怎么回事？"凌美丽用一根手指摸了一下丹尼尔的左手腕，皮筋底下的红肿让她看了觉得仿佛是疼痛到自己心里。

"没什么。"丹尼尔眼神躲闪，把双手藏到了桌子底下。

这时凯文和巴特尔同时走了回来，仿佛都觉察到了某种奇怪的氛围，幸好刚端上来的食物吸引了大家的注意力。三个蓝底小磁盘上摆着同样的东西：黑色鱼子酱垫底，中间是白色的扇贝，被切成蝴蝶状，上面点缀着鹅蛋黄色的海胆，融化了的巧克力线条画在盘子和食物周围，像丝线一样缠绕着，让食物和盘子显得浑然一体。还有一个一尺多长的条状白瓷盘被摆在方桌正中间，剪成心形的红白玫瑰花瓣撒在 12 只生蚝旁边。

"这些花瓣可以吃的哦，经过处理的，是每天在四季保暖花园里采摘来的鲜花。"巴特尔说。

凌美丽双手合十，向巴特尔连连点头致谢，脸上故作轻松地笑得像花儿绽放："巴特尔，你真是太棒了！明天我还要来这里进餐！"

走出餐馆时，远处一个天主教堂的钟声响起来，已是午夜。凌美丽喝得微醺，走路也有些不稳。她自己后来又要了一瓶热 Sake，再点了四份北海道扇贝和海胆，请最后一个在店里服务他们的巴特尔加入了吃喝，闲聊。结账时，巴特尔给打了百分之三十的折扣。

走回凌美丽的住处要半个小时。雪停了，昏暗的街灯把石板路面照得朦朦胧胧，凌美丽一只手挽住儿子，另一只手挽住丹尼尔，被两个男孩子陪伴着往住处走。那一刻，凌美丽完全忘记了自己此行的"阴谋"计划。

凌美丽去网上查过许多次同性恋的起源：

科学研究表明，同性恋是由多种复杂的因素共同作用形成的，包括遗传、生物学、心理社会等多个方面，因此不能简单地用"天生"或"后天"这样的简单分类来解释。一些研究表明，遗传可能会影响个体对同性恋的倾向，但具体的基因机制仍需要进一步研究。此外，生物学因素，如激素水平和脑部结构和功能也可能与同性恋有关。心理和社会因素也可能对同性恋的发展产生影响。例如，儿童和青少年时期的早期经历，如家庭环境、社会文化和人际关系，都可能对性倾向的形成产生影响。

她认为儿子曾经喜欢女孩子，绝对不是天生的同性恋。她后悔过去一直禁止儿子早恋，正直青春期的荷尔蒙无处释放，所以要找到另一个出口？她甚至怀疑儿子是不是因为这个才想到与男孩与同性交往。她此行原来是想色诱丹尼尔。她觉得丹尼尔如果能从她这里体会到女性的温柔体贴与性爱的幸福感，也许他就会放弃凯文，那么儿子也许就不会一定要成为同性恋了。凌美丽觉得他们只是友谊太深，可以成为终身知己，不一定就是有生理需求的同性恋，不一定就要生活在一起。但是此时此刻的凌美丽却有了不同的想法：都说婆媳关系最难处，我为什么一定要强迫儿子娶个女孩子呢？这世界是男权社会，两个优秀的男人在一起，共同扶持，也许更容易成功？至于后代，现在试管婴儿技术这么先进，找个好基因的卵子，不愁自己将来抱不上孙子孙女……

借着酒精的作用，凌美丽觉得自己脑洞大开，天马行空的感觉让她体会到从未有过的快感。这样想着，走着，活在自己的胡思乱想里，她觉得自己一定是疯了。

两个男孩送凌美丽回到 Airbnb，目送她上了楼，转身离开，往自己的住处方向走。凌美丽哼着小调，打开门锁，花儿从挎包里探出头，斗鱼在玻璃鱼缸里仿佛刚刚睡醒，扑棱出水声，又开始周而复始地起舞。

5

Bar Le Stud，一个奇怪的名字！凌美丽心想：这就是蒙特利尔最有名的同性恋酒吧？透过落地玻璃从外面向里望，她看见儿子背对自己坐着，一个粉红女郎在他面前扭动着腰身。粉红女郎头戴一顶粉色羽毛编织的帽子，斜扣在脑袋上，垂下两条金色的长辫子；涂成大红的嘴唇，脸上打着厚厚的白粉，腮边粉红，眼上粘了假睫毛，夸张的粉红眼影衬托着一对蓝眼珠显得更蓝了；粉色的丝质半袖上衣紧裹上肢，胸部很丰满，那一定是戴了假胸和厚乳罩；下身是像喇叭花盛开着般的粉色超短裙，粉色的丝袜，脚踩粉色的高跟鞋。那是丹尼尔穿着女装，随着躁动的音乐左摇右摆，并且张开双手发出邀请的动作，凯文坐在那里看着他，一直摇头。躲在窗外望着里面，凌美丽扑哧一声笑了出来，然后自己也惊讶自己怎么会笑。

"我们走吧，去找属于我们的酒吧，度过这个跨年夜。"一旁的巴特尔显然对这种同性恋酒吧毫无兴趣，他边说边自然地伸手搂住了凌美丽的肩膀，这让她仿佛才想起今天是 2022 年的最后一天了。

这一天从早到晚发生了太多的故事。

中午 12 点差五分钟，丹尼尔如约打来电话，凌美丽请他上来自己的 Airbnb 住处。她把斗鱼和小狗花儿都锁在了卧室里，自己打扮得人面桃花般妖娆，在穿衣镜前照了又照。她身着蓝色碎花丝质连衣裙，全身被裹得紧紧的，腰身、后臀和前胸该收的和该凸的地方都让人感觉触手可及。她脚蹬海蓝色高跟鞋，像个模特一样踩着猫步，在客厅里走来走去，与蜷缩在沙发一角像做了错事一般的丹尼尔交谈。

丹尼尔说感谢凌美丽请他看冰球、吃日餐，那是他吃过的最好吃的 Sushi，事实上他此生并没有太多机会吃过生鱼片，也没看过几场现场的 NHL 比赛，主要是没钱。

"我父母是高速公路上一家麦当劳厨房的工人，不是早出就都是晚归，没时间管孩子却还生了三个孩子，我哥哥吸大麻成瘾，我姐姐酗酒，他们的生活很不如意。但他们都想管着我，让我从小自觉上进好好学习。因为家里没钱，我打冰球是有联盟资助的，上大学也是拿到了全额奖学金，因为我是省奥数冠军，所以老师介绍我被免费邀请去了美国的数学夏令营，去做辅导助教。"

听着丹尼尔不打自招般的自白，凌美丽反而乱了阵脚。她坐到沙发上的另一角，眼露柔情，鼓励丹尼尔继续说下去。此时她想到了儿子说过的话："自己只需要一个倾听者。"

"我在数学夏令营认识了凯文，我羡慕你的儿子有着有钱人才有的烦恼。"

丹尼尔说哥哥姐姐听说他是同性恋后扬言要打断他的腿，所以他其实已经交了一个女朋友，这次是想与凯文解释清楚，告诉他那是一场误会。

"你们交往到了什么程度？你们是恋人吗？"凌美丽问这话时心跳得喘不过气来。

"我们除了拉过手什么也没做过，我对他一点感觉也没有。而且两年前的夏令营之后，我们除了时常在网上视频电话，聊聊彼此的快乐和烦恼，这才是第二次见面。"

听着这番述说，了解到丹尼尔原来内心那么自卑和脆弱，虽然他外表总是微笑着充满自信的样子，凌美丽的心软了下来。她从沙发上站起来，踱了两步，然后走过去贴着丹尼尔坐下，一只手拍着他的头，过一会儿另一只手又放在他的膝盖上抚摸着，内心涌起复杂的热流，她分不清是怜悯还是同情，或者还有其他。又看到丹尼尔的左手腕处厚皮筋下那一圈红肿的印记，她一把抓住了那只手。还没等她再发话，丹尼尔惊慌地从沙发上站起身来，低着头说：

"我看过一个有名的澳大利亚跳水选手做同样的事，他为了避免成为同性恋，每当他有那种念头时，就拉起手腕处的皮筋绷打自己。我经常是在睡梦中把自己的手腕打肿了，睡醒了才发现。现在戴着这个皮筋也是为了遮住伤处。"

"你现在是摘了皮筋睡觉吧？这样就不会造成新的伤口？"

"我试过，可是戴习惯了，摘了皮筋我就睡不着，好像我是赤身裸体走在大街上，好像全世界的人都知道我有同性恋倾向。"

凌美丽不知道该说什么才能安慰丹尼尔。

"您放心，今晚我会与凯文说清楚，有一个了断。我不觉得凯文是同性恋，他只是喜欢我，作为朋友那样的喜欢我，他对我没有任何生理欲望。请您在午夜 12 点之前到 Bar Le Stud 酒吧来，就会全明白了。我会把酒吧的地址发到您的手机。"

听了这话，凌美丽的内心更加复杂。她几乎已经开始接受如果儿子与丹尼尔是一对情侣，但是现在丹尼尔说儿子不是同性恋。她本来应该觉得如释重负，可她却觉得有种怪怪的失落感。想到自己以后可能再也见不到丹尼尔了，凌美丽止不住走上前紧紧地抱住了他。丹尼尔在她的怀抱里抽泣起来，他身上青春男性的荷尔蒙让凌美丽内心痒痒的，但她最终还是推开了他。

送走了丹尼尔，凌美丽突然有了想去游泳的冲动，这个 Airbnb 的大厦顶层就有游泳池。她曾经是跳过好多年水上芭蕾的游泳健将，但是自从十几年前意外撞到当时的丈夫在游泳池里的不堪入目，她就再也无法接近任何游泳池了，一闻到那种漂白水加上消毒水的味道，她就想吐。

那是在海南岛的一个高级度假村里，白天凌美丽又为了一些鸡毛蒜皮的事与丈夫吵架了，晚上两个人赌气分床睡。凌美丽半夜醒来睡不着，于是想去游泳池里游几圈，放松一下。她才推开游泳池的门，一股空气热浪扑面而来，伴随着一男一女的嬉笑声。凌美丽定睛望去，竟然是自家的年轻小保姆，仰着头，一脸享受的样子，笑着，低吟着，一边乳房露在游泳衣外，另一个人的头埋在小保姆的胸前，两个人同时在水里像两条蛇一样不停地蠕动着。小保姆看到凌美丽时赶紧推开那个人头，那人浮出水面，竟然是自己的丈夫！凌美丽下意识地转身便跑，游泳池地面打滑，她正面摔在了洋灰地上，左手本能地先落地支撑，却造成了左手腕骨折。那次心灵与肉体的痛苦经历让凌美丽一心只想离婚，没有任何商量的余地，即使丈夫反悔并且痛哭道歉，即使全家人都反对她离婚，指责她不顾孩子的感受。她觉得丈夫出轨完全是丈夫的问题，没有这个保姆，丈夫也还会出轨其他的女人，她不会为了孩子而牺牲自己的人格与自尊。

　　一家人本来就已经办好了投资移民美国，凌美丽身体一恢复就带着儿子直飞到了纽约。把儿子送入附近的私立学校，她自己申请到了哥伦比亚大学的教育硕士学位。毕业后，凌美丽辗转纽约市内的几家大学教中文，然后又转为私人商业中文家教，专教大公司西方人主管的中文，为他们即将前往中国谈生意做准备。客户里不乏单身多金的世界各地的有型男人，也有追求她的人。但是凌美丽好像死了心，除了赚钱，无欲无求，她把全部心血都花在培养儿子去常春藤大学，安排儿子参加各种活动和补习班。

　　一晃十多年了，凌美丽拒绝再与前夫见面，也不想再听到任何有关他的消息。虽然她偶尔也会质疑自己是不是性子太刚烈，没有给前夫任何可能和好的余地和机会。儿子每隔一年会回国，去姥姥与奶奶家住住，见见爸爸，但他也知趣，回来从不在妈妈面前提爸爸的事。

走进 Airbnb 大厦的游泳池，闻着漂白水加上消毒水的味道，陌生而又熟悉。凌美丽深深吸了一口空气后，一个猛子扎下水中，体态优雅地游了起来。几个来回之后，她仰身浮在水面上，闭目冥想，再也没有了想呕吐的感觉。

游泳回来，凌美丽异常疲倦，她倒头便睡，醒来时外面已经黑了，天空又开始飘雪。她洗了澡，裸身站在穿衣镜前，想到过去 48 小时之内发生的一些事，新认识的两个男人，让她彻底放弃了这次蒙特利尔之行要色诱儿子的同性恋伙伴丹尼尔的阴谋。她此刻想起了巴特尔身上克里斯汀香水的檀香木味道，感觉自己心跳加快，呼吸急速起来。再看镜子里的自己，脸上泛起了红潮，两个乳头坚挺，身体与容颜都仿佛再次年轻起来。

精心打扮一番之后，凌美丽走出了 Airbnb 大厦，她把小狗花儿留在了公寓里，与斗鱼作伴，自己径直奔向巴特尔的日餐店。

见到巴特尔，她主动上前拥抱。巴特尔礼节性地在她脸上贴了一下，仿佛对待一个老朋友。

"你今天什么时候可以下班？你昨天说过会请我去酒吧坐坐？"

"你吃过饭我们就可以离开。别忘了，我是这里的老板，我可以支配自己的工作时间。"

就这样，他们有了约定。四目相对，仿佛早已有了默契。凌美丽毫不掩饰地欣赏着巴特尔走来走去的健美身影，慢慢喝着 Sake，吃着生鱼片，等着巴特尔下班打烊，约他一起去 Bar Le Stud 酒吧。

****

"丽丽，你在想什么？那个粉红女郎是不是有点面熟啊？"巴特尔伸出一只胳膊有力地拥住了凌美丽，把她的思绪从回忆里拉回来。

　　"我们不要去什么酒吧了，就这样一起走走好吗？给我讲讲你的罗曼史？你结过婚吗？有孩子吗？我想知道你的一切。你想听听我的故事吗？"

　　凌美丽用双手搂住巴特尔的一只胳膊，情不自禁地在他脸上轻轻吻了一下，然后为自己的主动甚至轻率行为而震惊。

　　雪时有时无地继续下着，落在身上、地上，瞬间就融化了。凌美丽希望可以被巴特尔有力的臂膀一直这样拥揽着，她想在雪中一直这样走下去。

创作谈：触及当下现实热点

常少宏

这篇小说起源于一条微信群里的八卦，据说一位加拿大陪读妈妈试图勾引自己儿子的男朋友，因为她相信同性恋都是后天形成的，她尤其不相信也不能接受儿子是同性恋。

这里牵扯到一个问题："同性恋是天生的吗？有没有后天的？"

看看眼下最时髦的 ChatGPT 是如何回答的（注明：据网络资料显示，ChatGPT 的创办者山姆·阿尔曼本人是同性恋）。

目前科学研究表明，同性恋是由多种复杂的因素共同作用形成的，包括遗传、生物学、心理社会等多个方面，因此不能简单地用"天生"或"后天"这样的简单分类来解释。

一些研究表明，遗传可能会影响个体对同性恋的倾向，但具体的基因机制仍需要进一步研究。此外，生物学因素，如激素水平和脑部结构和功能也可能与同性恋有关。

心理和社会因素也可能对同性恋的发展产生影响。例如，儿童和青少年时期的早期经历，如家庭环境、社会文化和人际关系，都可能对性倾向的形成产生影响。

总之，目前的研究表明同性恋不是单一的原因所导致的，而是由多个复杂的因素共同作用的结果。

婚姻、家庭、亲子关系、爬藤升学、中年女性的自我觉醒、孩子的性取向，等等，当下现实的许多东西是这篇小说想探讨的、触及的，但我又不想给予简单的对与错的判断，所以我给予了这篇小说一个开放式的结尾，同时我增加了看冰球比赛的环节，让整个故事更具有西方的主流文化色彩。

16 岁的影子

16 岁的影子

常少宏

1

杰拉尔德·马丁的 16 岁的影子正在与另一个 16 岁的女孩露丝对话，他们坐在纽约马丁大厦底层私人冰场的咖啡馆里，眼前是透明玻璃墙，玻璃后面是空无一人的溜冰场。《天鹅湖》的舞曲响彻天地，一束紫色的追光照在冰面上。紫色追光伴着舞曲跃动，仿佛在追随着一个无影无形的舞者。

那个学习成绩总是在年级里排名第一的华裔小姑娘露丝一直在哭。杰拉尔德年轻的声音透着磁性，与他那张写着年龄与沧桑和痛苦的脸很不相称。

"你们是 16 岁女子花样滑冰队里最好的朋友，只有你们两个亚裔女孩，你们的成绩最好。你们怎么可能有机会接触毒品？"

"是我该死，应该死的人是我，是我拉着凯瑟琳陪我去的派对。呜呜……"

"是不是有人妒忌你们，故意下毒？你怎么逃脱的？"

"……我太难过了！我的拉丁文没有考好，我的父母非常生气……他们说我只要有一门功课拿不到最好的成绩 A，我就进不了最好的大学了！"

"胡说，谁都有失误。中国人父母对子女的严格要求我是知道的，不是不好，但是太苛刻，有时候会适得其反。"

"我爸妈很伤心，我辜负了他们对我的培养。我想去舞会狂欢，我只想大醉一场。是一个 16 岁男生冰球队的家庭舞会，我不认识他们。"

"那他们怎么会邀请你和我的侄女凯瑟琳？"

"他们都喜欢凯瑟琳，但是他们不敢邀请她，有一个冰球队员认识我弟弟，就给我发了信息，说最好带上凯瑟琳。"

杰拉尔德觉得自己有点透不过气来，他想起妹妹告诉自己，从尸体解剖得知侄女是因为误喝了一杯饮料而死，里面掺有无色无味的新型烈性毒品芬太尼。听说是舞会上的一个男孩从一个与医学器材有关的国际网站上邮购买到的，没有任何质量控制，所以便宜，但质量是最恶劣的，药剂完全没有被处理以便适应人体可以承受的浓度。芬太尼是一种鸦片类镇痛药，效力是吗啡的50到100倍，就是说它比纯海洛因强数倍。食用芬太尼后，人会产生类似服了海洛因后的放松、欣快感，镇痛、镇静，让人意识模糊、嗜睡，但是也会导致头晕、恶心、呕吐、瞳孔收缩和呼吸抑制，严重时会导致突发心脏病症状的猝死。

"他们邀请凯瑟琳就是要给她下毒吗？我们告诉过她不可以喝开罐的陌生人递过来的饮料，她一直做得很好。"

"不是的，该死的是我。那杯饮料是她们给我喝的，她们说喝下去我就不会痛苦了……呜呜……凯瑟琳说她渴了，是我把饮料递给她，我让她喝了我的饮料。没想到她喝得太快了，一口气喝完后马上就倒下不动了……该死的人应该是我……呜呜……"

露丝哭得上气不接下气，几乎要窒息了。杰拉尔德的心和语调同时变得柔软。

"我并没有想怪你，我只是想知道：还有谁在那个派对上吸食了大麻一类的东西？我想给她们的父亲打电话，告诉他们我自己年轻时吸毒的惨痛教训。我想帮帮其他孩子们。"

"所有人，所有的人……请求你，别问了，该死的人应该是我……"

露丝的眼神是躲闪的，瞳孔放大。有一刻她直愣愣地盯住杰拉尔德的脸，仿佛在等待最后的审判，然后恐惧地迅速移开视线，大颗的泪珠不断地从她眼里滑落出来，顺着她的脸庞流下去。杰拉尔德好像听到了一滴滴泪珠砸在地上的声音，这声音如此刺耳，把杰拉尔德带到了另一个时空，继续追随自己 16 岁的影子，分不清梦幻与现实。

2

"嗨，你想要点什么可以吸的吗？你知道的，大麻，绿不拉叽的，像一种草药……啊？呵呵！我这儿有一些……"

绅士一直盯着一个显得过分自信的少年，双方的目光交错像两把利剑对峙。良久，绅士突然把脸转开去，他有些喘不过气来，一阵紧张而急促的呼吸伴随着短促的干咳，他弯下自己那副虚弱的骨头架子，几乎弯到了膝盖那，似乎只有这样才能止住那阵咳嗽。然后没有丝毫犹豫，他直起身子，抖擞精神，继续前行。走在一条名叫玫瑰的大街上。

以同样方式绝决地行走着的，是一个踌躇满志的少年。他跟在绅士身后，像崇拜一个超级偶像、一个挖掘到了巨额金银财宝的人。走了不知有多久，他们惊奇地看到面前横着一扇生锈、褪色的大门，油漆斑驳。这是一个酒吧餐馆的大门。

这里曾经是一座繁华的大学城。也许在过去的某一段时光，离现在很遥远的夜空里，这个酒吧窗口像霓虹灯一样闪烁着的印刷字体，就像夜幕下的灯塔，吸引着那时年轻的大学生们。走进去，可以获得食物和性爱，那是所有年青人生活中两个驱动力的灯塔，隐隐约约，而又肆无忌惮地闪烁着。无论过去怎样，现在这里已经是一番荒芜的景象了。大学已经有很多年招不上来学生了。

　　绅士在酒吧餐馆的大门前停了一刻，然后倒退，数着步数，最终精确地站在他的车子与废弃多年的无轨电车轨道的正中间。骄烈的阳光伸出无数条细细的舌头，舐吮着他汗涔涔的脖子，一阵简短的笑声从他深邃的喉咙里逃逸出来，笑声好像突然把他自己劈成了两半。一半想诚实地表白，而另一半却情不自禁地想用笑声去掩饰谎言：

　　"我、我没有什么可以用来吸大麻的烟枪之类的工具……"绅士终于想起应该怎么回复少年的问话。

　　听到绅士的回答，少年露出狡黠的窃笑，一个持续的假笑，只持续了几秒钟，就从他的唇边爬开了，沿着像是熟透了的桃子上的绒毛般的胡须，爬到少年的鼻子两侧，扩散开去。少年大摇大摆地拿出一个年代久远但精制得像古董一样的玻璃碗具，把它伸到绅士的领结面前。

　　绅士瞥了一眼吸毒碗具，然后把目光急剧地收拢回来，他的样子仿佛是刚刚受到了极度的谴责。注视着酒吧餐馆的灯光，绅士分不清一些话是少年说给他听的，还是他在说给少年听：

　　"你知道，过去这个地方并不像现在看上去那么糟糕，我曾经每天光顾这个酒吧，我来的次数太多了，有人甚至以为我是在这里工作的服务生。这里的女侍员并不太坏……

"我不知道他们把工资标准降低了，我当年做服务生的时候，老板真的炒了许多像你这样的年轻小伙子。

"唉？你为什么总是跟着我？！"

绅士突然显得很不耐烦："你最好带着你的耳朵马上滚开！滚得远一点儿！"

他走回到酒吧门前，双手用力地推开大门，吃力的样子仿佛在推着一堵沉重如铅的墙一样。他走了进去。少年也跟着闪身而入。

酒吧里光线暗淡，空气中弥漫着陈旧而浪漫的气息，让人忍不住想要多呼吸几口，深入地吞下去。所有的座椅都是不重复的颜色，奇形怪状，霓虹灯束像激光扫射一样，不停地从各个角度打亮了不同的面孔，每张面孔都是一副满足而陶醉的样子。绅士与少年呆立在那里，看着眼前的一切，似乎非常熟悉，又似乎非常遥远，迷茫，陌生。

一位女招待似走似飘地移过来，以一种高出几个八度的尖利的嗓门，模仿着某部电影中一位母亲的声音，响亮并且透着坚信不移：

"杰拉尔德·马丁！在我过去所有的岁月里，我从来没有指望你还会回到这里！你知道，有传言说你已经不在人世了，我承认我也这么想过……但是我真高兴见到你！还是老样子！"

"谢尔比！"绅士叫到。

"雪莉！"少年叫到。

女招待指了指还剩下的几个空位子，然后走到直对大门与厨房正中间精准的位置，请绅士就座。那是绅士过去经常坐的固定位子。绅士满意地回头看了一眼，感觉到少年在他身后寸步不离，他安心地坐了下去。少年也在他身边的座位上小心翼翼地坐了下来，但脸上却是一副玩世不恭的样子。

"我去给你拿冰水，马上回来。"女招待说。

"谢谢你，谢尔比！你越老越有风韵了！"绅士回答。

少年看着女招待与绅士，幽幽地说："实际上，雪莉，给我一杯巧克力牛奶好吗？"

被称为谢尔比又叫雪莉的女招待，对着绅士笑了笑，走开了。

绅士揉搓着他的手指，是拇指与从拇指数过去的第四个指头，两根指尖不安地揉搓着。他突然说不出话来，似乎全身所有的骨头关节都丧失了活动能力，只剩下那些手指不安地揉搓着，脸上的笑容也僵硬了。

少年紧盯着绅士："这东西劲儿挺大的。是不是？你感觉到了吗？……他妈的！你快不行了！嗯？是的，特殊老 K 这样的麻醉剂用多了就会这样，让你全身瘫痪！"

女招待返回来，一只手托着一个盘子。"好了！两份，三个鸡蛋还有培根，家炸薯条，烤面包和果酱。谁要的炒鸡蛋？谁要的荷包蛋？先生，女士，放这里了！"

少年坐在一旁盯着绅士，喋喋不休：

"你和你的女朋友经常来这里，点这两份吃食，对吧？咦？你手上没戴戒指？！即使那些死了太太的老鬼们手指上也都会套个圈儿的！

"我有一个朋友，他有过一个女朋友，真是身材火辣！她真是上帝精心打造的尤物。黑眼睛、黑头发，好像外星球来的人儿。听说她的祖父来自于遥远而神秘的东方，来挖金矿，但是什么也没挖到。虽然她的男朋友被什么律师事务所炒了鱿鱼，但是他们还是订婚了。我看到好几家报纸登了消息，那可是本地的大热门话题！结果我这个朋友变成了个瘾君子，突然就消失了，没有留下一张纸条或者任何东西，更没说再见之类的话。

"我后来又见过一次他的女朋友，她还戴着那个订婚戒指，只不过上面镶嵌的宝石的颜色不一样了。是不同的男人送的，纽约什么地方来的一个家伙！"

绅士坐着一动不动，继续揉搓着拇指与从拇指数过去的第四个手指，自言自语：

"我曾经像你一样愚蠢，但是我后来变聪明了，我不再吸什么大麻一类的东西。我去创业了，我挣了大钱。我过去经常与小伙伴们一起吸烟，就在这个酒吧后边。不过看上去我那时候比你现在混得好。"

"……就是我，刘易斯，阿迪，麦克森，希拉和汉斯。刘易斯那玩意儿吸食太多，死了；阿迪跑去了纽约哪个地方……麦克森六天后吸毒过量，也死了。这一切都发生在我二十多岁的时候。吸食那玩意带给我们的幻觉让我们疯狂，你会忘记现实中一切的痛苦和烦恼……但是我，希拉，还有汉斯，我本来应该在这里与他们会面……"绅士脸上现出痛苦的神情："刘易斯和麦克森死了……我们计划多年以后，当我们都找到自己真实的生活以后，我们将会在这里重逢。我们约定二十年以后，在麦克森的祭日见面……"

少年目不转睛地盯住绅士："听上去你们没有见成，老东西。我在这里也有不少朋友，他们都长大了，离开了。妈的！他们甚至没有再回过这个小镇来，都跑去纽约或者芝加哥之类的大地方去了。"

绅士的神情变得迫不及待，急切地说："你们这些笨蛋们！应该跟着他们一起离开！"

"离开？"少年瞪圆了眼睛："离开我家族在这里创造的辉

煌业绩？我家可是这地方的皇帝！你应该知道，我的家族建立了这个狗屎镇，我是不会把它丢给别人的！"

少年伸手指着窗外，"看！这座山，我打算接管山上的工厂，杰拉尔德木材厂。"

绅士脸上灰色的胡须颤抖着，两片粘在一起的嘴唇好像突然间剥离不开了，长长的被压迫的呼吸被迫从他的鼻孔找到了出路，他叹了一口长气，说："你把一些很愚蠢的东西夸大了，你不会再接管这个狗屎镇了。那是 1972 年的事，现在没人在乎这个了……"

绅士断断续续地喃喃自语着："汉斯，我想我是迟到了……如果我今年能在麦克森的祭日回来团聚……也许我还能见到你。我最近一直有记忆力丧失的问题，医生说是阿尔茨海默病……但是我 16 岁时的影子回来找我了，他把所有事情都记得清清楚楚。"

少年的声音突然变得异常温柔起来，绅士觉得那是汉斯的声音附在了少年身上："没关系，我们都知道，你被困在你的生活里走不出来了，许多人都是这样。"

"希拉死了。我在新闻里看到的。"少年停了一下，继续说。

"我知道。上次我们约定聚会的几天之后，她死了。"绅士继续叹息着，又加上了几声干咳。

"她应该是早已病入膏肓了。她一直撑着，想着大家能再聚一次。"眼前的少年在绅士面前一下子变成了汉斯的模样，柔声细语地说："希拉不会责怪你错过了聚会，她知道你每天面对的是什么。那是一个很艰难的时期，经济萧条，所有的股市都要崩溃了。我很抱歉我当时骂过你，而且我从来也没有回过你的信。我收到了你所有的来信。那时候，我只是觉得整个世界糟透了……"

少年拿起磨破了边角的海军蓝书包，站起来，转身轻轻地走进了厨房。

他再也没有走回来。

绅士望着少年走过的地方，脸上挂着极度的失落，曾经眼中瞬间出现过的光芒也渐渐消逝了。谢尔比，那个女招待，从厨房门里走出来，仿佛刚刚发生了什么快乐无比的事情，她欢快地笑着，并且突然伸出拳头，在绅士胸前轻飘飘地捅了一下。绅士顿时觉得胸口紧张，头痛欲裂。他双手揪住自己胸前的衣服，几乎要把所有的手指插进身体里，把心和肺一起掏出来。

他大声地尖叫了起来。

3

"杰拉尔德先生！杰拉尔德先生！你还好吗？醒一醒，醒一醒！"

"哦，露丝，对不起，我怎么了？"

"你是不是又睡着了？凯瑟琳告诉过我，说你害上了阿尔茨海默病，她看书时会让你拉着她的手睡一小觉，然后你就会好转好几天。"

"你是个好女孩，谢谢你还在这里陪着我。"

"可是你刚才一定是做恶梦了，你大喊大叫，样子很吓人！"

"对不起，我 16 岁时的样子最近像影子一样一直追着我，他刚才又来了，要把我带走，也不知道他要带我去哪里？刚才好像他带着我回到我年轻时经常去的一个酒吧餐馆，看了看老朋友们。他们都走了，也许我也应该走了。现在好了，那个我 16 岁时的影子离开了，消失不见了，再也不会回来了。他应该是替我去找凯瑟琳了。"

"你在说什么呀？我听不懂。你需要什么帮助吗？"

"你知道人死后有灵魂吗？据说人的灵魂重 21 克。我觉得凯瑟琳的灵魂这几天变成了我 16 岁时的影子，一直陪着我，缠着我。现在她走了。他们都走了，我也要走了。"

"哦，你为什么会在这里？叫我的司机送你回家吧，现在是什么时间了？"杰拉尔德问。

"不用了，我坐地铁，两站地就到家了，天还没黑。"露丝说。

他们继续对话。

"再见！不要再去不了解的人家的派对，不要喝任何人给你的已经打开的饮料。饮料不离手，直到喝完扔掉。记住。"

"我记住了。都是我的错，凯瑟琳是太信任我了，才喝了我递给她的饮料……"

"走吧！走吧！"

"可是，求你放开我……"

"哦，对不起，我不是有意拉你的手，我把你当成了我的侄女凯瑟琳。"

"我知道，你不是故意的。我理解。"

"你真是一个好女孩。"

"请不要告诉我的爸爸我们今天的谈话。"

"不会。放心吧。你一定要保护好自己，替凯瑟琳好好活下去。"

看到露丝消失在了视线里，杰拉尔德的 16 岁的影子也离开了他 70 多岁的老身体，离他独自守着一份行将就木的孤独的灵魂，还有阿尔茨海默症带来的混乱的意识，一起坐在纽约马丁大厦的冰场咖啡厅里。溜冰场在咖啡厅的落地玻璃后面，《天鹅湖》乐曲伴随着紫色追光，凯瑟琳在杰拉尔德心中的影子依然在冰面上翩翩起舞。

4

纽约马丁大厦是杰拉尔德·马丁一手创建的商业帝国大厦，外界不知道这是他的私人产业，世人只知道他是硅谷技术软件公司 LAMS Wireless 的创始人，兼首席执行官，杰拉尔德·马丁先生，他还是开发智能聊天机器人领域最大的投资者。

杰拉尔德喜欢"隐居"在这座商业大厦里。这里有精品时装品牌展示屋，有烧烤店、酒吧、咖啡馆，有律师事务所、写字办公场所，还有现代派油画画廊……

大厦的底楼甚至还特别建造了一个奥林匹克比赛规格的私人溜冰场，那是马丁特意从俄罗斯请来的专家设计创建的，为了可以时常看到妹妹的女儿凯瑟琳，那个有着东方明珠般美丽灿烂的笑容的东方女孩儿，她从三岁起就开始喜欢花样滑冰。凯瑟琳的神态，一颦一笑，总是莫明其妙地让杰拉尔德想起他的初恋女友玫瑰：黑眼睛、黑头发，好像外星球来的人儿。

那一年杰拉尔德的好朋友吸毒过量，接连死去，他被父亲连夜绑进车子。车子在路上颠簸，杰拉尔德的眼睛被黑布蒙住了，双手也被反绑着。他睡了又醒，醒了又睡，不知道自己是活着还是死了？是在天堂还是已经下了地狱？不知过了多久，两个彪形大汉押着他下了车，走进一个与世隔绝的地方。那是一个建立在四周没有人烟的戒毒所。杰拉尔德在那里住了六个月，戒毒成功。

再回到家乡时，那个被杰拉尔德称为狗屎镇的地方，订了婚的女友玫瑰已经又跟另外一个男人订了婚，甚至已经怀了孕，肚子很大，有月份了。远远看着玫瑰的样子，杰拉尔德伤心欲绝，连夜逃离了狗屎镇。从此他找各种借口，再也没有回过家乡。但是，杰拉尔德管不住自己的梦，在梦中，他总是忍不住魂归故里。

几任太太都先后离开了他，因为杰拉尔德不断地在睡梦中呼唤"玫瑰！玫瑰！"，她们以为他一定是外遇了一个叫玫瑰的女孩子。他给了每个前任足够的钱，一生也花不完，足以让前任们即使离了婚也逢人便夸杰拉尔德是个真君子。

杰拉尔德独自住在马丁大厦顶层的豪华公寓里，整个一层楼只有他一个人，一个专用电梯从顶层直通大厦底层的私人冰场。每当几个前妻带大的儿女们偶尔带着孙子孙女来造访时，公寓里才会有一些生活的气息，这样的时候，他又会觉得异常的烦躁，内心总觉得有一种缺失。缺失了什么呢？他想不明白。自从二十几岁时从家乡不辞而别，离开已经订婚的初恋女友玫瑰，他的心仿佛就永远缺失了一角。

玫瑰是杰拉尔德心底的痛，这个痛连接着他年轻时吸食毒品的不光彩的经历，还有好友接连死去的秘密。他不愿意揭开这个伤疤，更不愿与任何人共享他年轻时在狗屎镇的经历。

自己到底是害怕孤独，还是更享受孤独？杰拉尔德觉得这辈子也想不明白这件事了。只有每天下午到大厦底层冰场，在冰封的雾气里，看到侄女凯瑟琳曼妙的身姿在冰上的紫色追光下旋转飞舞，只有这个时候，杰拉尔德的心才是安定的。

杰拉尔德邀请侄女每天下午放学后，只要有空就来大厦冰场训练。走马灯一样不停在换的滑行教练，都是他派专机从俄罗斯请来的，是历届的花样滑冰冠亚军。教练们总是羡慕地告诉杰拉尔德："你的凯瑟琳真是幸运，作为在中国被遗弃的婴儿，被你这么富有又有爱心的家庭领养，真是她的福气呢！"杰拉尔德总是严肃地反驳说："不，不，能够拥有凯瑟琳是我们一家的福气。她是我们的天使，她拯救了我的灵魂。我们才是世界上最幸运的人。"

妹妹阿德琳·马丁 50 岁以后发现丈夫有了外遇，是一个比她的年龄除以二还要小的时装模特，她一气之下离了婚。头婚儿子已经成年，又不肯结婚，阿德琳非常寂寞。杰拉尔德鼓励妹妹："去中国领养一个弃婴吧，拯救一个孩子，她也会再给你一个家。我还没有去过在东方的那个古老而神秘的国家，也许我的前世在那里生活过……"

杰拉尔德陪妹妹阿德琳一起飞去中国，走访了中国南方的几十个孤儿院后，在最后一个地方，杰拉尔德一眼就发现了一群孩子里最小的凯瑟琳。她的油黑的头发和闪亮的黑眼珠在阳光下晶莹地闪动着，她冲着他微笑，这让杰拉尔德一下子想起来自己的初恋女友玫瑰。听说凯瑟琳的生母是一个中国名牌大学未婚先孕的女学生，这正是阿德琳寻找的，"聪明而有智慧的基因"。妹妹阿德琳领养了不满两岁的凯瑟琳。

凯瑟琳被养成了一个掌上明珠，一个小公主，从幼儿园起就进入了最好的私立学校。她品学兼优，真是一个人见人爱、人见人羡的优质名牌，配得上马丁的姓氏。

可是凯瑟琳一个月前突然就没有了，在去了花样滑冰队朋友家举办的一次春假舞会后，她就再也没有回来。然后杰拉尔德就被自己 16 岁时的影子缠身了，搞得他这几天日夜身心疲惫，日夜颠倒，头脑混乱。

这时另一个陌生的 16 岁少年的声音隐约在耳边大声响起，不是 16 岁时的自己，不是自己 16 岁的影子少年，不是侄女凯瑟琳，也不是侄女的朋友露丝。

他是谁？

5

"老家伙，梦游呢？！你流泪了吗？想什么呢？要不要大麻？这东西如今在许多地方都已经合法化了，只有我们这个狗屎州里还不肯松口！我还有特殊 K 麻醉剂……

"听说大麻要和特殊 K 麻醉剂掺杂一起用效果才更神奇，我没用过。你这么老了，试一试吧！死而无憾啊！我看你真的需要一些……它们会让你睡上一个好觉，做个好梦！看上去你真的需要做个好梦……"

眼前的少年絮絮叨叨的。

杰拉尔德意识到自己刚刚的确是又做了一个梦，他最近的梦越来越多。在梦里他又看到了年轻时的自己，那个最近总是追随着他的影子。他梦到他又回到了那个带酒吧的餐馆，他经常与自己的初恋女友玫瑰在那里聚会。在那个彩色灯光灰暗的地方，他们尽情地亲吻，互相用手摸索着对方年轻的身体，体验幸福的触电般的感觉传遍全身。招待他的还是那个女招待，他记不清她的名字是叫"谢尔比"还是"雪莉"……

杰拉尔德还想起来昨天傍晚，他约见了侄女凯瑟琳的好朋友露丝，那个学业优异、总是在年级里排名第一的华人家的小姑娘。凯瑟琳与露丝一起去了一个花样滑冰队的家庭舞会，就死在了那里。他想不起来他是怎么离开了露丝，又是怎么坐到了汉森公园的长椅上。难道自己在这里睡了一夜吗？他想起梦中的少年，那个最近一直尾随着他的年轻时的自己，那个影子，终于原谅自己了。他意识到他可以与过去握手言和了，少年再也不会回来了。眼前的少年是另外一个人，凌晨来汉森公园里兜售毒品。

这样想着，杰拉尔德从椅子里站起来，数着步数，他精准地衡量着，踱步到小路的正中间位置，仿佛大梦初醒。他从小就喜欢把所有的事情都计算得尽可能地精确，这让他感觉一切都在自己的掌控之中。但是现在，他发觉自己的生活早已完全失控了。

杰拉尔德站在名叫玫瑰的汉森公园里的小街上，整条街的一边摆满了双人座靠背铁椅，每个椅背上都刻有"GM"两个字母，那是杰拉尔德·马丁名字的缩写。他捐助汉森公园开辟出这条小路，取名玫瑰。只有他知道，这个街名与他的初恋女友玫瑰同名。小径的一侧是一排双人座椅，另一侧种满了黑色的郁金香。现在正是花开的季节，黑色郁金香在晨光里泛着深紫色的辉煌。

"老家伙，帮帮忙吧！买点大麻？还是特殊K麻醉剂？听说用了感觉很好……你看上去很有钱的，你是个绅士。有钱人是不是都玩儿这个？……"

"你是谁？"杰拉尔德严肃地问。

"我得回家拿书包去上学了……我父母以为我是来跑步锻炼的。我拿了助学金才能上得起我现在的私立高中。一个狗屁高中！每天没完没了的考试和作业，我快受不了了！我的父母必须不停地工作才供得起我读这个私立高中，他们真的很辛苦。"

"你是个好孩子。"杰拉尔德说。

"这些东西是我冰球队里一个家伙在更衣室里偷偷塞给我的，他是照顾我给我卖的。今天晚上冰球训练，我得还钱给他。我们三七开，我得大头。那家伙人不坏，他很照顾我，他知道我需要钱，我需要一双新的冰刀，绅士，帮帮忙吧……"少年喋喋不休地说着，仿佛停不下来了。

杰拉尔德颤颤巍巍地把手伸进薄呢大衣里，掏出一个镶着金边的黑皮钱夹，拉开夹层，里面有一叠每张一百美元的崭新钞票。

"拿着！"绅士把钱拍在少年的手里。

"现在，把你身上所有的大麻，特殊 K 麻醉剂，还有什么？统统给我！有没有芬太尼？那家伙可以让人一剂致命的，躲它远点儿！你是个好孩子，再也不要沾这些东西了！"

"这太多了，你疯了吗？"少年不敢接那么多钱。

"我的侄女死了，我的可爱的凯瑟琳死了！……"

绅士的声音突然开始歇斯底里，他冲着少年大声地吼叫起来："唉？！你不是走了不回来了吗？你为什么还总是跟着我？！现在，你最好带着你的耳朵马上滚开！滚得远一点儿！"

绅士又看到了自己 16 岁时的影子，他知道这次是他的死神来找他了，这次是真的要把自己带离这个他既留恋又痛恨的人世了。

少年看到绅士的一双眼睛里布满了血丝，每一条血丝仿佛都在寻找着出路，要爬出来，要愤怒地抓紧什么，同归于尽！少年一只手抓过钱，想跑，但是他的脚却迈不出步子，似乎僵硬住了。绅士突然抢过少年另一只手里的两包东西，慌乱地撕开，一把一把塞进嘴里，转身跌跌撞撞地向玫瑰小路的深处走去。他梦呓一样的声音不停地轻轻呼喊："玫瑰！凯瑟琳！玫瑰……"

少年受到了极度的惊吓，他攥紧手里的一叠百元美钞，倒退着转身，终于踢开了脚步，以飞快的速度逃逸了。

少年消失在清晨一片耀眼的霞光里，他的身影回光返照在玫瑰小街的路面上。

6

一个星期以后，一位不太年轻但姿色俏丽的妇人在自己公寓的邮箱里收到了一份报纸，她很奇怪，家里并没有订报。她的中年模样的丈夫刚刚吃完晚饭，是放了海盐与荷兰芹菜烤的罗非鱼，旁边配上洋松口蘑切片、欧洲菊苣和皱叶苦苣沙拉，浇了草莓汁调味。三月下旬，许多学校正在放春假，他们16岁的女儿跟同学出去拍拖了。

"女儿不是说好要回来吃晚饭吗？"男人问。

"她不敢告诉你，怕你拒绝。她与朋友去参加另一个朋友家的舞会了。"妇人说。

"你总是纵惯她。16岁是一个危险的年龄，就像中年人的中年危机，最容易出问题。有没有问是谁家？什么地址？有没有交代一些注意事项？"

"你太过虑了。还是孩子，能有什么问题？高中生各方面的压力都大，让她去放松一下吧。有些事，我们睁一只眼闭一只眼就好，不要把孩子盯那么紧。"

他们一来一回地说着话，报纸被妇人随手放在了饭桌上。男人瞥了一眼报纸上的头条消息：

"商业大亨死在纽约汉森公园"

"体内发现大量大麻与氯胺酮（特殊K）麻醉剂成分"

看到配图的照片，男人迫不及待地打开报纸，仔细读了下去：

硅谷技术软件公司LAMS Wireless的创始人，兼首席执行官杰拉尔德·马丁（Gerald Martin），被证实已经死亡。他的尸体在汉森公园被人发现，脸部朝下，死因被定为心脏病发作。汉森公园警察当局说，没有自杀或者他杀的迹象。

进出公园的居民说，他们星期二凌晨在公园里遛狗时发现了马丁的尸体，并报告了警察局。验尸官办公室报告说，在死亡时，"马丁的血液中存有大麻和氯胺酮（特殊K）的成份"。在大剂量下，已知这两种药物并用会引起心脏病发作。氯胺酮也是臭名昭著的毒品，会导致人体全身瘫痪。马丁的尸体被发现时，身边还有一个吸毒吸烟专用烟嘴，上面印有他名字的缩写：GM，一个很模糊的字样，印着日期为1972年3月24日，刻在烟嘴的左下角。

已经证实，马丁于几年前被诊断患有第2阶段阿尔茨海默氏病（老年痴呆症）。马丁的主治医师布朗先生发表了一项声明："马丁先生的阿尔茨海默氏病已经恶化到了第4阶段，记忆力严重丧失，仅存片段的记忆。"他的妹妹阿德琳·马丁的女儿凯瑟琳，16岁，不久前死于一次花样滑冰队员的聚会中，体内血液里被查出有新型烈性毒品芬太尼。目前尚未确认两者之间的联系。

马丁确切的死亡原因与细节还在调查之中……

"该死的！他终于死了！"男人说。

"谁？你在说谁？"妇人问。

"她还是对那个老鬼念念不忘！"

男人一把推开了报纸，抓起面前的酒杯，把里面剩下的本应几口才能喝干的葡萄酒一口咽下，噎得一张本来面无血色的脸像是吞了一个紫茄子，茄汁从内向外地浸出来，使得脸色变得又红又紫，眼泪也被呛了出来。

男人知道，这是他母亲玫瑰特意把报道父亲杰拉尔德·马丁去世的报纸塞进了他公寓的邮箱。那个他从来拒绝相认的老鬼，这个毁了母亲一生幸福的男人，如今他死了！无论是想报恩还是复仇，自己再也没有机会了。不！自己已经报复了那个老鬼，让他一生到死都不知道母亲玫瑰生的儿子原来是他的，让老鬼永远也不知道自己缺失了什么。

中年男人这样想着，抓起电话，手指颤颤巍巍地按下了一串号码，他的声音里充斥着仿佛积聚了一生的愤怒，他冲着话筒的另一边喊过去：

"玫瑰！玫瑰！他终于还是死于吸毒过量，本性难移！你不是说他戒了吗？不是说他二十多岁时就戒了吗？他是个不负责任的家伙！他不顾你的死活，他就那样消失了。不辞而别，他毁了你的一生！"

电话另一边传来一个老女人微弱并且怯懦的声音：

"亲爱的，不要这样，他毕竟是你的亲生父亲啊……我们订了婚，他并不知道我已经怀了你，他回来找过我……但是我不能说，因为我碰到了另外一个男人，那个人说要带我到纽约去，我渴望到纽约去。你知道的，我不想一辈子留在那个狗屎镇，而你的父亲那时只想接管狗屎镇的家族木材厂，和他在一起，我就只能一辈子待在狗屎镇了……是我欺骗了他，是我背叛了他！"

"哦，妈妈！"男人脸上露出复杂的表情。

"我过去不敢告诉你真相，我怕我会失去你。"电话的另一端顿了一下，玫瑰开始哭泣："我知道，我知道！一定是因为凯瑟琳，他的可爱的侄女，前几天在一个舞会上喝了一杯有芬太尼毒品的饮料，当时就死了。他太爱凯瑟琳了……他一定是伤心过度了，他一定是不想活了！"

中年男人沉默了下来，他向自己太太投去气汹汹的目光。电话的另一端也沉默了。许久，老女人微弱的声音终于小心翼翼地问："明天是他的葬礼。亲爱的，你会去吗？"

创作谈：总是遭遇在 16 岁

常少宏

　　这篇小说写了三代人与毒品的关系：杰拉尔德·马丁，最后出场的他的儿子——中年男人，还有杰拉尔德的侄女凯瑟琳。暗线中还有杰拉尔德的亲孙女——那个同样在最后出现的 16 岁女孩——出去派对而晚饭未归的女孩子，她有没有受毒品影响？不得而知。

　　绅士就是杰拉尔德，但是 16 岁的少年却是不同的人，其中包括杰拉尔德的死神。

　　这里牵扯了几个 16 岁的角色：

　　——杰拉尔德 16 岁时的影子，自从他的侄女去世后就附在了杰拉尔德身上。影子与他对话，影子也代表他与侄女的好友露丝对话。影子伴他在梦里魂回故里，回忆过去。16 岁的影子也是他的死神，临别来光顾他，把他带走。

　　——杰拉尔德的侄女凯瑟琳，是他的妹妹从中国领养的弃婴，因误饮被下了毒品的饮料死于几天前的派对。

　　——侄女凯瑟琳的好朋友露丝，她因为考试失误被父母骂，心情不好，拉凯瑟琳去了朋友家的派对。

　　——一个 16 岁的高中冰球运动员，清晨在纽约的公园兜售毒品，为了买一双新冰鞋。杰拉尔德在恍惚中买了这个少年的全部毒品，并且一次性吞食，猝死于公园。

　　——杰拉尔德至死未知的 16 岁的亲孙女，去参加一个高中生的舞会，逾时未归。

杰拉尔德患了阿尔茨海默病，俗称老年痴呆症，这篇小说里的闪回故意有些跳跃，回应杰拉尔德患病后模糊的意识。

无关血统论，当下美国，毒品对人的影响是跨越种族、跨越年龄、跨越性别的，悲剧层出不穷。

16 岁是一个危险的年龄，题目由此而来，《16 岁的影子》。16 岁是一个孩子成长中的叛逆期，吸毒、性爱、早孕、辍学等等往往发生在 16 岁前后，躁动的情绪导致各种悲剧，仿若成年人40 岁时的中年危机：离婚、外遇、辞职、换工作等等。两个年龄阶段，需要进入不同的成熟区，付出的代价可能是甚至是失去生命。如何深挖这个主题？不是一部短篇小说可以承载的，但这是我想在这篇小说里努力呈现的。

这篇小说的结构从海明威的名篇《乞力马扎罗的雪》得到启发，用对话串起回忆与现实，都是写了一个即将离世之人的一天一夜之内发生的事与回忆。

我一直希望我的短篇小说能有一个厚重的背景作为载体，不甘心只是写一人一景一事，那是契科夫时代的短篇经典模式，我觉得我想表达更多的东西。这个时代也更加复杂多变，赋予了我们更多的思考。

我推崇爱丽丝门罗小说的格局：以长篇小说的构思来写短篇小说。我有这个追求和想法，不说明我可以做好，但是这种创作上的探索本身就是非常愉悦的过程。我很享受这个创作过程。

唐 简

现居纽约，工作之余码字。作品曾发表于《山花》《西湖》《香港文学》《青年作家》《海外文摘》《台港文学选刊》等，曾获北美《汉新》月刊征文短篇小说一等奖，以及短篇小说和散文佳作奖等。其中，《乔娜家的湖》收录于《2020 海外华语小说年展》（华东师范大学出版社），《潜流》收录于《2021 海外年度华语小说》（漓江出版社）。

漫长的一天

漫长的一天

唐　简

一

　　四月的长雨季里，东方娜姿带着两箱衣物、三箱潜水装备、书籍、画具和颜料，离开纽约，来到坦桑尼亚的一座山林小屋安顿下来。很快她便发现，长雨季里追踪狮子毫不现实，因为每天都有大暴雨，说来就来，这情形得过了五月，进入六月才会渐渐好转。她只得暂时搁置看狮子的计划，每天除了处理她翻译公司经理与客户发来的邮件，在她的画作上涂来涂去（她在构思一幅岩石、水和雄狮的画），做锻炼、读书、听音乐，便无所事事，直到这天早晨，她从房东那得知两个多小时车程远有个巴巴托迪湖，她便决定无论如何都要去看看。

　　大雨刚过，她驾着房东的越野吉普径直来到湖区。路上太阳出来了，难得的艳阳天，一路无人，湖泊周围也不见人，一眼望去，树木稀少，湖泊南岸到北岸相间四五百米，东、西沿两岸光秃秃、高高的古铜色的岩壁曲里拐弯绵延出去不知多远，几只鸟儿盘旋在湖面上空，清幽的湖水在阳光的照射下粼粼闪光，湖面一道狭长的光亮迷幻而神秘，但静谧安宁，天涯一角，湖水似有无尽的温情在等待。她立刻爱上了这片湖。

　　她把车随便停在湖岸附近道路戛然中断的地方，拿上背包跑上湖岸，找了个长缓坡冲下湖滩，将两个背包随手扔进一处阴影，顾不上为什么会有这处阴影，迫不及待脱掉白色比基尼上的红外罩，蹬掉波鞋，跳进湖里，像鱼儿一样游起水来。

她屏住气，全身放松，稳健、自如地划动四肢，身体朝前方平稳推进。每隔四五十秒，她浮出水面换气，然后再次下沉。有时，她在水下待到一分多钟，玩屏气和快速下潜、上升、侧移、翻转的游戏，样样动作都毫不费劲、轻轻松松，而且，每次都是在一分二十秒、三十秒后，她的肺部才开始出现窘促感。很好，她想，她依然保持着一级潜水员的体能状态，在纽约那家潜水俱乐部的训练足见多么扎实。

她游过鱼儿聚集的一簇簇水草，游过大大小小的礁石和深深浅浅的沟壑，眼前的成像一点点地向后推移，能见度范围也跟着一次次交叠和更替，她在不断地进入并揭开一个个未知，她觉得自己完全变成了另一个人，静谧被吸纳进她的每一处毛孔，与此同时，自由发散开来，如水一样望不到边。她由着性子向东，向西，向南，向北，仿佛置身于时光之水里，仿佛不管从任何一个点出发，朝任何一个方向游去，只要她无休止地重复划水的动作，便可在时间中穿行，从一个时空进入另一个时空，抵达某种不可思议的永恒。有几秒钟，她恍惚觉得她在游向这些年多次出现在她梦中的情景。在梦中，岩石被无边的水包围，岩石内有某种温和凝聚成团，水如薄雾向四周无休止地扩散，使太空有了这一水域的具象，而远处，常钧穿越时空般出现，转眼一闪而过，一面轻唤她"小妻子"；随后在某个点，常钧的脸与汪冰的交替出现，在一瞬间合二为一……

"唉！"她暗叹一声，甩甩头，侧转身，看见她的双腿打出的泡沫一串接一串，很神奇，尤其在经过湖面那道狭长的光亮时，泡沫在光雾中上下浮荡，莹白而亮闪闪，湖水是凉爽的，感觉很好，这样待在水中甚是惬意，令她对水生出一种依恋。她一气徜徉了四十来分钟，才长出一口气，一洗连日的烦闷，这才悠闲地向湖岸搜寻，检视她的东西是否还在，吉普是锁着的，没有问题，反正没有人，这是长雨季的好处，谁会挑这个季节跑远路呢，她的东西好好的，都在，红外罩和一大一小两个湖蓝色背包在阴影下变成了黑糊糊的三小坨，同它们实际的颜色与尺寸形成相当的反差，有趣的视觉差异，这么一想，她下意识地往高处看去，瞧！瞧那里，阴影上方高高的岸壁顶端，惊现一座巨岩，它坐落在向湖面拱出成弧形的岸壁边缘，是它在狭窄的湖滩投下的阴影。她想起来，她冲下缓坡时眼角的余光似乎捕捉到什么，她只不过未及探究。一座巨岩。现在她知道了，那个长缓坡足有四五十米，那么她起头下冲的点离巨岩有一定的距离，加上巨岩所在的岩壁向内折回一小段，难怪先前没注意到。她目不转睛盯着巨岩，它像是经过人力构造的艺术品，被风和岁月的流水磨得光滑，在阳光下显得白晃晃，可它的大小，它的大小绝不亚于那一座她记忆中的巨岩。猛然间见到这座巨岩，直观的冲击一下子撞开了她记忆之库最深的阀门，她不由得心里一阵惊诧，一阵震撼，尽管这一座和那一座截然不同。

而那一座巨岩，是黑灰色的嶙峋的岩石，高高耸立在常钧家乡，离云南瑞丽十多公里毗邻中缅边境的一处山野。她看见它的时候，震惊于它的庞大和凝重，它使她想起了离她和外婆的家几里远的乐山大佛，两者都可以用"巨大"和"独绝"来形容。天灰扑扑的，石山的地势沟迴起伏，林立的岩石间异样地杂生着油桐树、漆树和低矮的灌木。在那条人工开凿的弯弯曲曲的小道上，常钧呵护着金发碧眼的朱莲，渐行渐远，他们转过一个弯，消失在她的视线中，跟着又转过了更多的弯。她知道，如果她想让他们找到她，此时大声呼喊，声音还能传进他们的耳朵，但是在他们三人的石山之旅开始不久，她离开了小道，即便他们折回，也看不到她。四下里阒静，春节期间石山少有人来。她不记得有风，好像真的是没有风，不然她黑亮的长发会在风中飘起来，不然至少会有几根发丝拂过她的眼睛和脸颊。一根都没有。如果有风，风嗖嗖地吹过耳际，她说不定会隐约听见常钧一路对朱莲诉说的甜言蜜语。还是没有风的好。可是如果有风，不管风吹向何方，她会迎面相对，让风把眼泪吹散。

没有风。听不到常钧的声音。巨岩卓立在一处高地。

当她越过周围的岩石，越过灌木，走近这个庞然大物时，更觉得它高峻、傲岸，而且它坚硬如钢，经过了不知多少年月，几乎看不出风化的痕迹。二月里此地的热带天气不冷不热，她背靠巨岩，产生了靠着山的错觉，天很高很远，只有巨岩同她相连，她抹了抹泪，手足无措，于是转过身，莫名其妙地往上爬。

才二十二岁，她爬上了那座岩石。

爬上去并不容易，实际上是一次危险的旅程，她不知自己是怎么做到的，她的两只手掌和十个指尖划破了，鲜血淋漓，她至今还能回忆起指尖因钻心的痛而抖个不住的感觉。不幸的指尖，分布着大量的痛觉受体，后来她在一篇文章中读到，这种现象是进化的产物，是一种安全机制，人类要用手指指尖探索世界，做精细的工作，因此指尖上必须分布大量的神经末梢。她爬到一半高的时候，一只手正试图扣住一小块凹陷的壁坑，还没来得及扣紧，脚下踩空了，整个人猛然往下滑落。她本能地狠劲乱抓乱抠任何触碰到的可以借力的岩石部位，手掌和指尖为拯救她而不可避免地受了伤，手臂、腹部、髋关节、膝盖和大腿由于尽力贴住岩壁以增加阻力，被磕得生疼，还有手腕、脚踝和下巴，也磨破了皮，一身新衣服、新鞋子是为了来看常钧而省吃俭用买的，特别是那双心爱的黑色平底搭扣皮鞋，这时破洞的破洞，刮掉皮的刮掉皮。完了。这就完结了吗？事情发生得太快，她惊骇不已，随即又不可思议地重新获得了支撑，危急中，她的右手侥幸勾住了一处石间的缝隙，左脚蹬到一处斜斜凸起的石棱。到了这个地步，她依然未生出放弃的念头，只贴着岩壁休息了片刻，便挣扎着继续地往上爬，她像是被一股无形的力驱使着，非得爬上去，这使她下意识里忽略了身上的痛。当她最终登顶时，疲累和剧痛全线袭来，有好几分钟，她感到马上就要晕厥过去，指尖的痛尖锐、密集地跳跃着，超过了其他部位遭受的痛楚，每一下都跳进她的心底。痛，太痛了！起初，她木然地沉陷于这个状态，但是突然，心底的痛被全面触发，铺天盖地地涌来，她再也忍不住，坐在岩顶失声痛哭。

　　还是没有风。哭泣耗尽了她最后的几分力气，后来她只能虚弱地低声抽泣，彻彻底底受制于悲伤的支配，根本无法去想她究竟是不是做错了，竟会念及常钧的心意（也是他强烈的暗示），接纳朱莲来此一同过节——她本来已经离开瑞丽去了昆明，打算随后经香港返回美国的。抽泣中，她听见常钧和朱莲的声音从附近传来，他们在喊她的名字，于是她收住声，躺下来，以免被他们发现。他们远去后，她起身朝下坡的方向，一步步走到岩石边缘。

　　这个高度很有优势，七八座低矮的岩石后，小道局部可见，而最近的那座岩石大约在三米开外，她能断定，只要对准了猛冲过去，一定会撞得头破血流。她知道她这会儿的样子肯定很吓人，鲜血、眼泪、汗水、尘土和伤痕已经把自己变得面目全非，浑身上下狼狈不堪，肯定是这样的，她不在乎了。因车祸去世的父母在天上等着她，她早晚要和他们相会的。只有退休教师的外婆独自一人，也许外婆厌倦了见证死亡之痛，厌倦了数着一分一厘度日，跳，还是不跳？她驻足在高高的岩石边，天空灰蒙蒙，说不出的虚幻……朱莲——他在昆明火车站"巧遇"的"表妹"，"表妹"！他不小心流露的"外国女人那个地方比较松弛"的说法，北京第二外国语学院，留学，他和她当初约定的"将来"，他的"小妻子"，她的"大丈夫"，没有什么是重要的了，不再重要。冷，她感到冷。也许是凉。先前因为攀爬而全身发热，此时早就不热了，她感到从头到脚的冷和乏力。她躺下来，让自己紧贴岩石，茫然地看着天。渐渐地，她感受到了岩石的温度，受惠于岩顶积聚的日光的热量，她的背心升起了一团淡淡的暖意。如今她回想起来，那么这就是她梦里那团恒定不变的温热，或至少，两者存在着微妙的联系。那么水呢？

二

水里有什么？鱼、礁石、水草，更多的鱼、礁石、水草，她爱这片湖。她的湖。

她并没跳下去，而是在常钧和朱莲再次寻来时，选择了接受他们的救助。也许是害怕从受伤到失去生命的骤然间，那从未体验、超乎想象，承受不了的肉体之痛，或者如果仅仅是伤重，成为植物人的恐惧阻止了她，也许是自己生命涓涓不息的活力，是自己周身强健、青春的细胞要让她活下去。

时隔二十一年（她早已靠奖学金留学来到纽约，后相继在几家公司和联合国做翻译，最终创办了她的翻译公司），在曼哈顿中城一位艺术家朋友的画展上，汪冰一袭白衬衫、黑西裤，头发蓬松、微卷、熠熠生辉，依稀就是常钧，分明就是常钧。她盯着对方恍惚几秒后不假思索、唐突地问："我想请你教我画画好吗？"汪冰一愣之下说怕教不好，再说他不随便收学生。她脸上一红，荒唐而委屈地说了句，"没关系，我知道你不愿意教我。"那番不得体表白的结果是汪冰说好的，他会教她。

两个人的关系不过是两年零九天、六堂课，和一次约会。那一次，在曼哈顿那个被汪冰称作"家"的阁楼，两个人吃着他做的清蒸鱼和芝麻菜沙拉，喝着他用橘子汁勾兑的威士忌，几杯酒下去，汪冰的眼睛开始发亮，眼窝下起了一点不易察觉的潮红，她留意到了，她希望他抬头看她，给她机会让她看看他的眼睛，他的亮眼睛和那抹微红从正面看更加牵动她的心神。他只是在她追逐他的目光时羞怯地同她对视。有一会儿，他放下筷子，手搁在大腿上，她几乎就要伸过手去，抚摸那双结实、粗糙，指甲剪得很干净的艺术家的手，细细探看手的形状和手掌的每一根纹理，吻每一个深色，经频繁的野外活动和长期操作画具而历练得坚实的指节，然后把她小而白的手放进去，接受他的揉捏，同他紧握。

他们坐得近，在桌子一角相邻而坐，但是不够近。她想他挪挪椅子，更靠近她，但是他没有。他的手粘在那儿了，一动也不动，她找不到借口让那双手抬起来，伸向她。她跟从她的情感，也钳制它的热烈，她无法抛开矜持，在肢体上采取主动。夕阳透过窗玻璃，坚执、连绵不绝地照射进来，将他的领地尽皆笼罩进琥珀色的光辉中，当初她看见的那个他就在眼前，威士忌飘香，荷尔蒙高涨。后来她想，也许那天及时打住，至少他们还能成为朋友，但放弃领略他的爱，即便再来一次，她也不会那样选择。

他们草草吃好、收拾好，洗了澡溜上床。他亲她，她也亲他，热情如沸，喘息，扭动，几近晕厥，他们的世界定格了一般，两个人同时抵达了高潮，她身体的痉挛由里及外，之深、之强妙不可言，她喜极而泣。他把她搂住，搂在身下，搂着她，没有多余的动作，没问她为何而哭。待她平静下来，他摸摸她的脸，轻轻说："'娜姿'好像不是汉族的名字。"她"扑哧"一笑，复又哽咽，"娜姿"是一位维族大婶的名字，她的父母在新疆被打成右派期间，这位大婶曾经帮助过他们。她想，他是在分散她的注意力呢，她以前告诉过他她名字的来历的，他不可能忘了，他是在以他的方式使她好受一些，他是爱她的，是的，他爱她。她缩在他怀里，鼻子发酸，他的怀抱多么温暖，多么令她眷恋，她更贴近他，用力往里钻，要钻进他的体内。她忍不住就要说她多么爱他，她想要述说，述说她浓烈的爱，但她说不出口。两个人都惧怕失去，他比她更怕。她渴望更进一步，也暗示过他，他的回应并不热烈，或者说，他条件反射般地退缩。他的法国妻子离开后，给他留下辱骂和一堆债务，而她，比她高一界先毕业的情人，那一年元旦只因在昆明火车站邂逅了朱莲，便卖掉到北京的火车票，让她在北京站空等几个小时，为的是陪朱莲四处旅游，看看是否有机会跟朱莲结婚，移民美国，她却傻傻地在二月里千里迢迢去云南看他。真的，没有比她和汪冰更相像的人了，没有了，他们被痛苦致残了，也是被爱致残了。说到底，他们的关系才一开始，便终结了，一月里她去他的画室上课，然后卖了她在曼哈顿的公寓，搬来非洲，他一次也没联系过她。

若她再见到他或他呢？这个想法偶尔进出来，转瞬即像泡沫般散去。她想把所有这一切，把她所有的情感、她的灵魂倾泻进她的画作（用汪冰的话说，她是有天分的），也许这片湖能给她启发，越是不断向前推进，她越是生出一种异样的感觉，这里便是那个时光上下交汇之处，便是那个圆即将合围的所在，沿着这个圆，在这个圆的磁场范围内，上下的时光将无限循环往复，可以从一个点去到任何一个相邻或不相邻的点。

时间接近正午，巨岩的阴影兀自罩住了它下方狭窄的湖滩，它看起来比刚才更加巨大，它像是被赋予了生命，从沉睡中苏醒的巨兽——雄狮，它，或他，正以本真、无畏的眼神俯视四方，威严地守护着这一方水域，要将周遭的一切都拢进其麾下。这么想着，她第一次注意到湖面那道狭长的光亮竟是同巨岩成一条连线，宛如它展开的一扇翅翼。她要登上这座巨岩，她想。

眼下，她远未疲累，游兴未尽，水底的世界在相邀，湖泊的静美感动着她，她让思绪回到她乐此不疲，具有治愈功能的妙事中，在水中肆意穿梭，游动双臂和腿，让自己最大限度地舒展身体，假装是一条鱼——同鱼儿为伍，丝毫不觉得它们是异类，或者，同异类为伍，丝毫不觉得她不是它们的同类。她读过一些关于鱼类及非洲湖泊和海岸的文章，看过一些纪录片，大约知道身边游过的这些鱼的种类，刀子鱼，白鲢，花鱼，墨菲鱼，彩条鱼，石首鱼，大嘴黑鲈，小嘴黑鲈，等等，她游着，一边在它们中寻找一条足够美丽的鱼，好像这是她的一项任务，她可以在这探索和验证她积累的知识，这让她有事可做。她发现，特别是离湖岸屏一口气远的水下，有几座大礁石，礁石的缝隙间东一簇西一簇长着水草，那一带刚才还有许多的鱼光顾，可是现在，她游了好一阵，鱼儿在她身边来来去去，都是先前见过的种类，没发现奇特和美丽的，或者至少对她来说是新奇的。

她有点失望，太阳在这时离开天空的最高处了，再过半个小时，她就该回去了。她已经不在意阳光会在她脸上晒出多少雀斑，她游出水面，仰起头，身子向后拉平，让自己浮在水上。风从湖岸吹来，热辣辣的阳光直刺下来，她感到脸上的水被风和阳光一点点收尽。当她的脸开始发烫的时候，她深吸一口气，决定再次下潜。她翻过身，灵巧地扎进水里，游到那几座大礁石那，游进它们的阴影，光线的变化使她习惯性地在潜水镜下眨眨眼，这时，她看见一团蓝黄的色彩翩翩舞动着，朝一处礁石壁滑去，她一阵激动，那是一条她从未见过的鱼！小鱼逗留在石壁上，仿佛是在等待她的来访。她迅速升到水面，游到岸边，从大背包里取出氧气瓶装备好，将呼吸器咬嘴放入口中，看准方向奋力游回，心里祈祷着小鱼不要跑开。水很清，阳光钻进来很深，水里的能见度很好——即使在礁石的阴影下，下面到底有什么，是可以轻易拨开水草探查得到的。很快，她游到那里，发现那鱼还在，水的波动荡得那团蓝黄闪闪烁烁的，她高兴地靠过去，鱼跑到湖底一处礁石间的缝隙里去了。

"哈，你这小家伙！"她在心里说。鱼沉到缝隙的底端，并不怕她，因为鱼很调皮，逗弄着她呢，这一处湖底不很深，缝隙的入口足够她通过，她跟下去，扒开水草，每一次她往前挪近一尺，就要看清它的时候，它便在缝隙底往后退一退。好吧，她耐心等着，暗数二十下，放缓动作，然后朝下挤近了些，这一次，鱼倒是安稳地待在那，悠悠闲闲、自得其乐的样子，还吐出几个泡泡。啊，终于看清了：那团蓝色也不知是阳光的缘故，还是本身就亮幽幽，集中在腹鳍正中间，胸鳍几乎和腹鳍连在一起，由深蓝、浅蓝过渡到接近水一样的透明色，尾鳍和背鳍末端各有两片明黄，鱼身灰不溜秋的，说不清是什么颜色，却不大。多么有趣，她想，慢慢伸出手去，也逗逗它，结果鱼一闪，冲出了缝隙。

三

　　"别跑呀！"她在心里喊道，纵身去追，这时，出现了意外。她转身的瞬间，右脚恰巧踩在石壁的苔衣上一滑，她还没来得及做出任何反应，脚已经落入不知什么地方卡住了，同时一阵疼痛从脚上传来。像这样的事，她受过训练，懂得该怎样应对，她也不慌张，虽暗悔未穿潜水脚蹼，痛倒也不太痛，只是右脚在落进去时两侧磕伤了几处，蹭破了皮。她做做深呼吸，小心地侧动身体挪到较易使力的位置，缓缓往外抽动右脚，抽了七八次，抽不出，有两次，她使力过大，把脚弄得生疼，也无济于事。她看看防水表和氧气瓶的气压，估算出按目前的频率呼吸，氧气大约尚存十二分钟的量，如果她现在开始每隔四五十秒才吸氧十到十五秒，理论上她就有比十二分钟多三到五倍的时间。

　　得除掉缝隙底的水草看个究竟，她想。又想，抱歉，鱼儿们，不得不破坏你们小小乐园的生态环境了。她定定神，由于没办法在缝隙中俯下身，便解下氧气瓶以缝隙的两个边为支撑点打横放好，又松开呼吸器咬嘴，套在氧气瓶上，免得活动时受到管子的限制。然后她向下屈身侧弯，让左手和左腿随时滑动来保持平衡，并注意身体不被卡住，像是在进行水中杂技一般。当她的右手可以触到右脚附近的一圈水草时，她开始一一拔掉它们。除草行动并不如她希望的快捷，对全身各部位的协调性和肌肉的耐力要求颇高，她还得屏气，为避免因极限而过度损耗体力，她按计算好的，每隔四十几秒回到氧气瓶那吸氧，在休息了几次后，她完成了。现在，她可以看清周围的情形了，那其实是缝隙底石壁上的一个坑，坑口狭窄，像脚铐一样锁住她的右脚，难怪她的脚怎么都拔不出来，看起来，除非得到援手，否则没有办法，除非，突如其来从她脚底下冒出一股推力，具备足够的速度和力道，作用力的方向和角度还得刚刚好，才能助她脱困——右脚将因此伤到什么程度已不在她的顾虑中了，她不禁心里发凉，身上发紧，一时着了慌。没想到，此时此刻，在遥远的非洲，一个人，她要完蛋了，她不甘地想，难道这个湖竟是她的坟场、她生命的终点，"圆将在此合围"？"某个不可思议的永恒"？命运之神的花招。她下意识地看看四周，鱼儿，礁石，大石块，小石块，碎石，泥沙，水草，浮游生物，包罗一切的水，不真实之极，而那条小鱼不知所踪，似乎从未存在过，风连连吹过湖面，清波漾漾，光线变幻不定，"不可思议"？她想大喊，想尖叫，那尖叫才一发出，便因她呛了一口水，被湖水吞掉，终止了，什么也不是。没有用，她正在经历的心理折磨没有渠道发泄，而且，即便释放出长声的尖叫，即便尖叫突破湖水的封锁，没有用的，没人听得见，谁都不会来，房东不会来，汪冰不会来，常钧不会来，没人来得了，没有人，也不过几秒钟的时间，恐惧制住了她，她脑子木了，全身发软，什么也想不了，眼泪疯涌。跟着她又呛了一口水，然后又是一口，再一口，在就要丧失自主屏气的瞬间，她本能地死命挣扎到氧气瓶那，急将呼吸器咬嘴塞进口中。她一下一下机械、平稳地吸氧、呼气，完全出于她扎实的潜水技能，这相当管用，很快，呼吸反射引起的巨大不适感得到了缓解，一分钟后，不管她主动与否，训练有素帮助她缓过了劲，前后奇迹般的迅速。

这是她生命中第二次接近死亡，第一次悬于她的一念之间，她掌握主动，跳不跳下那座巨岩取决于她；这第二次，她必须自救。她记起来，她所有的潜水训练，次次都以教练严肃的教诲遇险时必须要有坚强的意愿脱险而结束。这让她陡增了几分勇气。她环视四周，看出去一片模糊，这才反应过来潜水镜贮入了太多的眼泪，她取下潜水镜，眼睛即感到不适，这是意料中的，幸而是湖水，不是海水，她闭眼和睁眼几次后，也就能忍受了。她想了想，她得细细检视坑口，她得找到一处可以通过撞击或撬动，来使其裂开或松动的地方。她侧探下去，用石头刮掉坑口周围的苔衣和残留的水草，没看到任何裂纹。她一寸一寸地摸、扣和推，终于察觉到，靠缝隙下方坑口的坑壁那，有一小块凸、凹交际之处，以手来回着力，那一处坑壁和坑口有些微的动感，而且，手摸下去，发现那一块坑壁并非同整座礁石生在一起，因为它的背面同后者之间有一道四英寸来宽的间隙，形成了一个缺口，应该是最薄弱的点。她立即捡了块趁手、大小合适的石头，对准那里连砸带敲。敲击声通过骨传导，引起头骨的震动，传至她的内耳，清晰而怪异。但这项"工程"谈何容易，她仅有逼窄的空间施展，又不便使力，憋了一股劲击打了一百来下，才松动了一丁点，水的阻力减弱了她每一击的功力，水的浮力却也助她维持起水中杂技来事半功倍，尽管这样，她已经累了。她试着往外抽动右脚，不成功。时间违背她的意愿，走得飞快，氧气只够六分多钟的了。她仍然可以较好地控制呼吸，尽她所能节省氧气，这暂时不成问题，理论上如果她不使呼吸变得急促，排除每一次她把呼吸器咬嘴放进嘴里及松开时漏掉的一点氧气，每分钟她耗费的氧气其实并不多，这样，她就有十八到二十分钟的时间，但每次休息，她都不敢吸氧超过十五秒，因为她不知道到底需要多久，因为随着她体能的不断下降，她吸氧的次数会逐步增加，呼吸的频率会逐渐加快，她明白，这个理论上的时间只是个不可靠的变量。她继而专注地重复她的"水下作业"，一次次撞击坑壁的同一处，十下，二十下，一百下，两百下，一千下，两千下，中间吸氧多次，再三试着抽脚，无果，那凸凹之处更松动了一点，但不够。她明白她的努力不是没有功效的，只是慢，需假以时间。也不知多少下之后，她筋疲力竭，不得不停下。累，累极了，真的累，艰难，从未如此的艰难，她相信她到达了体能的极限，她活下去的意愿并非不强烈，而是艰难得、虚脱得宁可放弃。这是什么样的考验啊，她想，她唯一的工具就是她的意志力，现在她的意志力击破不了坑口，死神走近了，不动声色，带着碾压一切的力量向她袭来，她已是他的囊中之物，她不由得泄了气，一泄气便万分的灰心：死寂。

也搞不清几时，也许一分钟、两分钟，漫长到无以复加，死寂中，忽然有什么擦着她的右脚划过，使她神经质地一颤，她吓了一跳，醒转了，惶惑间，脚又被什么轻碰了一下，她心念一动，莫非是那条小鱼？转而热切地期盼小鱼的出现，热切到一下子压制住了心中痛与哀的漫溢。她悬着心不住暗祷，"PLEASE BE YOU, LITTLE FISH! PLEASE BE YOU!"令人忐忑的几秒钟后，坑壁下方转出一团蓝黄，一闪之下，又回到坑壁的背面。啊，小鱼！她禁不住哭起来，欢喜不尽："请别离开，别离开呀！"

小鱼像是懂得她的，不仅没游开去，还吻了一下她的小脚趾头，她感到了它软嘟嘟的嘴的轻轻一触，温暖而微妙，一股热流如电流一般，从脚趾头直流进她的心底。她哭着，渐渐地，心里不再缩紧，打开了。她这才明白，原来，她多么需要小鱼的陪伴，她需要它，或者，需要某种连结，在生与死之间，她一时也搞不清是否这种连结高于一切，比一切都重要。哭了一阵，她想起来了，而且越想，越感到这一需要的深切，深切到令死亡失去了分量。

她又哭又笑，思绪万千，为什么她从没对汪冰说过她爱的本质呢？什么时候开始，她失去了述说的能力？她不是湖里的鱼，不能用语言来述说，鱼被钢叉刺破腹部的痛，鱼缄默地承受，上天没有赋予它说出来的能力，而她，她生下来是有这个能力的，但是与生俱来般被自己的脆弱一点点磨损了。每磨损一分，她变得坚强一分，将内心的情感说出来，阻碍就更大一分，人也脆弱了一分。丧失父母的痛不就是这样么，她从没跟谁讲过，跟外婆也没讲。她遭受的痛，到了现在，她早就不知如何启齿了，哪怕对着沉默的鱼，她也说不出。其实又说什么呢，哭与眼泪，从体内牵扯出的痛，比窒息还要强烈的痛苦，已经在那了，屡屡经历了，所以不需要说。一个人情感的体验如同穿鞋，到底如何的"舒服"与"不舒服"，"只有脚趾头知道"。痛与哀也是同样的道理。就连爱与乐也是一样，人类的情感一旦从心里走出来，被说出口，就像离开土壤的花儿，珍贵的质与度就不同了，有谁能用肉眼看尽它的纯与深呢，确信他亲眼所见、亲耳听到的呢？有些时候，甚至绝大多数时候，语言是无力的，担忧与自我保护瘫痪了人判断真纯的能力。此时，她什么都明白了，假如汪冰经过同一条心的路径到此，他也会什么都明白的，但他不在这里，不在这个彼岸，因此他明白的，跟她明白的，是不一样的，她自己不也是经历了同他，同常钧，同种种人与事的因缘，才抵达此境地么。

　　她倒不是一向不说，哪一封写给常钧的信或纸条中没说她多么爱他呢，每一个分别的日子，哪一篇日记的字里行间不是她对他的情呢，她如此爱他，不知不觉把她的生命之线交给了他。她对汪冰虽没说过，她在心里说了千百回，她的眼波、她的身体早已告诉他她爱的热烈，性爱的美好使她不自禁地喜极而泣，那就是爱呀。

四

　　四周寂静，她在水里，她的心全然开放，像一朵花，她整个人全然绽放着，默默地、自由地绽放，花的好、花的美就在那里，无辜，而与世无碍。其实就是这样也很好，她有权利绽放，那就这样静悄悄地绽放。但她是如此的孤独，真的，孤独，不知在哪安放自己。当然自己是脆弱的，脆弱到连她都不清楚。同时她又比自己知道的更坚强，这多么幸运，又是多么不幸。不自禁地，她喉头哽咽，差点儿又流下眼泪，这当口，那鱼又游过来了，挨着她的脚趾头蹭呀蹭的，大约把她的脚当成了一块奇形怪状的石头。当它软乎乎的小嘴挨着她大脚趾头的背部时，她觉得鱼儿分明是在亲吻她呢，鱼不慌不忙地碰触着她，却轻得不能再轻——实际上没有比这吻更轻柔的，鱼儿在以它的方式传递一份好奇，又或者在表示：嘿，你走开呀，这里是我的家！不管怎样，她渴望它继续亲她，鱼儿真的这么做了，她能想象出鱼儿是怎样嘴巴一啜一啜，轻灵地平移着，挨个点碰她每个脚趾的背部。啊，她心里暖暖的，这是怎样的几率呢，不是罗非鱼也不是斗鱼，不是此条也不是彼条，偏偏是这条小鱼再一次亲了她的脚趾，嗯，鱼和她是相连的，鱼和她裹在水里，水和他们是相连的，什么同什么不是相连的呢，阳光，天空，大地，她同它们紧密相连，她在它们里，风，雨，雪，大自然将它们纷呈给她，她是大自然的一分子啊，大自然是她的，她也是大自然的，有一天，她化成泥土，化作风，又回到大自然里，也归于宇宙，就像每一个星球都归于宇宙。天上的点点繁星，将来她也是其中的一颗，她生命中每一个她关爱的人，都是其中的一颗，甚至世界上的每一个生命，甚至雄狮的，都是的。

这个想法使她心里生出了安宁，她感到水中安宁无比，她已经决定了，就这样，让灵魂跟着鱼儿游来游去不好么，想去哪儿，就来到哪儿，她是在她的水域，是在她梦中有着这一水域具象的太空，现在，由里及表，她感到了水的亲密，水的亲密无微不至，这让她满足。

不过，小鱼又来催促她离开它的家了，它在拱她的脚心，拱了好几下。这提醒了她，好吧，她对自己说，赶紧。也奇怪，这两个字一冒出来，她便觉恢复了几分力气，而且，这时击打起坑壁来竟比先前轻松。她鼓起劲，重复着手上的动作，心里说就算是给小鱼的一个交代吧，如果仍旧是徒劳，她至少做到尽了余力。她不再检查还有多少氧气，懒得去管，她就这么浑敲浑打着，撞击的声音此时像是鼓点，大概三四百下后，"哗啦"的一下，从那坑口和坑壁的凸凹交汇处坠落两块挟着泥沙的石块，坑口裂开了，难以置信！一时之间她有些晕眩，被这戏剧性的一幕搞懵了，不知天南地北，就是这样，突如其来？她就这样自由了，就这样获得了重生？一番无以言说的艰难过后，骤现转机，由死到生，不过几百下而已，不过三几分钟，不过是在极限过后再撑一撑，原来这就是她今天命运的底牌，她先前自是预见不到。现在，她全明白了，她注定是要来到非洲的，注定是要来到这里。

她也不管氧气瓶还是潜水镜，迳直浮出水面，游上岸，仰面躺下，笑将起来，笑一阵，哭几声，哭几声，又接着笑，直到右脚踢到什么，使她忍不住呼痛。她这才起身，从小背包里拿出碘酒、棉签和消炎抗菌止痛喷剂，为右脚疗治了一番，也没什么大不了的，她既没崴了脚，又没断了骨，皮外伤过些时候就会痊愈，手臂的酸痛更是不在话下，Hakuna Matata。

她却是饿了、渴了，于是拿出三文治和水，吃喝一回。她并不觉得如何的委顿，恰恰相反，劫后余生使她处于某种亢奋状态，食物和水给她注入了新的能量，她蠢蠢欲动的，不想就此回去。她把两个背包叠在一起，靠在上头，把红外罩盖在身上，巨岩为她遮住阳光，风为她送来最清新的空气，没有比这更令她安慰的了，偶尔有一根、两根野草从岩顶降落，轻击她的额头，她想，这是她的领地，属于她，她得登上这座岩石，登上去，向上，上到某个高度。

她休息了一会儿，将头发拆开，重新编成辫子、扎紧，然后顺着那个长缓坡，猫着腰一溜小跑登上湖岸，连跑带跳来到它跟前，甚至没有碰痛右脚，毕竟皮外伤都在脚侧，而非脚底。同那一座巨岩相比，这一座不难攀爬，因为它朝向车道的那一面不算陡，且这里、那里总能够着石缝或石楞用来借力，她没费太大劲就上去了，登上了它。

现在，她站在岩顶尽头，目测离水面四十多米高，她的心底生出一分不同于以往的激动，她想再高一些，到达某个高度。风吹来，温柔而舒爽，她闭上眼，深吸一口气，踮起脚，尽可能地向上升，想象着她在不断地向上升，越升越高。与此同时，她展开双臂，迎风作飞鸟状，两鬓和后脑的一圈碎发在风中俏皮地舞动，那样子挺拔、婀娜，像一尊穿比基尼的雕像。突然间，她发出两声呼喊："啊——，啊——！"竟是声嘶力竭，叫声惊飞了远处湖岸的一对锤头鹳，"嘎——，嘎——，嘎——嘎——嘎——！"鸟儿回应了几声尖锐刺耳像是大笑的金属声，她睁开眼，朝鸟儿的方向搜寻，鸟儿双双冲天而飞之下，垂直回落，她仿佛看见两种声音产生的声波迅速在空中交集、荡开、扩散，却远未及她视野的边界。空旷。余舟一芥无边际。

好吧，好吧，她想，她也该巡视一下她的领地。她信步踱了一圈，岩顶表面并不平整，有几处嵌着泥土的狭长坑槽，也不知它们有多深，先前掉下去的草就是长在这些坑槽中被风雨折断后吹落的。她还发现巨岩竟有一处拳头大小的孔，离边缘一英尺，斜斜贯穿岩壁，从这漏下去的阳光像一道超长的手电光束，原来这就是湖面那道光亮的来源，那么她登上巨岩，是应了光的召唤，她乘上了光的翅翼，这多好，她想。此时环顾，这片水域出现了豁然不同的呈现，因为这道光束将湖水折射出斑斓的色彩，由此及远，随着距离和角度的推进、风和鱼儿搅动的水波，湖面千变万化，无论怎样的巧舌都无法说尽景致的奇妙，而她目力所及的地方属于她，是她的王国，她感到一种绝然的自由，似乎这里是天的尽头、她的星球，没有任何力量可以企及。是的，她的星球，连同她的孤独，皆是上天对她的赐予，在如此不同寻常的一天，感恩。

她回到先前岩顶尽头的位置站定，稳健、自如，看向天空，两座岩石，两个时空，她看见了多年前的自己，跳，还是不跳？风吹着，太阳普照四方，热力源源不断地传送到她的全身，尤其是她的脸、她裸露的手臂和腿，每一寸肌肤变得软和、热起来，并慢慢发烫，其下，有蛰伏的什么正在复苏，这使她切实感受到了周身奔涌的活力，非凡而无与伦比，她活着，她是在真真实实地活着，她的血正从强壮的心脏泵出，奔流向她的四肢、她身上的每一处，势无止境，她不禁精神为之一振，眼中亮起来。一片云溜过，在湖面投下雄狮形状的阴影，一只鸟闯进她的视野，"嗖"的一下飞上天，去势快而高远，她也飞起来，投向湖面，连成一幅画。

雀鸟记

雀鸟记

唐　简

夜空正轰隆隆地作响，空气里弥漫着潮气和霉味。我睁开眼睛，感到仿佛沉睡了很长时间，我毫无概念到底有多久。发髻硌得后脑隐隐生痛，我不在我的欧式大床上，我闻不到它淡淡的橡木味道，也看不见那扇可以凝望帕斯特街 51 号奇异街灯的窗户。一道闪电掠过，周围物事的影像如幽灵般浮现，我突然惊觉我身在纽约雀鸟公园的枫树林中，脸、身上沾满了泥土和落叶。我应该害怕得灵魂出窍，奇怪的是，我并没有一丝的恐惧，我的心里异常沉稳和平静——几乎是一种极致的冷酷，似乎达到这种状态是一个我身不由己必须遵守的法则，由心灵感应到做到这一点，仅仅在一微秒之间，如若违背这一法则必遭致严重的后果。发生了什么？我竭力地回想，除了一位身穿淡蓝衬衫和白外罩的男人，我想不起来还有别人。他用他泛着淡淡洁手液的手拍了拍我的前额，我大概就是那样失去知觉而倒下的。

倾泻而来的雨绕过我的身体落下，没有鸟儿的踪迹，也看不见土拨鼠和松鼠，风在林中肆意地刮来刮去。我伸出手，想拨开脸上的泥土和落叶，它们在我的手指就要碰到脸颊的瞬间平平升起，聚向两侧缓缓而落；我站起身，堆积在身上的东西也是那样升到空中，慢慢飘向两旁，轻轻坠地。而土壤被雨水浸透后，渗出的腐烂分解的动植物分子混合的气味兀自在四周发散，我听见空腹发出的咕咕的声响，却丝毫不觉得寒冷和饥饿。我顺着林中的小径往最近的公园出口方向走，一草一木清晰可见，这才反应过来我竟可以像猎豹一样，在庞杂中听见周遭的动静，在黑暗里看清周遭的情形，不知什么缘故，这对我再自然不过，觉得自来就该如此，我的步履也如猎豹一般轻盈，周身干净利落，身上穿的红色圆领无袖及膝连衣裙竟无半点泥斑，我手臂的肤色姣好无异，右手腕上戴着的彩带手链依然鲜艳、亮丽，这是十四岁的女儿在我生日前夕为我编织的手链，女儿呢？女儿在哪里？我不在身边，她怎样了？我依稀记起平常碰到类似情况时那种万分焦虑之感，这样想着，我开始不受那个法则的约束，着急起来。

出了公园，迎面而来的是路牌上写着波塞街和第八大道的 T 型路口。这一带街道两边长着成行的高大的美洲皂荚树和法国梧桐，分布着许多以褐色砂石修建的联排别墅，特征显著，几乎每栋都是四层，负一层的地势和入口均低于街面，其余的楼层一律从宽阔的人行道登梯而入。这些建筑看起来颇为相似，我的蜗居就是在这样一栋楼的三楼，在波塞街西面的两条街外。但当我向西经过卡尔街和纽斯曼街后，看到的路牌是 LOST 街，而不是帕斯特街。究竟怎么回事？LOST 街，这条意思为"丢失"的街道从来都不存在，莫非它就是帕斯特街？我在 LOST 街上走了来回两三英里，查对了若干门牌号码，奇数的和偶数的井然有序，有49 号和 53 号，唯独没有 51 号，也没有那盏奇异的街灯。直到这时，我第一次感到惊骇。我飞速地思考着，搜遍记忆之库的每个角落，没有得到任何的线索。女儿肯定还在熟睡，我感到胸口灼热、郁闷，头有些痛，我想见到她的渴望已经变成了焦躁的焰火。雨密，夜深，不见行人，我无暇顾及身体的不适，决定在第八大道上，继续向西挨街寻找帕斯特街。走过二十多条街后，还是没有头绪，这些街道名字依旧，依然坐落在同样的地方，它们证实了过去的存在，一切恍如隔世，但帕斯特街没有理由消失。我掉头回到波塞街，往它东面的街道探寻。东面的街道一一都在，没有变化。我只好折回 LOST 街，在 49 号附近徘徊、守候。

雨渐渐停了，天空微微现出青光，估计时间大概是凌晨四五点钟，如果女儿再见不到我，不知会怎样难过。这时，我听到一个女孩连声喊道："妈妈，妈妈！"我身子一颤，这分明是女儿的声音，肯定是她在梦里喊叫，可怜的孩子就在附近！急切之下，我试图打开 49 号的门，想闯进三楼看看女儿在不在里面。实际的情形却是，不管我多用力，我的手始终莫名其妙地从门把上滑落，仿佛门把整个就是一团无可着力的膏状润滑剂。我连续试了毗邻的几栋楼，情况都是一样。过了一会儿，我的邻居红头发的凯瑟琳不知从哪里走出来，把两袋捆好的垃圾扔进石阶角的大垃圾桶，再把垃圾桶盖上，搬到街边放好。看样子今天是"垃圾日"星期一。怎么可能！我穿上这件红色连衣裙出门是九月五号星期三中午，那么，我失去知觉五天了吗？凯瑟琳同她的先生和两个儿子住在 51 号一楼，平常晚饭后，我经常见她带着三四岁的小儿子在门口的石阶上闲坐。那个小家伙也长着红头发，双颊上各有几粒讨人喜欢的浅色芝麻样的雀斑。我偶尔同凯瑟琳说几句，逗逗小家伙。如果她不是有一种令人不大容易接近的冷漠，我想我会更多地和他们接触。

我说："嗨，凯瑟琳，早上好！"她没有反应。我直直地朝她走去，一边又说："嗨，凯瑟琳！"她仍然没有反应，好像我不存在。当我以为她在我面前停下，眼睛看向我，是终于回过神要同我说话时，她竟像一条在巡游状态下静止的鱼那样闪电般起动，一下子从旁边滑了过去，似乎无形中有股力量猛然把她拖开，又似乎空间发生了极为短暂的弯曲。一时之间，我惊得头皮发麻，全身冰凉。失去知觉的详细原因仍不清楚，醒来后的种种迹象又疑窦重重，我到底怎么了——生病了，去世了，被某个不明生物劫持到了某个不明空间？很显然，我处在一个我可以窥知女儿所在而她感知不到我的场所，那么我是到了另一个世界，一个人们所说的生命终结后前往的世界？这些新的思绪颠覆了我仅存的一丝平静，我担心到了极点，也恐惧到了极点。我意识到我完全违背了那条赖以存在的法则，突然一下变得疲乏不堪，竟似要形消骸散。无论怎样，我要回去，回到女儿的世界，我们不能在彼此毫无准备的情况下别离！一遍又一遍遭受锥心之痛于我尚在其次，可怜的女儿，悲伤将一次次流过她小小的心灵，并不断沉淀和加固，她可爱的笑容之下将有阴影的皱褶，再明媚的阳光都无法将它驱散……我泪眼朦胧，仿佛看到女儿从此郁郁寡欢、孤独伤心的样子……我必须想尽一切办法回去！脑子里有一个声音说，你必须遵守法则，是了，法则！我于是试着凝神静气，艰难地努力着，渐渐地，恢复了一点精力。

天已经大亮。这是一个典型的工作日的早晨，人们的说话声、哈欠声、洗漱声等各种声音交汇着，其中夹杂着女儿和凯瑟琳的声音。

"铃兰，我会帮你，别怕！"凯瑟琳说。

"嗯，谢谢。"女儿低声说。

"你爸爸呢？"

"在中国。"

"你的亲戚呢？"

"也在中国。"

"你没有任何别的亲人在美国了吗？"

"嗯。"女儿的声音更低了。

女儿没有哭。至少她没哭。

女儿至少有个熟人可以求助。过了二三十分钟，女儿和凯瑟琳出现了，她跟在凯瑟琳身后往南走，然后折向东，显然不是去她就读的初中。女儿不去上学，请假了吗？这才是开学的第二周，但愿学校不会因此而后悔同意接收她太过仓促。那时暑假搬完家，在开学第一天带女儿找到这家重点初中，校长看见女儿的简历眼睛一亮——门门 A+以及小作家金奖、拼字比赛三等奖、数学竞赛二等奖等等，答应给我们一刻钟的时间面试。五分钟后校长说："学校现在已经没有位置了，但如果我们要提供给谁一个座位，那就是提供给像铃兰一样的学生。"

女儿和凯瑟琳一路上都没说话。女儿穿着白色的短袖蕾丝 T 恤和浅粉色的棉布绣花 A 字裙，背着小巧的古驰牌玫红色皮包，清丽的鹅蛋脸旁，长发分开扎了两条她喜欢的扭花辫子，可爱极了的模样。女儿没有忘记修饰是件好事，只是她黯然的神色令我心痛。

我走在女儿身边，紧紧地跟着她。她们走进地铁站，上了二线地铁，凯瑟琳说："铃兰，我们到曼哈顿下城下车。他们九点会到我的办公室。"女儿点点头。这么说，她们是去凯瑟琳在曼哈顿下城的律师事务所。凯瑟琳要女儿去见的"他们"是谁？会是我的好友黛比和她的先生吗？会议是不是同我的遗嘱有关？在美国很多人都有遗嘱。我没有配偶，女儿的父亲——我的前夫没有女儿的抚养权，他和我所有的亲人都在中国，我因此听朋友劝导，一年前立了遗嘱，指定黛比在我发生意外之时成为女儿的监护人。

到了地方，女儿坐下后小声问凯瑟琳："我妈妈真的回不来了？"可怜的孩子肯定是一直受这个问题困扰，一直抱有渺茫的希望。在我还没来得及去细想女儿说的"回不来"是否是指"去世"，并判断女儿语调里流露出的忧伤的程度，听到凯瑟琳说："我很抱歉，甜心，她是回不来了。她去了另一个世界。"她们的话令我绝望，绝望之余又有一种并非死去的怪异的感觉，这种感觉使我极不情愿地去面对一个被他人认定的事实，就是我的那些想法不再是想法，我之所以到了另一个世界，是由于生命终结了，并且再也回不来了。但是我却不可以"回不来"。我看见女儿侧过身去，悄悄地抹眼泪——那么阳光、活泼的孩子在悄悄地抹眼泪，我心的沉重像小小的她急剧内化的悲伤一样，在彼此的空间无声地蔓延和渗透。凯瑟琳瞥了她一眼，目光中有什么转瞬即逝，嘴唇动了动，没有再开口。而女儿是多么的不开心！我再次被极度的担心袭扰，先前沉积的焦虑在这时像烧开的水咕嘟嘟地沸腾，我一阵虚脱，身体轻飘飘的，要散架了一般。我在心里向所有我知道的神祈求，假如可以使女儿快活起来，什么都愿意，只求得到一次什么机会，不管是什么都好，这个机会不一定是使我复活，假如我真的死了。

凯瑟琳随后将女儿领到一个小型会议室，把几份文档分放在桌上。在墙上的钟走到九点以前，"他们"一前一后地来了，分别被凯瑟琳带去就坐并介绍给女儿认识。原来"他们"不是黛比和她的先生，而是她们，是儿童保护局的苏珊和大通银行的法比奥娜，一个高瘦、苍白的中年白种女人，和另一个中等个子、圆润结实的中年白种女人。直觉告诉我遗嘱的执行出了问题。黛比呢？我不得不迫使自己平静下来，集中精力去关注与女儿切身利益攸关的事。

"谢谢你们应邀前来会谈！"凯瑟琳对儿童保护局的苏珊和

银行的法比奥娜说，"桌上的诉状是根据我和铃兰谈话的内容撰写的，我发了邮件给苏珊。账单是铃兰欠我的费用，我发了邮件给法比奥娜。让我们先听听苏珊想说什么。"

苏珊看了看女儿，说道："好吧，我受法庭的委托来了解情况，我也有责任在必要的时候帮助铃兰寻找适合监护她的家庭。但我还是不太明白，为什么遗嘱里已经说明了她的监护权由她母亲的好友夫妇暂领，你还要向法庭提出诉状，要求把铃兰的监护权分配给你。"

"我已经在邮件里解释过了，你没看吗？铃兰的母亲出事以后，我是第一个她求助的人，说明她信任我，我和她母亲又是朋友，我们是近邻，这相当于家人，我很乐意照顾铃兰。此外，我借了钱给她，帮她付月底该付的账单，例如房租、电话费、水电费等等，我照顾她起居，我提供给她食物，我带她办事，她已经表明由我全权照料她。"

"这和遗嘱的执行没有关系。"苏珊插了一句。

"请听我说完。"凯瑟琳打断道，用听起来激情和真诚的语调讲出了一番令我震惊的长篇大论："铃兰在美国长大，在这里从小学一年级读到现在，她明确表示不愿意在中国生活，而她的父亲没有可能也不愿意来美国生活，用法律术语来讲，是'不适合的'监护人，这也是铃兰的母亲在遗嘱中说明的不能由他照料铃兰的原因。而她母亲的好友黛比，当铃兰联系她时，是她先生接的电话，说黛比上周病重住院，需要尽快接受肾脏移植。我是征求了铃兰和他的同意才直接同他谈话的。所以黛比夫妇怎么会有能力照顾铃兰？如果当初，铃兰的母亲知道一年后黛比的慢性肾衰竭，由于不再受药物的控制而转为急性，我敢肯定她是不会指定黛比夫妇的，而会指定我。那次谈话之后，我做了一些调查：

黛比图书管理员的先生一月前被裁员了；由于时常抱病，黛比的中学将她的全职工作降为兼职，她的薪水大为减少。他们现在正处于经济危机中，因此，替铃兰管理财产也变得不再适合。基于黛比健康和经济这两方面的重大变化，遗嘱指定的监护人受到了合理的挑战。此外，作为律师和一个关心铃兰的楼下的邻居，以及她母亲的故交，我有很好的稳定的工作，我的先生是位工程师，我们的生活和经济都有保障。出于好心，看在上帝的份上，我是站在铃兰的立场为她辩护的。我的诉状将和我提到的证据材料一同上交法庭，相信法官会同意我才是符合铃兰最大利益的合适的人选，而不是黛比夫妇或其他任何人，法庭会做出正确的裁决。"

我和凯瑟琳做了两年脸熟而已的邻居，从不知道彼此的姓氏，我怀疑她是否记得我名字的拼音，更是从未互相登门造访。凯瑟琳是看在一百五十万美元保险金的份上，女儿什么都告诉她了。女儿是未成年人，不能够自己掌管保险金。可以想象得出，当不谙世事的女儿找到近邻凯瑟琳，凯瑟琳一定问过了女儿无数的问题，套出了想知道的所有信息。律师们拿了钱后耍各种花招的事听得多了，最重要的是，凯瑟琳不像是有照顾女儿周全的心肠。我既为黛比难过，又极其担心女儿的处境。我也愤怒，假如我能够，我要用沾了狗屎的尖头皮鞋狠狠地踢凯瑟琳的屁股，让她因为臭气熏天而羞愧，而闭上花言巧语的骗子的嘴。

女儿靠在椅子里，一言不发，但看得出她在听她们讲话。凯瑟琳不敢在黛比夫妇的事情上撒谎，她提出的一切因而难以辩驳。假如我预知会议后来的情形，女儿相当不错地处理了此事，我就不会如此焦急。

苏珊问了女儿一些问题，除了凯瑟琳有没有给你解释清楚这个那个之类，苏珊问的最重要的两个问题是：你完全懂得你的财产受人管理的含义吗？你真的确定凯瑟琳是最适合的监护人吗？

就在我以为女儿要说"是的"的时候，我那可怜的女儿，我以为她的心理成熟程度低于同龄人，以为她完全不懂如何应付这类事情的女儿说："我想我应该再想想。"

"铃兰，我不是一直在帮你吗？"凯瑟琳问，着了急。

"谢谢你。昨晚我爸爸给我打电话，我和他商量过了。他说在美国找监护人不好。"

"但是你明白吗，你父亲不适合照料你，也不够资格管理你的财务。"凯瑟琳再次紧逼。

"我明白的，"女儿说，"我爸爸说，如果没有好的办法，最好就是我回中国。我想他说的有道理。嗯，我现在想问问你，是不是我回去，我爸爸就适合照顾我了？"

我从不知道女儿竟有这样的思维能力！凯瑟琳的脸色难看起来，皱起了眉头："你不是不愿意去中国吗，那你告诉我，你愿意到中国去生活和读书吗？"

这个问题微妙而尖锐，我的心提到了嗓子眼，生怕女儿会说不愿意。她果然说了不愿意，但是，在凯瑟琳脸上的笑完全展开之前，女儿接着说："嗯，我是不愿意的，不过我想我以后还可以再回到美国读大学。请你告诉我，如果我回到中国，是不是我爸爸就适合做我的监护人了？"我的心天有鸟儿在飞，我忍不住为女儿鼓掌，我聪明的、乖乖的、万般可爱的好女儿，好样的！

凯瑟琳不说话了，一时也说不出什么。

苏珊这时突然道："凯瑟琳，请你当着我们的面回答铃兰这个问题。"

凯瑟琳显然无法再回避："好吧，如果那样的话，是的，他可以。"

虽然是被逼的，这个问题的答案凯瑟琳说了实话，律师一职的誓言终究对她有约束力，她尚有作为人作为律师的底线，我为刚才称她骗子感到不安，如果我果真踢了她，我就该后悔了。毕竟她为女儿做了一件重要的事，是她提请法庭授权银行，在必要时为继承人动用我的资金的。

接下来，法比奥娜给了女儿两张一次性的借记卡，告诉女儿每张金额是五百美元，是从我的账户里支出的，让女儿用完后跟她联系。她同女儿核对了账单上的项目，说银行将从我的帐上支付欠款给凯瑟琳。这是一笔不小的数目，除了凯瑟琳垫付的款项，一周的时间，她收取两千美元的服务费。女儿被那个数字吓了一跳，不过，她立刻就知道了该怎么办。她要求凯瑟琳给她打百分之五十的折扣，理由是事先凯瑟琳没有完全说清楚。在苏珊的协助下，凯瑟琳最后只好同意。我笑起来，女儿并不像外表看起来那么弱小。当苏珊说她将为女儿提供帮助时，女儿问："你会收我多少钱？"我哈哈大笑，女儿显然学得很快，很会动脑筋，苏珊说她的帮助完全是免费的，因为她的工作就是帮助处境和女儿一样的未成年人。女儿说："好吧，谢谢你！"原来女儿比我想象的要独立，原来悲伤并不令人丧失智慧和坚强，事情就是这样，常常在你焦急万分的时候意外地得到妥善的处理。

是苏珊送女儿回去的。大概是为了安慰女儿，苏珊问女儿喜欢做什么，女儿说放风筝。

我记起不久前同女儿在雀鸟公园放风筝的事。那个独特的红蜻蜓风筝是在网上订购的，我们花了将近两个小时来组装它，比起它带给女儿的欢乐，即使再多花几个小时都不算什么。女儿很是快乐,她笑弯了的眼睛里闪着亮亮的光。回家时,女儿意犹未尽,蹦蹦跳跳,不时让风筝飞离她的手,我说小心别让风筝给大树和路灯缠住。她说她会小心。离家十来米远,风力突然加大,风筝被吹落在家门口的路灯上。女儿着急了,用力一拉,风筝被戳穿了,线也断了。我忍不住说,跟你说了不要放的,不听话。女儿已经很难过,听了我的话难过得哭起来。我连忙给她道歉,我说幸亏风筝挂在路灯上,才让我们的路灯那么独特,简直是一盏奇异的街灯呢。这时想起,我仍然深深后悔不该责怪女儿。

我一步不离地跟着女儿和苏珊。她们先去了超市,女儿买了食材,要自己做菜。从未做过菜的女儿怎么会做菜?

苏珊送女儿到家后就离开了。女儿去厨房像模像样地忙活起来,一边做一边对照不知从哪里找来的菜谱。大概过了一个多小时,我闻到一阵浓香,听到女儿喊:"妈妈,我今天做了印度素食咖喱,你闻到香味了吗?"

女儿为什么这么说?我看见她端着一碗咖喱和一杯水,来到我的房间,我竟然就躺在我的欧式大床上!

女儿把碗和杯子放到床头柜上,托住我的肩膀,扶我坐起来,在我的身后放了个靠垫。突然之间,我清晰地看到了女儿可爱极了的脸,离我那么近,她呼出的气吹到我脸上暖暖的,还是同一张脸,那张让我始终无比牵挂无比想念的脸,只是这一次,我可以摸到这张脸了。我拥抱女儿,在她的脸上亲了又亲。那么我是回到女儿的世界了,我们存在的空间完全是同一个,心里幸福到了极致。女儿说:"妈妈,你终于醒过来了!医生给你开了药,你吃了以后好像很难醒。你已经昏睡两天了,我每次喊你,你都迷迷糊糊的。"

"两天吗?我是失去知觉还是昏睡?"

"你没有失去知觉，你昏睡了两天。"女儿很肯定地说，把杯子和碗递给我。

我喝了些水，开始吃她做的咖喱。我发现自己很饿，肚子咕咕地叫。她做的咖喱非常好吃。一边吃着，我突然想起来那个穿淡蓝衬衫和白外罩的男人，他的脸同我的医生很像，实际上他们就是同一个人，那个男人就是我九月三号去看的医生，他的医生工作外套罩住了他整洁的衬衣，他给我做了体检，摸摸我冰凉的额头，挤了洁手泡沫在手上揉搓，他说我浑身无力和疲累完全是由焦虑过度引起，不需要治疗，服点药睡两天就会好些。似乎生活的一丝一毫总是有迹可循，即使是在另一个世界，也能循到踪迹回归，否则，那么多的记忆怎会被我带入另一个空间。

我跟女儿说起我在雀鸟公园醒来后发生的一系列事情，夸她能干。她一脸惊奇，我以为我说的她不相信，又详细给她解释了一遍。她说："妈妈，你一直在床上睡着，哪里也没去呀！是发生了一些事情，但不完全是你说的那样。你肯定是做梦了。"

如果那些都是"梦"，我从未经历过这么古怪的事。为什么连细节都那么真实？我需要同女儿核对某些"事实"。我问女儿："凯瑟琳来找过你吗？你有没有见过儿童保护服务部门和银行的人？"

"见过。"

"凯瑟琳来是和你商量遗嘱的事吗？"我问。

"没有啊，她是问我需不需要帮助。"

"她帮你做了什么？收了你多少钱？"我有点急了。

"老妈同志，你又来了！人家很好的，她送给我水果和她做的蛋糕，请我去她家玩，根本没叫我付钱。"女儿还是老脾气，一听我瞎操心，对我的称呼立刻就变成了"老妈同志"。我很惭愧，是我对凯瑟琳多疑了。

我还是不放心，我又问女儿："妈妈刚才给你讲到，在'梦里'凯瑟琳想争保险金，如果类似的法律方面的问题真的出现了，你知道怎么处理吗？"女儿觉得好笑："怎么会不知道，多问几个律师，找儿童保护局的人帮忙，找老爸。我本来就知道嘛！你刚才不是也说了该怎么办吗，你要学会信任别人。"信任他人，在女儿的事情上我敢那么信任人吗，不敢。我的确是过于小心翼翼了，这样呵护女儿，后果是把不安和担心的种子传给她。有些事做了可以令我安心，那就去做，比如修改遗嘱，把遗嘱制定得无懈可击，但是，是时候调整心态了。回头也要去看望黛比。

我好奇女儿这两天都吃什么，她说："你又担心了，老妈同志！医生都说你应该放松，不要担心嘛。我这两天自己做吃的，吃得很好。做菜很简单，我在网上找的菜谱，照着做就行了。"

大概这就是一个开始吧，女儿开始有能力照顾自己了。原来女儿是懂得怎样生活的，已经有了生活的能力，自然会保持健康、快乐，而这种能力还会不断地提高。那么其他还有什么重要的呢？一个有生活能力的积极向上的孩子，还会不好好学习吗？女儿总是喜欢得到好成绩，面试她的校长问她喜欢什么时，她就是这么说的，连校长都笑了。这样的孩子，还会没有好的前途吗？我开始觉得坦然，继而变得神清气爽，我感到自己全身起了某种变化，似乎体力开始恢复了。

我让女儿陪我去雀鸟公园走走。我还是穿着那条红色的裙子，戴着那条彩色的手链，同女儿手挽手走出家门。红蜻蜓风筝已经被人取下了，不知去向，而51号的门牌出现了，帕斯特街的路牌也出现了，好像一团迷雾突然消失后景象的重现。该有的，已经找回了。

来到雀鸟公园，回想"梦里"的一切，我依然清楚地记得每一个细节，我怎样在公园里醒来，怎样寻找帕斯特街，一直到最后跟着女儿回家，没有任何一处我不是记忆犹新。假如我死后就进入"梦里"的景象，现在想来并无可怕的地方，至少在那个我感知得到女儿存在的空间，我可以平静地关注女儿，因为情况已经不同于以往，我将不再焦虑或着急，将势必心静神凝，不会有纷乱的意念，我将遵守那个法则，而家的所在也将不再消失。我终究是要消亡的，重要的是，女儿将不断成长，将有她的家庭和孩子。

此刻，在枫树林中，我闭上眼享受美好，斑驳的阳光是暖和而宜人的，吹过花草和树木的风是多么柔和，那些不知名的鸟多么惹人爱怜，我和我挚爱的女儿在一起，同她手牵手，时光静好。

我睁开眼睛，一片漆黑，没有一丝光亮……

（原载于《香港文学》2022 年第 10 期）

好吧，风

好吧，风

唐　简

（好吧，风就在小雨刚过的初夏早晨潜入曼哈顿 26 号联邦大楼临街的一间庭审室，将整个地方笼罩在无形的难以察觉的气浪中。）

女人坐在当事人席位上，语无伦次、乱七八糟的低声祈求毫无遗漏地传到了我这里："主啊，观世音菩萨，老天爷啊，可一定要保佑我！还有大伟和老妈，千万千万……"

这是一间气派的庭审室，一个由法律秩序、现代建筑搭配高科技构建而来的不错的玩意儿，每年与二三十间相似的庭审室、五十来位移民法官共同承载五六千个案件的审理——百分之七十是政治庇护，当然，功能之一是用来震慑那些个降低自我，图求分外之物的灵魂。人类追名逐利，世风日下，在堕落与坚守真、善之间摇摆，难能可贵的是还能把文明推进到眼下的程度。

女人坐在那，穿着打扮、上庭的情形同半年前截然不同：低领口 T 恤、牛仔裤，对比此刻的白衬衣、黑裤子；挤在三十几个来自世界各地的男男女女中，等着被金发女法官轮流叫上来简陈及确认案件性质的小庭，对比此次单独审理其案件、时长从一个小时到几个小时不等的大庭。唯有那慌慌张张、心里没底的样子一丝不变。女人坐立不安，白衬衣、黑裤子似乎在向法官的白衬衣、黑袍发出卑微的和声，潮润的额头、茫然的眼神、搁在膝头上紧扣的手，近乎残忍地背叛了黑、白代表的庄重与体统，外加一丝自觉藏无可藏正做着不光彩之事的羞惭，使她的境地犹如一个平庸的老妇在寒风中被突然剥去衣裳，全身寸寸的松弛和瑟缩分毫毕现。

（风这时慢慢如漩涡般环涌，带动室内的气流隐隐滚动，不过无人留意。）

女人犹自念叨着，"保佑我啊，主！可要保佑我别在最后关头掉链子！一定要保佑我，因为我儿子在等着我拿到身份，因为我好接他来纽约！儿子，妈妈拿到身份我们就不用发愁了！唉，大伟，我拿不拿得到呢，如果你地下有灵的话，千万保佑我拿到啊，因为李先生，就是那个李先生，他说我可以拿到的……"

时间到了。坐在女人右边的律师和左边的翻译不约而同伸出手碰她的手肘，暗示她站起身，同时起立的还有另一侧来自国土安全局的政府律师——被几乎所有的当事人称为检控官的，听声音悦耳的金发女法官简要宣讲法律责任和法庭审案程序的规则，然后女人举右手宣誓，保证所说的一切都将是真话。整个审理过程中，矮个子翻译职责所在，吭哧吭哧地开始翻译每个人的讲话，从英文翻成中文，或从中文翻成英文，做同声传译或交替传译，一直到结束。

众人坐下后，法官打开录音设施，从核对当事人的姓名开始审案。

"当事人，你的全名叫什么？"法官问，上下打量了女人几眼，似有赞赏女人着装之意。

"肖柯兰。"女人小声说，一边侧身用眼角的余光搜寻坐在庭审室最后一排戴眼镜的亚裔男人。

"请注意，肖女士，这位绅士是你的律师吗？"法官翻了翻面前的律师代表授权表，朝女人右边的光头白种男人看了一眼。

"是的。"女人回答。

"请告诉我他的名字。"

"我，我不知道，因为我叫他 Z 博士，就是 Z 那个什么。"

"是这个吗，你的律师姓 Zielinski？"

"好像是，是 Z 那个吗？"

"好吧。Zielinski 先生，"法官看向律师，"肖女士是你的客户吗？"

律师说是的，不过是昨天下午才见到的肖女士。

法官说好吧，在表格上打了勾，接受了女人确认眼前的光头男人是她的律师，却叫不出律师名字的事实。

接下来，直接询问环节，女人的律师问她对她有利的问题，但不是引导性的问题，诸如女人为什么来美国，怎样来到的美国，是否在别的国家申请过政治庇护，被原工作单位鞍山某百货公司开除的原因，被开除后具体做了些什么，是否想回到中国等等，在得到答案后顺藤摸瓜、剥茧抽丝展开询问，为什么被开除了什么都没做，为什么没有渠道寻求公正，为什么害怕回中国，具体发生了什么，等等等等。光头俨然经验老道，不知干了多少临时磨枪上阵的买卖。女人头一天仅被培训过三十来分钟，更显然不懂光头干得有多漂亮，对他信任不足，被问来问去之下，细声细气颠三倒四地作出了回应。法官一一听着，对模糊不清之处平和地提出疑问，女人就某些点的有关细节换了几次说法，法官或是点头，或是指出来请女人说明，或是说继续，直到得到合情合理的解释。

该过程中，黑人男检控官埋头奋笔疾书，在黄底绿横条的草稿本上写下了若干条笔记。

轮到检控官进行盘诘性的交叉询问时，此君清清嗓站起来，说女人是个蹩脚的证人，除了其证词前言不搭后语，还存在别的问题，而第一个把柄就是"Z博士"。

　　"你怎么可能不知道你律师的名字？"检控官问，一面晃晃手中的笔记。

　　"呃……"

　　"什么？"

　　女人"他他他"，又"我我我"，分辩说她脑子不好，记不住律师的名字，只记得他叫Z博士。

　　"他到底是不是你的律师？为什么你的庇护申请表第九页上没有律师的名字？"一分钟后检控官又问，一副力证不经律师签名的申请都有猫腻的样子。

　　翻译磕磕巴巴，广东人口音浓厚，语速明显低于他人——男低音像狗熊在喘，频频地"这个""那个""嗯嗯""啊啊"。

　　亚裔男人端坐在后排，静默疏离得如雕像一般。

　　金头发的女法官不动声色，但是在检控官第三次诘问女人时也发话道："肖女士，请说明。"

　　女人"这""这"了两声，偏过头瞥了瞥后排的亚裔男人，说当时是为了省钱，找朋友帮忙填写的申请，只是昨天下午朋友才帮她请了这个律师来上庭。

　　法官翻翻女人的申请，埋头低声自言自语："那么，是唐人街的移民服务社帮你填写的申请啰，嗯，很奇怪么！"

　　女人不吭声。

　　检控官见状，来了劲儿："肯定是这样，法官大人，这些钻法律空子的移民服务社最可恶，最主要是这些服务社经手的庇护案件绝大部分都不真实，都是编造的！"

法官听了，当头泼下一瓢冷水："得了，审案程序才刚开始，不宜过早下结论。"

见检控官一愣，法官解释说她这是秉持法律的公正，法律要求她秉公执法。

检控官没仰着法官的鼻息，没过多久又对着干似地纠缠起同一个问题："怎么能保证凡是牵涉到移民服务社的，就一定没有问题，至少也值得审查！当年罗伯特·包吉思，或者社会上谴称的'包爵士'，他的名头可是太响了，每个中国来的偷渡客都知道他，他的手下不也有类似的移民服务社吗，结果怎样呢？"

此言一出，女人一脸惶恐，眼睛盯着光头律师求救，光头还没来得及反应，法官发话了："政府律师，'包爵士'和他的中国太太串通蛇头从中国批量走私人口来美，炮制7000个假庇护申请的大要案性质天差地别，而且已经过去了十多年，同当下的案子毫无可比性。请注意措辞严谨。"

此君还待再说，法官打断道："够了，请往下就别的方面进行提问。"

女人暂时得救，不容易，在鼻尖上细密的汗水就要汇聚成滴，脸上还残留着意外的救援带来的惊愕之时，昏昏糊糊胆战心惊地进入了下一轮考验。

检控官恨恨地抛出了第二招，咄咄逼人地指出女人证词中互相矛盾的地方，纠住每一处不一致不放，反复强调，连珠炮般再三再四变着方法逼问，翻过来倒过去足足折腾了四五十分钟。"狗熊"翻译总是慢个半拍，翻译两句，漏几个字，有时还卡壳，连"嗯"几声"嗯"不出什么——这位老兄吃准了只要当事人和当事人的律师不提出对他的抗议法官便认定他的活儿干得OKAY，但传达给女人的信息足以使她惊惧失常，魂飞天外。女人的脸红了又白，白了又红，眼泪在眼圈里打转，一个劲儿结结巴巴地说她脑子笨，记性不好，人一紧张起来就会说错话，低声下气地请求检控官原谅她的口误。

"是吗？是这样吗？这个说法还真便宜。"检控官语带嘲讽。

女人说是，她是基督徒，怎么会撒谎！

（风加快了滚动，门被吹得"吱呀"的一响。唉，何苦呢，女人！）

"后排的那位先生，请关上门。谢谢。"法官冲亚裔男人说。

男人遵命关上了庭审室的门。

检控官继而撇撇嘴角："肖女士，你难道不懂你在法庭上的每一句话都是证词，与其说你如此的不得体，不如说你如此的藐视美国法律，把整件事情当作儿戏？！"

女人不得半分的要领，万分狼狈，光头面露难色似不便得罪检控官，幸而法官插话道："政府律师，请注意措辞，法庭不想节外生枝，没必要无端牵扯种族歧视的敏感话题。此外，法庭认为这几个点细节上的不一致，法庭先前已经质疑过当事人，当事人已经澄清。请继续。"

检控官一听，反问法官是不是在指控他种族歧视，甚至，是不是歧视他的肤色。

法官义正言辞道："行了，你心知肚明我的话并无此意，我无需辩解。若你认为你应当做你分内的事，请继续。"

检控官虽不乐意，已不便狂轰乱炸。

稍顿了顿，此君盯住女人说，"既然这样，既然你宣称你是虔诚的基督徒，那么关于撒谎，《圣经》箴言 19:9 怎么说？"

（哈，有点儿意思！）

女人正在诚惶诚恐之际，还没从刚才的一番打击中恢复过来，光头律师举起了手。法官问其缘故，光头说反对，说即便是再虔诚的基督徒，怎么可能背下《圣经》中所有的箴言，检控官当即慷慨激昂、正义凛然地驳斥，法官听罢，对女人说："肖女士，恐怕你得回答这个问题。"

女人总算在空当中得到了喘息的机会，兀自一副生怕被逮住弊病的神情，犹犹疑疑地说："讲假话的人，呃，最终会受到惩罚，讲假话的人最终逃不过，呃，被消灭。"

检控官睁大了眼睛，显然没料到，眉头拧在了一起："咳，基本上是这样，但准确说来应该是：作假见证的必不免受罚，口吐谎言的必定灭亡。"

法官说这同内容的翻译有关，两者意思实则相差无几。

检控官不甘心地进一步问："那么，说来听听，上帝对撒谎者的态度是怎样的？"

女人想了想："我，呃，不记得是哪一条箴言，但是神说，不喜欢说谎话的人，喜欢做事老老实实的人。"

（风变得轻柔，似悄然行在水面一般。嗯，女人，你也算用心了，这一句是箴言12:22：说谎言的嘴为耶和华所憎恶；行事诚实的，为祂所喜悦。）

至此，在拷问女人《圣经》的内容上，检控官偃旗息鼓。

第三招，此男用他又大又厚实的黑手来来回回翻女人的档案，这一秒是缺失重要的证据材料，比如光头律师提及的女人母亲的来信，之后在第八秒发现信原来是在档案的第二十五页到第二十九页，另一秒是女人的户口本原件应该提供给国土安全局用以核实真伪，而不是法庭，随之发现女人在口供里解释说原件被百货公司扣押，最后提高声音问了个明摆着的是个基督徒都懂得其关窍的问题："为什么有两份受洗证？"

（哈，来了！）

女人"唉呀"了一声，被猛抽一记，下意识扭头去看亚裔男人，圆张的嘴凝固了毫无防备无处可逃的惊惶。男人一动不动，眼镜片映出盏盏圆形吸顶灯投射的星罗的光点。

好吧，这个图小利却遭到天性和自身局限出卖的女人，这个把自己逼到如此境地的不自由的灵魂，我对她的一切——包括她脑子里的一切的一切，了如指掌。

女人的三维世界此时正土崩瓦解：老公大伟被飞来的越野车撞倒和碾过的尸体在雨夜汩汩地冒着血，一声猫叫似的徒劳的惨呼在喉咙里卡住时也卡断了其生命的发条；老妈和儿子缩在潮湿狭小的地下公寓吃着永远一个样的粉条炖猪肉，两张"吧嗒""吧嗒"响的嘴说得最多的永远是"乖孙孙吃胖点儿你妈就来了""我吃胖点儿我妈就来接我啰"；百货公司老板阴沉得像是泛出霉味的血红的眼睛逐渐放大成户口本上印着"开除"的红章，两只肥手一手从裤裆里掏出那玩意儿一手揪住惊慌失措试图挣脱的女人；海上颠簸三十多天，两拨蛇头带工交接"人货"时由于风浪太大女人的朋友落在大船和小船之间不幸被夹死，女人吓得不敢从大船跳下，被人抛向小船给接住后全身筛糠似地抖……过去和现在、鞍山和纽约被时间和距离不可思议地分隔开，连接的桥梁是回想过多后分不清真假的记忆；即便如此，如幻如影的恍惚中，女人的记忆正一片片撕裂，碎成千点万点，飞向宇宙的虚空，挟着女人的灵魂漫游，最后在某个点归结成一丝悔意。为什么要来美国，可恨这个大姐那个大哥跟她说的搞个身份没什么难的，只管大着胆子老了脸就成，证据材料什么的不在话下，出钱就能搞定，每年都有上万的人从中国来到美国申请政治庇护，鞍山地区就有不下几十个人，大部分都是偷渡来的，这条路蛇头早就走通了，搞到身份就能挣钱养家了，这可是比在老家找不到工作强老多，大姐说别人都行，她也行的，大哥说大妹子咬咬牙，舍不得孩子套不住狼，多花点钱去找唐人街的李先生就行……

"观世音菩萨，老天爷，主啊，我撒谎了，"女人内心的声音随风飘来，"但是牧师说：'是美国政府要求提供这些材料的，所以是美国政府要你撒谎，上帝会明白的，上帝还会爱你！'，但是主啊，但是牧师说得对不对呢，但是您会不会庇佑我呢……"

女人还在缠夹不清地祷告和"忏悔"，检控官已经开始了进一步追击，声音里不乏得意："请注意，肖女士，为什么会有两份受洗证？"

女人无助地再次扭头去看亚裔男人，还来不及捕捉反光的镜片后男人的目光，检控官又催开了："请回答问题！"

光头律师碰了下女人的手肘，女人转回头，苍白的脸上目光散乱。

法官冲男人说："那位先生，请你离开法庭，以免肖女士不断回头去看你。"

"呵呵，对不起！我这就离开。"男人回应，站起身朝法官点点头，瞥了一眼肩膀微微抖颤的女人。

"狗熊"仍然噪音不断，走走停停。

检控官像一台实干的机器，在设计的运动轨道里满足地无休止地来回运转，劲头十足地重复了他的问题。

"我，我，我不知道为什么会有两份受洗证交上去。"女人看样子要哭了。

"你自己的案件，你怎么会不知道！""机器"轰隆隆的声音说。

"我……我明明拿给李先生的时候问他用哪一份的，我让他只用一份的。"

"李先生是谁，你的律师吗？"

"李先生就是刚才在这里的那个男的。"说到这，女人吐吐舌头，继而补救道，"呃，李先生，他，是我的，呃，男朋友。"

"机器"逮着了机会："男朋友？这么说，你的政治庇护是你男朋友替你打造的？"

女人矢口否认："当然不是！他，他只是帮我做翻译，因为我不懂英语，他帮我做翻译的，因为他让我不要害怕，他说不要怕的……"

（风卷土而来，排山倒海般席卷过每个角落。）

众人尽皆感到了风的威力，女人打了个冷颤，法官"咦"的一声，"狗熊"揉了揉眼睛，光头前后左右瞅了瞅，检控官使劲甩了甩头。

很快，检控官回过神，又恼又好笑地冲女人说："哦，真是不错，真是感人啊！"

法官皱皱眉："政府律师，请注意。"

此君点点头，冷冷道："女士，你大概不明白问题的关键在哪，你难道不懂基督徒只能受洗一次？"

（唉，女人，女人！）

风减了速度和力道，慢慢从众人的脸上依次拂过，女人，法官，光头，"机器"，"狗熊"，不过只有法官拨了拨头发。

女人紧咬嘴唇，手绞着手。

"律师，你不知道有两份受洗证吗？"法官插话道。

"法官大人，您忘了我是肖女士临时请来的律师，上报的材料不是我经手的。"光头律师说。

"好吧，的确与你无关。"

"现在看来，法官大人，"有智慧的"机器"说，"肖女士宣称惧怕回到中国就会失去宗教自由都是假话，因为她根本就不是真正的基督徒；即便她是一名基督徒，我也不相信她的所谓恐惧，因为根据我的看法，中国有关的制度是鼓励宗教自由的。至于她个人被百货公司老板性侵以及被开除的原因，并不属于政治庇护的范畴。"

天塌了。女人发出一声哀号，开始失控地嚎啕大哭，腋下一片汗渍——李先生建议她穿黑和白也帮不了她，哭大伟的惨死，哭远在另一个星球的儿子，哭偷渡的千辛万苦和回想起来的后怕，哭自己不幸的命运，哭所有她能想起来的倒霉的事，却不是为此时难堪而哭。

室内的十几盏顶灯突然闪了闪，仿佛是被女人的哭声切断了零点几秒的电源，与此同时，传来一声轻得不能再轻却清晰可闻的叹息："唉！——"

只除了法官，其他三人什么也没听见。

法官低下头，闭上眼，不说话。

片刻后，法官睁开眼，轻声对光头律师说："Zielinski先生，我这里有纸巾，请你拿两张给肖女士。"

女人已经哭得缩成一团，瘦小的身子就要从椅子上摔下去了，"狗熊"赶紧扶住她。

待女人接过光头律师递过来的纸巾，擦了擦眼泪，法官命令道："肖女士，请停止哭泣，如果你不听从，我必须请你离开，必须延期审理你的案件。请原谅我受规则的约束，不得不遵从。"

"狗熊"在不做翻译时恢复了正常，言辞机敏地劝慰女人，光头律师拍了拍女人的肩头。

"你一定要记住，不行就哭。"女人的脑子里有个声音说，是李姓男人的声音。这个声音刚才给了女人急智，一哭之下，一发而不可收拾，先是哭得自己都辨不出真假，顷刻间，越哭越伤肝扯肺，哭得一佛出世二佛升天，死去活来。在翻译的告诫下，女人将痛哭变成了偶尔的小声抽泣。

"你为什么哭？"法官温和地问。

女人受到法官一连串善意的鼓舞，这时像是缓过来了，讲话竟比先前顺溜："我非常害怕回到中国，真的好害怕，真的，回到中国我就会失去信仰自由，会失去宗教自由的，所以一起想来觉都睡不好！所以，刚才害怕得很！"

（妈的——请原谅，我早知会如此精彩！）

"不，法官大人，我看她是因为谎言被戳穿了才害怕得哭的！"检控官穷尽了全部的智慧。

"没有人会无缘无故哭得这么伤心，你又不是她。"法官说，轮廓姣好的脸和盘在脑后的金头发格外优雅。

女人继续抽泣，时而擦擦眼睛。

（好看！）

"但是肖女士，你必须回答这个问题，两份受洗证是怎么来的？"法官问。

"这个，我真的不知道啊！我妈给我寄了一封信来，里面就有一份受洗证。可是我明明是在这里受洗的，我跟我妈说我不需要她做什么，我也不懂我妈为什么弄了一份受洗证，她都没问过我。"女人回答。

"原来如此，"法官沉吟道，"嗯，好吧，这也是有可能的。"

检控官急了："法官大人，你看她说话的样子，一听就是在撒谎，再说哪有这样的事，她的母亲会不经她的许可为她在中国搞一份受洗证，她怎么可能是无辜的，不可能！"

"没有啊，我真的不知道！"女人的眼泪"哗哗哗"。

（风转起了圈子，我开始跳起舞来，不虚此行啊！）

"你看到了，"法官冲检控官说，眼中闪过一抹不屑，"她那么难过，哭得那么伤心，怎会是在说假话？"

检控官还没来得及开口，法官庄严地宣布："总体而言，固然当事人的案件材料有不严谨之处，然而均系人为的过失，此点瑕疵应当从对当事人案件的整体考量中剥离出来。其次，当事人的证词可谓可信。因此，法庭决定批准当事人的政治庇护。"

众人目瞪口呆。

惊愕、不满之余，检控官誓言要将官司打到移民上诉委员会，要在三十天内递上一份反对法官裁决的动议。法官扬起下巴，淡淡道："请便。"

……

（好吧，女人，今天我确实是为你开了一扇窗户，你尽可拥有你的那一方光明。尽管你不自知，你今天已然惩罚了自己。女人的未来，我看到了，但我不说。）

在法庭的外面，李姓男人正等着女人。

"怎么样，我说对了吧？"

"是，你说对了，李先生，你教我的还真管用！"

"总算你没说漏嘴！"

"我当然不会说出你是旅行社的，我如果说漏嘴的话，他们不会相信我的。可是，检控官要上诉怎么办，怎么办啊？"

男人拍着胸脯打包票让女人放心，说检控官常常威胁说上诉，但他从来没听说哪个检控官采取行动的，因为他们人手不够，人又懒又健忘，绝对没事。

女人听了，勉强吃了颗定心丸。

"那走吧。"男人又说，"到我办公室去把剩下的钱交给我。"

"哦，那好吧。"女人的语调中带着不情愿。

（我忍不住笑起来，整件事情着实逗趣。尽管我笑得很轻，还是把旁边的大树吹动了。）

这下他们要慌张的，因为有一根小树枝横飞过去，卷起女人的一缕头发一撩，然后在男人的头顶抚摸了一下。真的啊，他们本能地举起手乱挥，惊异像冷颤激灵灵钻进了他们的身体。

（好吧，也许再到别的庭审室去逛逛，但今天也闹得够了，算了。）

于是风终止了它的游戏，一切又变得平静，好像什么也没有发生。不过，金头发的女法官离开庭审室时笑了笑，摇了摇头。

（哈，人类，信仰，德行，能走多远就是多远吧。哈哈哈哈……！）

（原载于《海外文摘》文学 2022 年第 3 期）

创作谈：探索

唐 简

2022 年，不易的一年。有一次，一位我尊敬的朋友说，"再难的时间段，过去后你回想起来，你会发现自己原来很坚强。"

朋友的话，想来也是其亲身体会。这样的体会，暗含了"路漫漫其修远兮，吾将上下而求索"之意。人生就如修行，不断地搜索与实践，生活中如此，小说中的人物也一样。

在《漫长的一天》中，东方娜姿经历了两段连接她二十几年人生的恋情，她独自来到非洲，最终通过自我探索和勇气面对现实，获得了内心的平静和新的开始。我个人没有攀岩、潜水的经历，有了故事的框架，情节与细节，特别是细节，只能靠想象来填充。因此我观看了一些关于攀岩、潜水、非洲湖泊和鱼类的视频，在写的过程中，耐心地一点点地运用逻辑，和连贯、一环扣一环的想象，尽量将细节描写得逼真。

《雀鸟记》讲一位生病的母亲对未成年女儿的关爱与担忧，以及过程中两者的成长。初稿于几年前完成，一直没拿出来，因为感到不满意。这次收录进来，并非就是满意了，而是，时光无法倒转，永远不可能回到过去的某个时段，因此在过去写就的文字自有其合理性与意义，有其分量与智慧。当然，现在来读，有了新的认识与解读，待酝酿成熟后，再改写。

第三篇《好吧，风》，原本打算用"上帝也爱你的"作为标题，但未免有一点剧透。一个女人为获得身份而在法庭上撒谎，在政府律师（检控官）狂轰乱炸的质问下，她穷于应对，左支右绌，令自己受辱。"调皮的上帝"将这一切看在眼中，但最终为她"开了一扇窗"。像这样的角色，为获得身份而撒谎这样的事，绝不仅仅是女人做过，女人无犯罪记录，更不是重罪罪犯，她的诉求不过就是美国梦，拿到身份，把儿子接到美国，努力赚钱，买房子，过上好日子。因此，"调皮的上帝"还是让法官批准了她的申请。这篇以"我"（调皮的上帝）第一人称叙述，写起来新鲜、有趣，也是一种尝试、一种探索吧。